KB007144

천 개의 공감

천 개의 공감

김 형 경
심리치유
에 세 이

사람풍경

Prologue

공감하는 마음들이 모여 빚어진 향기

먼저, 지난 5년 동안 《천 개의 공감》에 꾸준한 사랑을 보내 주신 독자 여러분께 감사의 말씀을 전합니다. 사실 이 책은 처음부터 독자 여러분에 의해 구상되었습니다. 한 언론 매체 상담 코너에 질문을 올려 주신 여러분의 낮은 목소리와 생에 대한 사랑이 모아져 책의 윤곽이 그려졌습니다. 당시 끊임없이 들어오던 상담 메일과, 질문에 공감하여 위로와 격려를 전하던 이들, 질문에서 가지치며 자라는 또 다른 질문들을 보면서 저의 마음에도 화학작용이 일어났습니다. 이 책은 서로 공감하는 수천 개의 마음이 만나 술처럼 빚어진 결과물이었습니다. 그리고 지난 5년 간 더 많은 이들의 공감을 이끌어 내며 조용히 번져 나갔습니다. 여러분의 지속적인 공감과 지지 덕분에 이제 새롭게 단장하여 재출간하게 되었습니다.

책은 네 장으로 구성되어 있습니다. 첫째 장 '자기 알기'는 정신분석적 심리 치료를 통해 문제의 근원에 닿고 그것을 해결해 가는 과정을 담고 있습니다. 마음을 치료한다는 것은 곧 자신이 어떤 사람인가를 알아 가는 일입니다. 둘째 장 '가족 관계'는 생애 초기의 가족 관계에서 우리의 성격과 생존법이 형성된다는 내용입니다. 그 시기에 배운 생존법에 유아적 미숙함이 깃들어 있음을 알아차리고 성인으로서의 생존법을 새롭게 습득해야 합니다.

셋째 장 '성과 사랑'은 생애 초기 배운 사랑의 역량을 성인이 된 후의 사랑에 그대로 적용하는 문제에 대해 짚어 보고 있습니다. 성인으로서의 사랑을 성숙하게 잘 치러 낼 수 있다면 어둡고 왜곡된 마음들이 치유될 수 있습니다. 넷째 장 '관계 맺기'는 개별적인 감정의 문제들을 해결하면서 타인과 어울려 사는 법을 모색하고 있습니다. 궁극적으로 우리의 삶이 지향하는 지점이 어디인지에 대해서도 고민해 보았습니다.

제가 중학교 2학년 때 사용했던 일기장에는 각 페이지마다 하단에 속담이나 경구들이 한 구절씩 인쇄되어 있었습니다. '실패는 성공의 어머니--작자 미상' 같은 이해하기 쉬운 내용부터, '촛불이 꺼지면 모든 여자는 아름다운 법이다--인도 속담' 같이 다소 어려운 내용까지 있었습니다. 그때 무심히 읽었던 문장들은 나중에 삶의 고비에서 적절히 떠오르며 마음의 위안이나 지침이 되어 주곤 했습니다. 지금도 저는 책을 읽다가 심장이나 허파쯤에 달라붙는 구절을 만나면 밑줄을 그어 두는 버릇이 있습니다. 각

꼭지 말미에 인용된 특별한 문장들은 한때 제 입안을 맴돌았거나 책상 앞에 붙어 있던 것들입니다.

돌이켜 보면, 그 당시 어쩌자고 상담 코너 글쓰기를 맡았는지 아찔한 생각이 듭니다. 그런 일을 할 만한 전문성도, 오래 산 자의 지혜도 없었고 누군가에게 충고할 만한 자격도 없이 말입니다. 아마도 그와 같은 어리바리함으로 인해 어영부영 일을 떠맡았던 게 아닌가 싶습니다. 사실 이 책은 제가 하는 말이 옳다고 믿는 나르시시즘, 틈만 나면 잘난 척하려는 열등감, 자신의 삶에서 실천해야 하는 덕목들을 타인에게 충고하는 투사 방어기제의 결과일 것입니다. 이 책 전체가 지식화 방어기제의 결정체라고 볼 수도 있습니다. 그러므로 이 책의 모든 꼭지에는 다음과 같은 문장이 생략되어 있습니다.

"저도 그렇습니다. 그래서 이렇게 하고 있습니다."

2012년 3월

김형경

C o n t e n t s

Chapter 1
자기 알기

Chapter 2
가족 관계

Chapter 3
성과 사랑

Chapter 4
관계 맺기

Chapter
1

자기 알기

마음 치료의 목표는 진정한 자기를 아는 것입니다

정신분석은 두 번째 연금술입니다

정신분석 치료를 받고 싶어요

며칠 전 몰래 담배를 피우다 남편에게 들켰고 그 사실을 큰언니가 알게 됐습니다. 큰언니는 늘 당차고 소신 있어 보이던 제가 마음의 상처를 갖고 있다는 것에 대해 동감하고 또 안타까워하는 것 같아요. 정신과 치료를 받고 싶다는 얘기를 어렴풋이나마 나눈 적도 있습니다. 얼마 전에 어느 소설에서 주인공이 정신과 상담을 받는 과정을 따라 읽으면서 그 일이 제게도 필요하다고 생각했습니다.

정신분석 치료를 받으려면 어떻게 해야 하나요? 술이나 담배에 의존하는 제 자신을 넘어서서 내면을 치유하고 싶습니다. 남들에게

는 보이지 않는 제가 가진 마음의 장애를 극복하고 싶네요. –오롯이

주도적으로 행해야 하는 지난한 과정입니다

오롯이 님과 같은 질문을 공적, 사적인 자리에서 자주 받습니다. 그런 질문을 받을 때마다 질문자의 내면에서 우선 짚어 낼 수 있는 마음은 과도한 의존성입니다. 의사를 만나기만 하면 그가 요술쟁이처럼 자신의 모든 문제를 깨끗이 해결해 줄 거라 기대하는 게 아닌가 싶습니다. 그런 이들은 실제로 의사를 몇 차례 만나 본 후 이렇게 말하곤 합니다.

"의사가 해주는 게 아무것도 없어. 한없이 내 얘기를 듣기만 하고……."

그들은 정신분석가가 내과 의사처럼 금방 진단을 내리고 곧바로 처방해서 일목요연한 해결책을 제시해 주기를 바랍니다. 자신이 원하는 것을 즉각 얻지 못하면 더욱 잘 의존할 수 있는 사람을 찾아 2년 동안 13명의 의사를 순례하기도 합니다. 반대로 분석 과정 자체가 생을 대신하게 되어 한 의사에게 13년 동안 매달려 있기도 합니다.

불교 수행에 '경전 공부 10년, 참선 수행 10년, 만행 10년'이라는 말이 있습니다. 이것이 수행의 규범화된 틀인지는 잘 모르겠습니다만, 깨달음으로 가는 세 단계라고 이해하고 있습니다. 일단

경전 공부를 폭넓게 해서 세상과 인간에 대해 수평적 지식과 개념을 가질 필요가 있습니다. 그것을 바탕으로 한 가지 화두를 잡고 참선 수행에 들어가는 거겠지요. 인간과 세상에 대한 이해 없이 참선 수행에 들어간다는 것은 설계도 없이 '삽질'하는 것과 다를 바 없을 것입니다. 참선 수행은 인간과 세상을 깊이, 직관과 통찰력을 동원해서 더 깊이 파고들어 가는 과정일 겁니다. 거기서 깨달음을 얻으면 세상을 읽는 새로운 시각을 갖게 되고 코페르니쿠스적인 패러다임의 전환이 일어나겠지요.

깨달음을 얻은 수행자는 이제 바랑을 메고 세상을 두루 편력하러 떠납니다. 이른바 만행이지요. 참선 수행에서 얻은 깨달음을 내면화하고 체화하는 과정이 필요하기 때문입니다. 그 과정에서 주변 사람들과 새로운 관계를 맺고, 세상도 새롭게 받아들이게 될 것입니다. 만행이 끝나면 본래의 공동체로 돌아가 그가 얻은 지혜를 구성원들에게 나누어 주는 회향 단계가 남습니다.

개인적인 생각입니다만, 정신분석적 심리 치료도 불교 수행과 비슷한 과정이 아닌가 싶습니다. 정신분석가가 되려는 이들의 학습 과정도 스님들의 수행 과정과 비슷해 보입니다. 분석가가 되려는 이들은 우선 관련 분야의 지식을 폭넓게 습득합니다. 그런 다음 스승이나 전문가와 함께 자기 자신을 분석하는 시간을 필수적으로 갖습니다. 그 과정에서 스스로 문제를 잘 파악하고 합리적으로 처리할 수 있는 것은 먼저 정신분석에 대해 제대로 이해하고 있었기 때문일 것입니다. 그들 역시 습득한 지식과 자기 분석을 통해 얻은 통찰을 동시대인인 피분석자에게 나누어 줍니다.

정신분석가들은 피분석자가 정신분석에 대한 지식이 없는 편이 치료에 도움이 된다고 말합니다. 어설픈 지식을 가지고 있든, 치밀한 지식을 가지고 있든 그것이 방어기제로 작용할 수 있기 때문입니다. 하지만 제 개인적인 생각은 조금 다릅니다. 분석 치료에 임하는 이들이 최소한 그 작업이 어떻게 돌아가는 시스템인지 큰 틀을 이해한 상태에서 시작해야 하지 않을까 싶습니다. 그래야 2년 동안 13명의 분석가를 순회하거나, 13년 동안 한 분석가에게 매달려 있는 행위가 무엇을 의미하는지 알아차리기 쉽지 않을까 하는 거지요. 스님들 역시 경전 공부를 미리 해두어야 참선 수행 중에 만나는 신이하고 고통스러운 체험에 잘 대처할 수 있다고 들었습니다.

정신분석적 심리 치료를 받고자 하는 사람이 알아 두었으면 하는 몇 가지 사실이 있습니다. 우선 자신의 의존성을 잘 보시기 바랍니다. 앞의 말대로 "의사가 해주는 게 아무것도 없다."는 것은 한편으로 사실입니다. 자신의 내면을 꺼내 보고 분석해 들어갈 때 의사는 다만 큰 틀을 잡아 주고, 길을 안내하고, 적절한 시기에 핵심을 짚어 주는 일을 할 뿐입니다. 마음 깊은 곳을 파내려 가 내면의 자신, 과거의 자신과 만나는 일은 본인이 주도적으로 해야 합니다. 자기의 생각이나 느낌에 대해 가장 잘 감지할 수 있는 사람, 스스로의 삶을 개선할 수 있는 사람도 오직 자신뿐입니다.

힘들게 용기를 내어 정신분석 치료를 받기로 했으면 도중에 포기하지 않도록 노력하는 것도 중요합니다. 치료를 중단할 때 많은 피분석자들은 대체로 그 책임을 의사에게 돌립니다. 의사가 냉정하다, 이기적이다, 돈만 밝힌다 등등의 이유를 댑니다. 어떤 이들은 이렇게 말합니다.

"의사가 너무 무식해. 나보다도 아는 게 없어."

하지만 생각해 보세요. 특정 분야의 공부를 10년 이상 한 사람이 어떻게 비전문가보다 무식할 수가 있겠습니까. 의사를 비난하면서 치료를 중단하는 것은 치료 과정에서 만나는 불안과 고통으로부터 도망치는 행위입니다. 무엇보다, 의사를 비난하는 바로 그 지점에 저마다 해결해야 할 삶의 문제가 있다는 사실 정도는 알고 시작하면 좋을 것입니다.

그렇더라도 정신분석학에 관한 약간의 지식을 방어기제로 사용하지는 마시기 바랍니다. 정신분석이나 심리학에 관한 책을 몇 권 읽고 나면 자칫 오해하기 쉽습니다. 이제 웬만큼 자신의 무의식을 파악했고, 문제의 원인을 진단했으므로 남은 일은 삶 속에서 스스로 해결해 나가는 것뿐이라고 생각하게 됩니다. 그러나 지식을 안다는 것과 실제 치료는 경전 공부와 참선 수행의 관계처럼 전혀 별개의 영역입니다. 요리법을 읽는 것만으로 배가 부르지 않고, 의학 개론서를 읽는다고 해서 복통이 가라앉지 않는 것과 같은 이치라고 생각하시면 됩니다.

정신분석적 심리 치료는 자주 연금술에 비유됩니다. 16세기 연금술사 파라켈수스는 모든 종류의 물질은 수은, 유황, 소금으로 환원될 수 있으며, 이 세 가지 물질을 어떤 비율로 결합하느냐에 황금을 얻을 수 있는 비밀이 숨어 있다고 주장했습니다. 인간 정신도 이와 같아서 원래 타고나는 충동인 성적 욕망과 공격성, 거기에서 파생되는 분노와 불안 등을 어떻게 보살피고 처리하느냐에 따라 그 모습이 달라집니다. 한 인간이 금이 될 수도 있고, 구리가 될 수도 있다는 것입니다.

인간에게 최초의 연금술사는 엄마입니다. 생애 초기에 받는 엄마의 사랑과 보살핌, 엄마와 나누는 정서적 교감에 따라 아기의 정신은 특정한 모양으로 탄생합니다. 정신분석은 두 번째 연금술이라고 볼 수 있습니다. 첫 번째 연금술에서 우리가 수동적이고 무력한 상태였다면, 이제 성인이 되어 주도적이고 자율적으로 두 번째 연금술을 시행하는 것이라고 생각하시면 됩니다.

인간 정신이 연금술의 결과라고 할 때 기억하실 것이 두 가지 있습니다. 하나는 모든 인간의 정신을 형성하는 질료(質料)는 동일하다는 것입니다. 누구의 내면에나 사랑과 분노, 불안과 공포, 질투와 시기, 냉담과 관용 등의 요소가 존재합니다. 그것을 어떻게 합성하고 어떤 비율로 결합하느냐에 따라 개인의 성격이나 정체성이 빚어집니다.

또 하나는 어떤 연금술도 완성되지 않았다는 사실입니다. 어느 연금술사도 '꿈의 황금'을 만들지 못했듯이 인간 정신에도 '정상'의 개념은 없습니다. 내면의 갈등과 긴장을 조절하고, 중단되었던 발달을 계속하며, 생의 자율성과 안정감을 획득해 나가는 삶의 과정이 있을 뿐입니다.

정신분석적 심리 치료에는 두 가지 형식이 있습니다. 50회 안팎의 단기 치료와, 주 2회 이상 실시하여 2년 이상 진행되는 장기 치료입니다. 단기 치료는 특정한 문제가 있을 때 그 증상이 회복되도록 도와주는 것으로, 의료보험의 영향을 받는 미국의 의료 현실에서 탄생했다고 합니다. 전통적인 정신분석적 심리 치료는 장기 치료를 말하는 것으로, 성격 구조를 바꾸고 삶을 총체적으로 개선하는 것을 목표로 하며 5~6년까지 계속될 수도 있습니다. 5~6년이란 한 인간이 탄생해서 기본적인 성격 구조를 형성하는 시간과 동일한 기간입니다.

일단 정신분석을 받으면서 스스로를 분석해 본 사람은 그 작업이 끝난 후에도 지속적으로 모든 경험과 관계를 분석적 관점에서 보게 됩니다. 그 과정에서 뒤늦게 새로운 통찰이나 자각에 도달하기도 합니다. 전문가들은 그런 현상을 '잔존 효과(After Effect)'라고 부릅니다. 개인이 혼자서 스스로를 분석할 수 있는지에 대해 연구한 결과에 따르면, 일단 분석 치료(단기 치료)를 받은 경험이 있는 사람은 어떤 사정에 의해 작업이 중단되더라도 혼자서 스스로에 대한 분석 작업(장기 치료)을 계속해 나갈 수 있다고 합니다. 일상생활 속에서 의식적으로 경험과 행동을 분석하면서, 여러 해에 걸쳐 전통적 분석 치료가 목표로 하는 효과를 얻을 수 있다는 것입니다. 치료비나 시간 문제 때문에 정신분석 작업을 혼자서는 할 수 없는지 묻는 이들에게도 답이 되었으면 합니다.

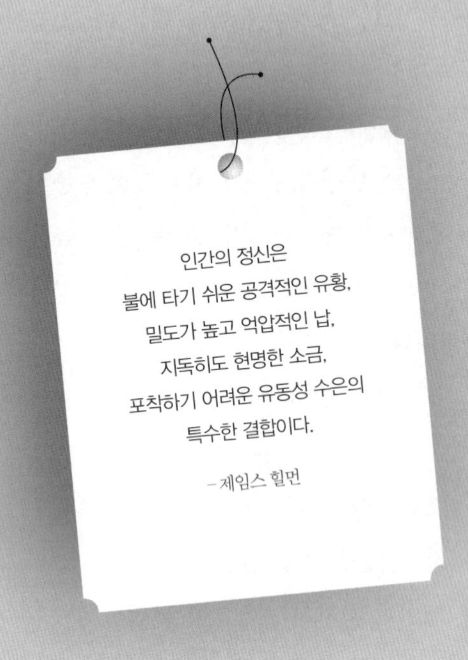

모든 인간은 본질적으로 같다고 합니다.
환경이나 유전자와 무관하게, 성별이나 인종과 무관하게,
언어나 문화와도 무관하게 그렇습니다.

문제도, 해결책도 내부에 있습니다

작은 일에도 너무 큰 상처를 받습니다

누구나 상처를 주고받으며 사는 게 인지상정이고 세상 이치라 생각할 수도 있지만, 저는 상처를 주는 것도 상처를 받는 것도 너무나 힘이 들고 버겁습니다. 타인과의 관계에 어찌 갈등이 없을 수 있을까요. 엄연히 알면서도 그런 갈등 상황이 닥치면 마음속에서는 항상 폭풍이 입니다. 조금 전에도 시집살이로 힘들어하는 언니에게 인터넷으로 책을 사서 보내고 그 사실을 알리려 전화했는데, "내가 책 읽을 시간이 어디 있니?"라는 언니의 대꾸에 또 마음이 무너집니다. 그냥 언니가 바쁘고 마음에 여유가 없나 보다 생각하면 될 텐데, 그렇게 생각해도 무너진 제 마음은 그대로입니다.

어렸을 때 부모에게 별다른 관심을 받지 못하고 자라서 그런지 무언가 대수롭지 않은 상대방의 거부에도 너무나 큰 상처를 받습니다. 이 마음의 패턴을 어느 정도 알아차리고 개선하려고 노력하는 중입니다만, 몸에 밴 마음의 기억들이 쉽사리 지워지지 않네요. 제가 상처 받기 싫어서 그런지 누군가에게 본의든 아니든 상처를 줄까 봐 매 순간 전전긍긍하게 됩니다. 그런 마음이 항상 나의 인간관계를 방해하는 것은 아닐까 조심스레 생각해 봅니다. -봄

타인에게 너무 큰 것을 기대하고 있습니다

봄 님, 어쩌다가 "상처를 주고받으며 사는 게 인지상정이고 세상의 이치"라는 가치관을 갖게 되셨는지 안타깝습니다. 그래도 쉽게 상처 받는 마음을 알아차리고 개선하려는 의지가 엿보여 다행스럽습니다. 정신분석학에서는 "내가 괜찮지 않다."고 인정하는 시점에서부터 치유가 시작된다고 합니다.

우선, 사람들이 서로 상처를 주고받으며 산다고 생각하는 마음 밑바닥에는 봄 님의 불안감이 자리 잡고 있습니다. 그 불안감은 성격이 형성되는 시기, 그러니까 아기 때에 만들어진 것입니다. 아기의 현실 인식에는 왜곡과 오류가 많습니다. 아기는 배가 고플 때 그것을 허기가 아니라 누군가가 자신을 공격하는 것이라고 느

낀다고 합니다. 어느 아기는 현관에 놓인 어떤 구두를 볼 때마다 자지러지게 울었습니다. 나중에 아기가 자라 말을 할 수 있게 되었을 때 왜 구두를 무서워했느냐고 물었더니 "구두가 나를 깨물려고 했어."라고 답했다고 합니다. 구두 앞창이 약간 벌어져 있었다는군요. 엄마 젖을 깨물어 혼이 난 아기는 나중에 그 사건을 기억하면서 "재가(젖이) 나를 물었어."라고 말한다고 합니다.

우리는 태어날 때부터 성적 욕망과 공격성, 사랑과 분노를 갖고 있습니다. 아기의 공격성은 엄마의 보살핌에 의해 완화되지만 엄마가 미처 흡수해 주지 못한 공격성은 외부로 투사됩니다. 공격성을 외부로 쏟아 낼 때 아기는 상대의 반격을 당할지도 모른다는 불안감을 안게 됩니다. 그 불안감이 충분히 보살펴지지 않은 채 마음속에 남게 되면 치명적인 '박해 불안'으로 고착됩니다. 상대가 조금만 친절하지 않아도 자신을 미워하는 것처럼 느끼고, 거리에서 부딪치는 타인의 시선도 비난처럼 받아들이고, 누군가가 웃기만 해도 자신을 비웃는다고 생각하며 상처를 입습니다. '지나치게 상처 입는' 사람의 내면에 있는 것은 유아기의 불안감입니다.

봄 님의 내면에도 바로 그런 아기가 있습니다. 생래적 공격성을 제대로 처리하지 못해 아직도 불안해하는 그 아기를 이제는 봄 님 스스로 보살피셔야 합니다. 아무도 자신을 공격하거나 미워하지 않는다는 사실을 현실 속에서 거듭 확인하면서 그런 생각이 망상이라는 것을 알아차리셔야 합니다.

이렇게 해보시기 바랍니다. 저 사람이 내게 상처 준다, 저 사람이 나를 미워한다고 느껴질 때마다 그것이 사실인지 점검해 보는 겁니다. 그 사람을 직접 만나거나 전화로 안부를 물어보세요. 그때마다 상대방이 봄 님에 대해 사랑이나 미움의 감정을 갖기는커녕, 봄 님을 생각조차 하지 않았다는 사실을 확인하게 될 것입니다. 이 세상에 봄 님만 생각하는 사람은 아무도 없습니다. 봄 님이 항상 자기 자신만을 생각하듯이, 타인들도 저마다 자신만을 생각합니다. 언니도 마찬가지입니다.

또 한 가지, 우리는 어떤 문제가 생기면 반사적으로 그 원인을 외부에서 찾는 습관이 있습니다. 저 사람이 내게 상처를 주었다, 저 사람이 나를 미워한다, 저 사람이 나를 속였다 등으로 생각합니다. 그렇게 생각하는 것은 관계의 주도권을 상대에게 넘겨주는 행위입니다. 문제의 원인뿐 아니라 해결책 역시 상대의 손아귀에 있다고 믿으면서, 자신은 피해 의식에 사로잡힌 무력한 사람의 자리로 물러나게 됩니다. 끊임없이 타인에게 휘둘리면서 남의 탓만 하게 됩니다. 그런 태도 역시 철저하게 무력한 상태에서 생존의 전부를 외부에 의존해야 했던 유년기의 인식 패턴입니다.

이제 봄 님은 자신의 삶을 주도적으로 관리하고 이끌어 나갈 수 있는 성인입니다. 이렇게 생각을 바꿔 보세요. 내가 저 사람에게 상처를 받았다, 내가 저 사람에게 미움을 받는다, 내가 저 사람에게 속았다. 똑같은 현상에 대해 표현만 달리한 것이 아닙니다. 상황을 인식하는 기본적인 태도에서 확연한 차이가 납니다. 내가 속았다는 사실을 인식하게 되면 다음부터는 그에게 속지 않도록 대비할 수 있습니다. 미움을 받는다는 사실을 알면 원인을 밝혀서 문제를 해결할 수 있습니다. 그것이 생의 주도권을 쥐고 삶을 자율적으로 운용해 나가는 첫걸음입니다.

마지막으로, 봄 님은 언니나 세상에 대해 너무 큰 것을 기대하고 있습니다. 봄 님은 '언니를 위해서' 책을 보냈다고 생각하지만 실은 책을 보내면서 이미 그에 상응하는 사랑, 인정, 지지가 돌아오기를 기대했습니다. 자신도 알아차리지 못하는 마음 깊은 곳에서 그랬습니다. 단순히 언니의 말 한 마디 때문에 낙담한 게 아니라, 기대했던 사랑과 지지를 받을 수 없게 되자 마음이 무너졌던 것입니다. 봄 님께서 언니에게 기대했던 사랑은 말씀하신 대로 유년기에 부족했다고 느꼈던 부모의 사랑입니다. 아니, "봄 님의 내면에 있는 불안한 아기가 여전히 엄마의 사랑과 보살핌을 기대하고 있다."고 표현하는 게 더 사실에 가까울 것입니다.

언니도, 세상 그 누구도 봄 님이 기대하는 종류의 사랑과 보살핌을 줄 수는 없습니다. 세상 사람들이 냉정해서가 아니라 봄 님이 내면에서 기대하는 그 사랑이 과도하게 부풀려져 있기 때문입니다. 무의식적으로 계속 부모의 대용을 찾으면서 세상에 과도한 온정을 기대하는 마음이 바로 봄 님이 상처를 입는 이유입니다.

봄 님, 위와 같은 사고의 패턴을 알아차리시고 스스로 개선하려고 노력하지 않으면 문제는 평생을 두고 '반복' 됩니다. 언니가 주겠다고 약속한 적이 없는 사랑을 일방적으로 기대하고, 그런 욕망을 언니가 알아듣지 못하도록 간접적으로(책을 보내는 행위) 표현하고, 본인의 상황을 전하는 언니의 말을 거절로 받아들입니다. 그리하여 자신은 가슴이 무너지는 상처를 입고, 상대방을 냉정하고 상처 주는 사람으로 만들어 버립니다.

봄 님, 문제의 원인이 내면에 있듯이 해결책 또한 우리의 내부에 있습니다. 가장 좋은 방법은 봄 님이 기대하는 그 사랑을 스스로에게 베푸는 것입니다. 언니에게 책을 보낼 게 아니라 그 책을 자신이 읽고 스스로를 사랑하면서, 행복감과 활기를 느낄 만한 일을 찾아서 행하는 것입니다.

문제의 원인이나 해결책뿐 아니라 모든 좋은 것도 저마다의 내부에 있습니다. 봄 님이 기대하는 것과 같은 인정, 지지, 사랑, 행복, 즐거움 등을 스스로 향유하고 타인과 나눌 수 있는 역량이 우리 모두의 내면에 있습니다. 이제는 그것들을 외부에서 받으려고 기대할 게 아니라 스스로에게 베풀어야 합니다. 자신의 욕망을 잘 이해하고, 스스로의 노력으로 그것을 적절하게 충족시켜 주어야 합니다. 그런 다음 상대방의 입장에도 서 보시기 바랍니다. 언니 역시 외롭고 허전한 내면을 갖고 있고, 사랑을 필요로 하며, 자주 상처를 받는, 봄 님과 똑같은 사람입니다.

정신분석적 심리 치료가 끝나는 지점에서 피분석자가 만나는 감정 중에 '고립무원의 느낌'이라는 게 있습니다. 이제는 누구에게도, 어디에도 의지할 데가 없구나 하는 사실을 소스라치도록 절감하게 됩니다. 바로 그 지점에서부터 유년기의 질긴 의존성을 벗고, 독립된 개인으로 자율적인 삶을 살아가기 시작합니다.

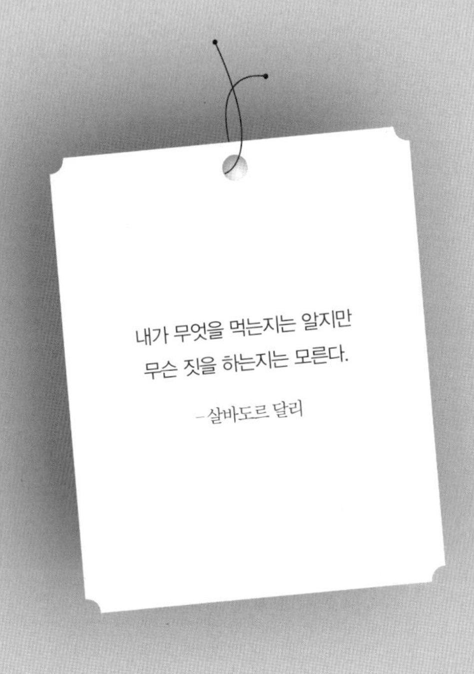

달리는 위 문장에 이어
"나는 내 오감이 무엇을 원하는지는 정확히 알았다. 그러나 내 감정이
무엇을 원하는지 그것을 알 수 없었다."
라고 쓰고 있습니다.
달리는 프로이트를 만나기 위해 세 번 빈을 방문했지만 세 번 다 허탕 쳤다고 합니다.
그의 특별함은 모른다는 사실을 알고 있었다는 점일 것입니다.

사랑과 지지를 통해 자아를 강화합니다

동생이 자신감 없고 스스로 못났다고 생각합니다

제 동생은 스물한 살입니다. 고등학교 3학년 때 약국의 약 조제 보조사로 취업하여 지난달까지 일하다가 그만두었습니다. 저희 집은 시골에서 조부모님과 부모님, 딸 셋의 가족으로 살았습니다. 할아버지는 독단적이고 가부장적인 종갓집 장손이고, 아빠는 농가에서 밭에 한 번 나가신 적 없는 알코올 중독자였습니다. 동생이 세 살 되던 해에 아빠는 간경화로 세상을 뜨셨고, 그 직후 엄마는 집을 나가셨습니다. 세 살짜리 동생과 그보다 여덟 살 많은 언니, 그리고 여섯 살 많은 저는 할머니 품에서 자랐습니다. 우리는 동생이 부모 없다는 소리를 듣지 않게 하기 위해 엄하게 키웠습니다. 동생이 "엄마 보고 싶다."고 울면 울음을 그칠 때까지 컴컴한 방구석에 꿇어앉아 손을 들게 했습니다. 그게 동생을 위하는 길인 줄 알았습니다. 저 역시 너무 어렸으니까요. 지금 동생은 재혼한 엄마 집에서 새아빠와 함께 살고 있습니다.

문제는 동생의 행동이 미덥지 않다는 것입니다. 초등학교 때부터 지금까지 겉멋이 들어 돌아다니거나, 남학생들과 어울려 오락실에 다니거나, 명확한 목표 없이 공부도 취업도 건성입니다. 수능 준비한다고 회사를 그만뒀는데 한 달째 잠만 자고, 저녁에 잠깐 아르바이트하고, 친구들 만나서 술을 마십니다. 자기보다 열세 살 어린 동생을 질투하기도 합니다. 동생은 매사에 자신감이 없고 스스로를 못났다고 생각합니다. 집을 떠나 아무도 모르는 데서 살고 싶다고 말합니다. 동생이 이렇게 된 게 제 잘못인 것 같아 마음이 아픕니다.

–우울한날

자아가 강해져야 문제와 맞설 수 있습니다

우리의 정신 속에는 원본능, 자아, 초자아의 세 영역이 있습니다. 원본능은 오직 쾌락 원칙만을 추구하고 현실적 상황을 고려하지 않은 채 욕망 충족을 향해 내달립니다. 자아는 현실 원칙을 참고하여 원본능을 사회적으로 수용될 만한 수준에서 만족시키는 역할을 합니다. 초자아는 바로 그 자아가 하는 일을 감독하는 기관입니다. 초자아라는 이름이 붙었다고 해서 자아보다 우월한 것은 아니고, 단지 자아를 감시하고 통제할 뿐입니다.

심리 치료를 받는 사람들의 공통점은 자아가 약하다는 점입니다. 초자아가 너무 무섭게 자아를 노려보고 있어 죄의식이나 불안감에 시달리거나, 원본능의 충동에 밀려 공격성이나 성적 욕망을 제대로 조절하지 못합니다. 그런 이들에게 심리 치료가 가장 먼저 제공하는 것은 자아를 강화시켜 주는 일입니다.

치료 작업의 첫 단계에서 분석가는 주로 피분석자의 말에 공감해 주고, 그의 언행을 인정하고 지지해 주는 태도를 취합니다. 두 사람 사이의 신뢰를 형성하고 '치료 동맹'을 맺기 위해서입니다. 치료 동맹은 '어머니와 아기의 상호 관계'와 같은 기능을 하는 것으로, 그 자체만으로도 피분석자의 자아를 강하게 해주는 효과가 있다고 합니다. 안정된 치료 동맹이 형성되면 피분석자는 그 관계 안에서 자신을 더 깊이 관찰하고, 성찰적이 되며, 욕구를 직접 언어로 표현하게 됩니다.

우울한날 님의 동생 분께 지금 필요한 것도 우선 자아를 강화시키는 일입니다. 자아가 강한 사람은 타인의 충고나 비판을 마음을 열고 받아들여 자기 삶을 살찌우는 계기로 삼습니다. 그러나 자아가 약한 사람은 비판이나 충고를 받아들이지 못합니다. 그것을 받아들이면 내면이 무너지기라도 할 것 같은 두려움을 느끼기 때문에 일단은 반박하거나 방어하려 듭니다. 동생 분처럼 비판이나 충고를 외면하면서 문제로부터 도망쳐 버리기도 합니다. 우울한날 님이 지금 가장 먼저 해야 할 일은 동생 분의 마음을 쓰다듬어 일으켜 세우는 것입니다.

우선 동생 분이 어린 시절에 박탈당한 애착의 감정을 돌봐 주시기 바랍니다. 현대 정신분석학자들은 인간에게 성욕이나 공격성보다 더 중요한, 애착이라는 특별한 감정이 있다는 사실을 강조합니다. 애착은 욕망의 대상이 되는 특별하고 유일한 사람과 친밀하고 지속적인 관계를 맺고자 하는 욕구입니다. 애착을 박탈당한 아이의 내면에는 분노와 공격성만 남습니다. 부모도 없고 두 언니마저 떠나 버린 시골에 혼자 남겨졌던 동생의 입장을 생각해 보세요. 동생은 박탈당한 애착의 감정을 어떤 식으로든 보상받기 위해 '남학생들과 어울려 오락실에 다녔던 것' 입니다. 압도적인 분노와 불안으로부터 감정적으로 살아남기 위해 '초등학교 때부터 지금까지 걸멋이 들어 돌아다니고 있는 것' 입니다.

정신분석학에서는 누군가가 하는 말과 행동에는 다 그럴 만한 이유가 있다고 합니다. 동생이 매사에 자신감이 없고 못났다고 생각하는 것 역시 유아기에 홀로 남겨진 아이가 갖게 된 자기 이미지가 그럴 수밖에 없었을 겁니다. 지금 동생이 한 달째 잠만 자는 것도 그럴 만한 이유가 있어서입니다. 어린 나이에 약한 자아로 그만큼 사회생활을 했으면 몸도 마음도 많이 지쳤을 겁니다. 적어도 한 달, 길면 두세 달쯤 푹 쉴 필요가 있습니다. 부디 언니의 가치관에 맞춰 동생을 판단하고, 거기서 벗어나는 모든 행동을 '잘못되었다'는 식으로 평가하는 태도부터 유보하시기 바랍니다.

동생의 내면에는 애착을 박탈당한 세 살짜리 아이가 아직도 자라지 않은 채 존재합니다. 그 아이가 여전히 엄마의 사랑을 기대하면서 동생을 질투합니다. 비로소 엄마와 한집에 살게 되었는데 기대한 만큼 사랑이 돌아오지 않자 내면에서 분노를 경험하고 있습니다. 그 분노를 억압하느라 우울하고 무력해지고, 분노가 표출될까 봐 두려워 집을 떠나고 싶어 합니다.

짐작하시겠지만 지금 동생을 심리적으로 구해 줄 가장 큰 힘을 가지고 있는 사람은 엄마입니다. 다행히 엄마와 함께 산다고 하니 엄마에게 부탁하세요. 동생을 세 살짜리 아이라 생각하고 무조건 보살피고 사랑해 주시라고요. 어떤 철없는 행동을 하더라도 다 받아 주고 말과 행동으로 사랑을 표현해 주시라고요. 엄마의 적극적인 사랑을 받기 시작하면 동생은 묵은 원망이나 분노의 감정을 말과 행동으로 표현하기 시작할 겁니다. 그 감정들까지 무조건 수용하고 안아 줄 때 세 살짜리 아이가 다시 자라기 시작합니다.

안정된 치료 동맹 속에서 분석 작업이 진행되면서 피분석자의 자아가 강화되면, 분석가는 피분석자가 자신의 문제를 감당할 준비가 되었는지를 살핍니다. 그런 다음 조심스럽게, 천천히 그의 문제를 하나씩 꺼내 보여 줍니다. 전문 용어로는 '해석'이라고 합니다. 동생 분도 충분한 사랑을 받고 자아가 강해지면 언니 분이 '혼내고 조언하고' 하는 말들을 받아들일 수 있습니다. 그런 다음에야 자신의 문제를 인식하고 직면할 수 있고, 자발적으로 생을 운용하는 능력을 길러 나갈 수 있습니다. 지금처럼 마음이 약하고 자신감이 없는 동생에게 혼내고 조언하고 하는 일은 아무 소용이 없습니다.

그 전에 언니 분이 꼭 알아 두셔야 할 것이 있습니다. 부모가 곁을 떠났을 때 두 언니는 열 살 안팎이었습니다. 두 언니 역시 애착의 대상을 박탈당한 분노와 불안감을 내면 가득 안고 있었습니다. 그 감정들을 처리하는 과정에서 그것을 모두 동생에게 투사했다는 사실을 알아차리시기 바랍니다. 표면적으로는 '동생을 엄하게 키우는 행위'라고 생각했겠지만 엄정하게 말씀드리면 그것은 어린 동생에 대한 학대였습니다. 지금도 동생의 내면에 언니들은 학대하는 사람의 이미지로 새겨져 있으며, 언니들은 여전히 동생을 지배하고 통제하는 역할을 하는 듯 보입니다. 그런 의미에서 언니의 도움이나 노력을 거듭 무력화시키는 동생의 태도는 언니에 대한 소극적 반항임을 이해하시기 바랍니다. 해결책은 언니가 동생에게 사과하는 일입니다. 위 글에 쓰신 것과 같은 마음을 진심으로 거듭 동생에게 표현하시기 바랍니다.

더불어 이 모든 상황을 동생 분에게 설명해 주세요. 자신의 문제가 무엇인지 알고 적극적으로 노력해야 하는 사람은 오직 당사자뿐입니다. 동생에게 자아를 강하게 하는 일이 어떤 의미인지 설명해 주고 스스로 노력하도록 도와주세요. 거듭 속으로 "상처를 입어도 괜찮다.", "모욕당해도 죽지 않는다.", "거절당해도 나는 소중한 존재다." 등등의 구절이 뼈에 새겨질 만큼 반복하도록 일러 주세요. 모욕과 거절의 상황을 겪으면서, 그 상처를 이겨 내면서 조금씩 마음이 강해지는 것을 느낄 수 있습니다. 인정과 지지뿐 아니라 좌절을 견디는 능력을 통해서도 자아는 강해집니다.

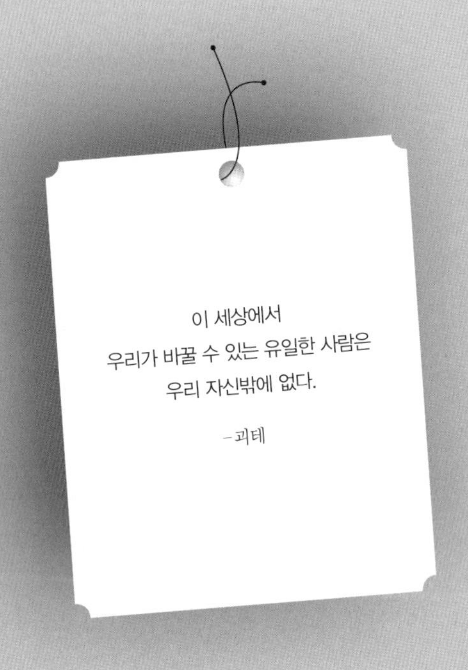

괴테의 삶이나 그의 문학 작품에 대해서는
프로이트와 융 모두 집중적인 연구 기록을 남겼습니다.
특히 융은 '메피스토펠레스'를 집단 무의식에 존재하는
우리 인격의 원형으로 자리매김했습니다.
저 문장은 각종 자기계발 프로그램에서 제1법칙으로 삼는 원칙입니다.

타인의 싫은 점은 자신의 내면입니다

연장자나 권위적인 사람과 잘 지내지 못합니다

저는 9년 정도 직장 생활을 해온 여성입니다. 자의식과 정의감이 강한 편입니다. 회사에서 비양심적인 행동을 하는 사람, 태만하고 이기적인 사람, 권위적인 사람을 그냥 못 봅니다. 유난히 권위적이고 이기적인 남자(주로 상사)들과는 좋지 않은 관계로 발전합니다. 특히 지금의 상사는 너무 이기적이고, 제멋대로이고, 감정적이고, 못됐습니다. 그 상사에게 앙갚음하고 싶은 마음이 싹트고, 잘못된 것과 맞서 싸우지 않는 동료들의 비굴한 행동이 미워지기까지 합니다. 스스로 분석해 본 결과, 이런 감정은 부모님과의 관계에서 비롯된 것이라고 생각됩니다. 이기적이고 폭력적인 아버지는 착하고 희생적인 어머니를 괴롭혔습니다. 자식들에게도 폭력을 많이 행사했습니다. 그때 아버지를 혼내 주고 어머니를 보호하지 못한 것이 억압으로 남아 있는 것 같습니다. 권위적인 남자들에게 반감을 갖게 된 원인은 알겠는데, 해결책을 모르겠습니다. 잘못하는 사람은 그 상사인데 제 성격이 이상해서 그와 부딪치는 거라고 여기는 주변의 시선이 부담스럽습니다. –안티권위주의

저희 남편은 시아버지와 사이가 좋지 않습니다. 남편의 성격이나 행동은 아버지와 닮지 않도록, 즉 아버지와 정반대의 모습으로 형성되어 있는 것 같습니다. 문제는 남편이 사회생활을 하면서 자기보다 연장자이고 약간 권위적인 사람이 한 명이라도 있는 집단에 적응하지 못한다는 겁니다. 저희 부부는 치과의사인데, 상명하복식의 레지던트 과정 동안 남편은 너무 힘들어 했습니다. 수련의 생활을 끝낸 이후로는 밝고 활기차게 잘 지냈는데, 다시 큰 병원에 취직하면서 나이 많은 선생님들과 지내기 힘들어 합니다. 남편은 결국 직장을 그만두기로 했습니다. 남편이 연장자들과 잘 지낼 방법이 없을까요? –함께해요

상사에게서 부모 이미지를 보고 있습니다

분석가와 피분석자가 함께 치료 작업을 해나가다 보면 서로에 대해 어떤 느낌을 갖게 됩니다. 그 느낌은 다채로운 감정, 스쳐 지나가는 이미지, 어떤 종류의 환상 등 무척 다양합니다. 피분석자가 분석가에게 느끼는 감정을 전이, 그 반대의 감정을 역전이라고 부릅니다. 정신분석은 이제 전이와 역전이의 관계를 통해 피분석자가 생애 초기에 부모와 맺었던 관계를 되살리고 반복하는 현장이 됩니다.

피분석자가 경험하는 전이의 감정은 다양합니다. 분석가를 훌륭하고 유능한 사람이라고 여기는 것에서부터 사랑이나 분노, 불안과 두려움, 시기심이나 폄하하는 마음까지 여러 가지입니다. 이처럼 다채로운 전이에는 중요한 비밀이 담겨 있습니다. 전이가 곧 피분석자의 내면에 억압되어 있는, 유년기에 부모에 대해 품었던 감정들을 드러낸다는 점입니다. 피분석자는 치료 현장에서 분석가를 상대로 전이의 감정들을 경험하고 표출함으로써 오래된 억압을 해소하는 효과를 얻을 수 있습니다. 이때 분석가는 틀림없이 피분석자의 부모 이미지를 대신하는 인물이 됩니다. 그런 현상을 '투사적 동일시'라고 합니다.

분석 현장에서 더욱 명료하게 드러나는 이 같은 심리 작용을 우리는 일상생활에서도 수시로 경험합니다. 안티권위주의 님과, 함께해요 님의 남편 분이 연장자에 대해 느끼는 모든 감정이 바로 부모에 대해 느꼈던 감정, 그러나 그들을 향해서는 제대로 표현하지 못했던 감정입니다. 그리하여 두 분은 부모를 대하는 것과 똑같은 방식으로 상사를 대하고 있습니다. 안티권위주의 님은 아버지에 대한 부정적인 감정은 눌러 둔 채 표면적으로 아버지와 우호적인 관계를 유지하고 있을 것입니다. 함께해요 님의 남편 분은 아버지와 전혀 관계를 맺지 않는 바로 그 방식대로 상사들과 무거래의 관계를 유지합니다.

우선 주변 사람들에게 여러분의 상사에 대해 어떻게 생각하는지 물어보세요. 보는 이에 따라 상사의 모습이 얼마나 달라지는지, 또 자신의 생각과 얼마나 다른지 비교해 보는 겁니다. 그러면 우리의 내면에 형성된 저마다의 다른 시각을 잘 이해할 수 있고, 우리가 날마다 본의 아니게 타인을 모욕하고 있다는 사실도 알게 됩니다.

다음으로 부모에 대해 억압해 둔 감정을 다시 체험하는 과정을 거쳐야 합니다. 어린 시절에는 두려움과 불안감 때문에 억압하거나 회피했던 감정을 이제, 뒤늦게나마 넘어서야 합니다. 그래야 내면에 존재하는 왜곡된 시선으로 타인이나 상사를 일그러뜨리지 않을 수 있습니다.

부모님이 살아 계시다면 안티권위주의 님은 어머니와, 함께해요 님의 남편 분은 아버지와 이야기를 나누어 보시는 게 가장 좋습니다. 물론 대화는 금세 벽에 부딪치거나 분노의 감정을 불러일으킬 것입니다. 그때 참거나 피하거나 물러서지 마시고 본인의 감정을 가만히 느껴 보세요. 용암처럼 분출하는 감정들이 느껴지고 심장이 터질 듯한 전율, 살갗이 타 버릴 듯한 뜨거움이 몸에서 감지될 것입니다. 그 모든 감정과 감각을 지금이라도 다시 체험하는 과정이 곧 치유 행위입니다.

단 한 번이 아니라 반복해서 거듭 그 감정을 체험해야 합니다. 한 번씩 경험할 때마다 그 감정이 조금씩 약화되는 것을 인식할 것입니다. 바로 그것이 내면의 억압을 완화하는 방법입니다. 내면에 억압된 감정들이 흐려지면 상사를 대하는 태도와 정서도 자연스럽게 달라지는 것을 느끼실 것입니다.

상사에게 투사한 감정이 부모에 대한 억압된 감정임을 인식하고 체험했다면 그 다음 단계로 나아가야 합니다. 상사에 대해 유난히 견디기 힘들었던 측면, "이기적이고, 제멋대로이고, 감정적이고, 권위적인" 모습들이 사실은 자신의 내면에도 억압되어 있는 기질이라는 점을 알아차리시는 단계입니다. 부모에 대해 느꼈던 감정, 그러나 어려서 표현하지 못했던 감정, 그러면서도 알게 모르게 동일시한 부모의 모습이 이미 자신의 일부가 되어 있음을 인정해야 합니다. 이 단계에 이르면 미화된 자기 이미지가 깨지는 고통을 느끼게 될 것입니다.

치유의 핵심은 '직면하기'에 있습니다. 상사의 모습이 곧 아버지의 모습이며 또한 자신의 모습이라는 사실을 바로 보고 인정할 수 있을 때 심리적 문제의 많은 부분이 해결됩니다. 내면과 직면하여 자신의 부정적인 측면을 인정하게 되면 마음의 힘이 강해지는 것도 느끼게 됩니다. 그러면 자신의 내면을 외부로 투사하는 행위는 자연스럽게 사라지고, 상사들에게서 같은 모습을 보더라도 더 이상 감정적인 불편을 느끼지 않게 됩니다.

그와 같은 감정적 과정을 겪고 나면 어느 지점쯤에서 부모의 입장에 대해서도 생각해 보시기 바랍니다. 우리 부모들은 현대사의 질곡 속에서 정치, 경제, 사회적으로 어려운 시대를 살아왔습니다. 그분들 역시 아이의 정서에 대해 배려할 줄 모르는 문화에서 성장했고, 그럼에도 가족에 대한 책임과 의무를 다하려 애써 왔습니다. 그런 부모님의 삶을 진심으로 헤아려 볼 수 있다면 그들과 동일시하면서 형성해 둔 자신의 모습도 진심으로 사랑할 수 있을 것입니다.

전이에 많은 비밀이 담겨 있는 것처럼, 분석가가 느끼는 역전이에도 소중한 정보가 담겨 있다고 합니다. 분석가는 여러 명의 피분석자에게서 서로 다른 성격의 역전이를 경험합니다. 그들은 역전이에서 피분석자의 내면을 이해하는 단서를 얻고, 통찰과 해석의 실마리를 찾아냅니다. 심지어 피분석자의 부모가 자녀에게 품었을 법한 감정을 고스란히 느끼기도 합니다. '투사적 동일시'라는 개념을 만든 현대 정신분석학자 윌프레드 비온은 역전이를 통해 피분석자의 마음속에서 명멸하는 감정이나 정서를 분석가가 실제로 경험한다고도 합니다. 그는 그것을 '감정의 전염' 현상이라고 설명합니다.

전이의 감정이 일상생활 속에서도 경험되듯이, 역전이나 감정의 전염 현상도 일상의 삶 속에서 늘 발생합니다. 질문하신 두 분의 상사도 두 분의 감정이나 정서를 고스란히 감지하고 있다는 뜻입니다. 그리하여 상사들이 두 분을 대하는 태도는 곧 두 분에게 달린, 두 분이 자초한 측면이 있다고 할 수 있습니다. 우리가 모든 사람을 존중하고, 매사를 긍정적으로 받아들여야 하는 이유가 거기에 있습니다. 세상은, 그리고 타인은, 우리가 느끼고 생각하는 그대로 우리를 대접합니다.

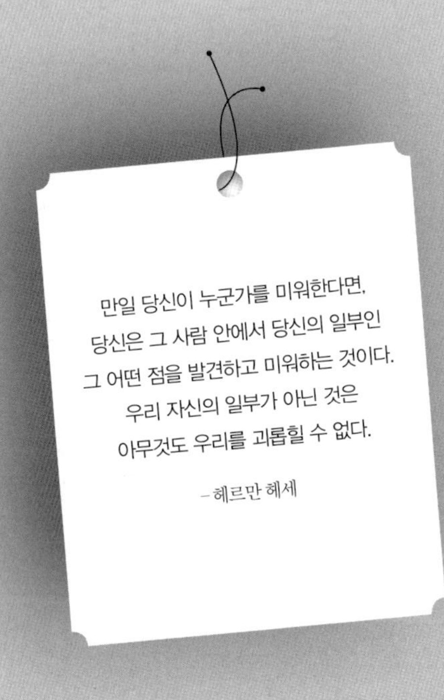
만일 당신이 누군가를 미워한다면,
당신은 그 사람 안에서 당신의 일부인
그 어떤 점을 발견하고 미워하는 것이다.
우리 자신의 일부가 아닌 것은
아무것도 우리를 괴롭힐 수 없다.
– 헤르만 헤세

유년기의 생존법을 버려야 합니다

여자 상사가 무례하고 간섭이 심합니다

저는 이십 대 싱글 여성이며 쇼핑몰 관련 회사에 다닙니다. 회사를 옮긴 지 2년 정도 되는데 여자 상사 때문에 너무 힘들어요. 저보다 여섯 살 연상인 팀장님인데, 남자 상사들보다 더 이상합니다. 성희롱 비슷한 이야기를 하는 것도 좋아하고, 윗사람들한테는 잘하면서 부하 직원들한테는 너무 함부로 해요. 제 생각에 팀장님은 그다지 훌륭한 능력의 소유자는 아니에요. 일도 머릿속에 떠오르는 대로 하는 스타일이라서 계획적으로 일하는 저와 맞지 않아요. 부하 직원을 야단칠 때도 주관적인 편입니다. 문제가 발생하면 일에 대해 야단치는 게 아니라 그 사람 자체를 못난 사람처럼 취급합니다.

사적으로도 자꾸 제 문제를 캐묻고, 제가 어쩔 수 없이 얘기를 하면 자기가 인생 선배라면서 충고하고 간섭합니다. 그 사람은 직장 상사일 뿐, 제 인생에 대해 충고하거나 간섭할 권리는 없다고 봐요. 그래도 겉으로는 웃으면서 충고해 줘서 고맙다고 얘기합니다. 하지만 돈 벌자고 이렇게까지 해야 하나 싶을 정도로 마음은 처참해요. 팀장님이 사사건건 물고 늘어지는데 정말 불편하고, 자다가도 벌떡 일어날 정도로 시달린 지 1년이 넘습니다. 그런데 회사 사람들은 제가 팀장님하고 아주 친하고 죽이 잘 맞는다고 생각하고 있답니다. 어쩌면 좋을까요? 팀을 옮기고 싶어도 팀장님이 놔줘야 가는데 어떻게 빠질 수 있을지 방법을 잘 모르겠어요. 작은 회사라서 팀장님이 다른 팀에 제 흉이라도 본다면 평판이 나빠질 것도 같고요. 팀장님에 비해 저는 너무 약한 존재인 것 같아 속상해요. –워킹싱글

상사를 존중하고 긍정적인 면을 봅니다

워킹싱글 님, 직장 생활이 참 어렵지요? 회사가 지뢰밭 같고 심지어 인간성을 마모시키는 공간처럼 느껴지기도 할 겁니다. 더구나 직속 상사와 갈등이 잦아지면 그처럼 괴로운 일이 없지요. 그런데 자신이 그토록 고달픈 이유를 글 속에서 이미 언급하고 계시는군요. “팀장님에 비해 저는 너무 약

한 존재인 것 같다."고 말입니다. 상대방을 강자라고 생각하면 아무것도 아닌 일에 피해 의식을 갖게 됩니다. 똑같은 말을 들어도 더 크게 스트레스를 받거나 더 심하게 감정을 자극 받게 됩니다.

앞의 글을 읽으셨다면 지금 워킹싱글 님께서 상사에 대해 느끼는 감정의 정체가 무엇인지 아셨을 것입니다. 상사를 그토록 강한 존재라고 느끼는 이유는 그 여성에게 어머니의 이미지를 투사하기 때문이라는 사실도 이해하셨을 겁니다. 동료들이 자신과 팀장님이 친하고 죽이 잘 맞는다고 생각하는 비밀에 대해서도 짐작하실 것입니다. 워킹싱글 님이 불편하게 느끼는 상사의 모습들이 바로 어머니의 모습이며, 동시에 미워하면서도 닮아 버린 자신의 일부라는 것을 말입니다. 워킹싱글 님은 마치 여섯 살짜리 아이와 같은 태도로 상사를 대하고 있었던 셈입니다.

성인이 된 후에도 우리의 내면에는 유년기에 형성된 생존법이 그대로 남아 있습니다. 그것을 잃으면 유년기에 회피한 불안이나 고통과 마주해야 하기 때문에 죽어라고 붙잡고 늘어집니다. 유년기에 형성된 방어기제나 신경증 속에 머물러 있으면 안정감을 느낄 수는 있습니다. 그러나 잠재된 역량을 발휘하고, 정신을 성장시켜 더 큰 창조성을 발현시킬 기회를 스스로 저버리는 결과가 됩니다.

최근에 재미있는 유머 한 가지를 들었습니다. 처용이 달 밝은 밤에 늦게까지 노닐다가 집에 돌아와 자리를 보니 다리가 네 개입니다. 그 상황에 대해 혈액형별로 대응 방법이 다르다고 합니다.

O형 처용: 도끼를 집어 들고 뛰어 들어간다.

A형 처용: “내 잘못이야”라며 돌아서서 운다.

B형 처용: 휴대전화를 꺼내 들고 경찰에 신고한다.

AB형 처용: 방문에 구멍을 뚫고 몰래 훔쳐본다.

이 얘기를 처음 들었을 때 재미있게 웃었습니다. 사실 우리는 모두 저런 반응 중 한 가지를 보일 것입니다. 그런 의미에서 “본디 내 것이지만 잃은 걸 어쩌겠느냐.”고 노래하며 덩실덩실 춤을 추었다는 진짜 처용은 어쩐지 대단한 인물처럼 보입니다. 그런데 나중에 생각하니 다섯 명의 처용이 우리의 생존법을 한 가지씩 대변하고 있는 게 아닌가 하는 생각이 들었습니다.

O형 처용은 자신이 전적으로 선하고 모든 잘못은 상대에게 있다고 믿는 분열과 투사 방어기제를 사용합니다. 도끼로 상대를 찍어도 괜찮다고까지 생각하는 거지요. A형 처용은 전형적으로 피학-우울적 성격 구조를 보입니다. 타인이 자기를 비난하기 전에 먼저 제 발등을 찍어 비난을 동정으로 바꾸는 방어법입니다. B형 처용은 회피 방어기제를 사용합니다. 문제를 인식하긴 하지만 그것을 자기 안으로 받아들여 해결하기보다는 타인에게 도움을 요청하고 자신은 갈등 현장에서 빠져나갑니다. AB형 처용은 반동형성이라는 방어기제를 사용합니다. 고통스러운 상황을 즉각 쾌락이라는 반대 감정으로 전환시키는 거지요. 진짜 처용은 ‘승화’라는 방식을 채택합니다. 내면의 분노와 상실감을 춤과 노래라는 문

화적이고 의미 있는 행위로 표출하는 것입니다.

분열, 투사, 부인, 회피, 반동형성 등의 방어기제들은 모두 우리가 유아기 때 만들어 가진 생존법입니다. 아동기에는 유용했던 그 생존법이 이제 성인이 된 우리를 불편하게 하고 있습니다. 성장을 향해 한 걸음이라도 내디디려면 먼저 자신이 사용하는 방어기제들을 인식하고 그것이 해체되는 불안을 감수해야 합니다. 옛이야기들에 생의 지혜가 담겨 있다면, 아마도 저 상황에서 처용처럼 반응하는 게 가장 성숙한 태도라는 뜻이 아닐까 싶습니다.

정신분석 현장에서 분석가는 성인에게 맞지 않는 피분석자의 낡은 생존법을 알아차리게 해줍니다. 그러나 피분석자는 본래부터 가지고 있던 성격의 방어구조가 해체될까 봐 혼신의 힘을 다해 '저항'합니다. 유아기의 불안으로부터 자아를 보호하기 위해, 부모에 대한 분노와 마주치지 않기 위해, 금지된 사랑을 품었다는 사실을 외면하기 위해 낡은 방어기제들을 붙잡고 늘어집니다. 자신의 문제로 들어가지 않기 위해 면담을 빼먹거나, 침묵으로 일관하거나, 공연히 분석가를 공격합니다.

만약 이 책을 읽다가 어느 지점에서 마음이 불편하거나, 화가 나거나, 책을 덮어 버리고 싶은 충동이 인다면 내면에 억압되어 있는, 스스로가 인정하지 못하는 마음을 자극 받았다고 생각하시면 좋습니다. 이 책의 어떤 내용이 자신이 만들어 가진 유아적 생존법을 흔들기 때문입니다. 너무 화가 나서 책장을 덮어 버린다면 그것이 바로 저항 행위입니다.

워킹싱글 님, 고통스러우시겠지만 자신이 가지고 있는 유아기의 생존법을 잘 보시기 바랍니다. 자신이 옳고 모든 잘못은 전적으로 상사에게 있다고 믿는 분열 방어기제, 그에게서 어머니의 모습을 보는 투사적 동일시, 속으로는 싫어하면서 겉으로는 잘 지내는 반동형성 등의 생존법을 깨닫고 그것을 버리셔야 합니다. 엄마에게 투정 부리는 아이처럼 상사에게 감정적으로 대응하는 미숙한 태도도 없애야 합니다. 그런 다음 성인으로서의 생존법, 직장이라는 공간에 적합한 관계 맺기 방식을 배우시기 바랍니다.

감정이 아니라 이성과 합리를 바탕으로 한 관계 맺기, 자기주장보다는 상사의 지시에 따르는 수직적 관계 맺기, 상대방을 존중하고 배려하는 관계 맺기 등의 방식을 습득해야 합니다. 불편한 간섭에 대해서는 정중하게 거절하기, 상사와 다른 의견을 분명하게 말하기, 내심으로 싫으면 겉으로 죽이 맞는 듯 행동하지 말고 적절한 거리 두기, 상대가 정말 인격적으로 미숙하고 나쁜 사람이라면 그와의 관계를 철수하기 등의 방법들이 있습니다.

상사를 대할 때 긍정적인 면을 먼저 보고 존중하는 태도를 갖는 것도 중요합니다. 그가 힘든 직장 생활을 지속하면서 팀장 자리에까지 오른 미덕이나 능력이 무엇인지도 살펴보세요. 그가 임무를 수행하는 법, 상사나 후배 직원들과 관계 맺는 법, 위기 상황을 돌파하는 법, 관계의 갈등을 처리하는 법을 잘 보고 배우시면 좋습니다. 그것이 성장하는 방법입니다. 문제가 있을 때마다 부서를 옮기는 것은 좋은 해결책이 아닙니다. 뼈가 아프더라도 자신을 잘 보고, 자신을 개선해 나가야만 근본적으로 문제를 해결할 수 있습니다.

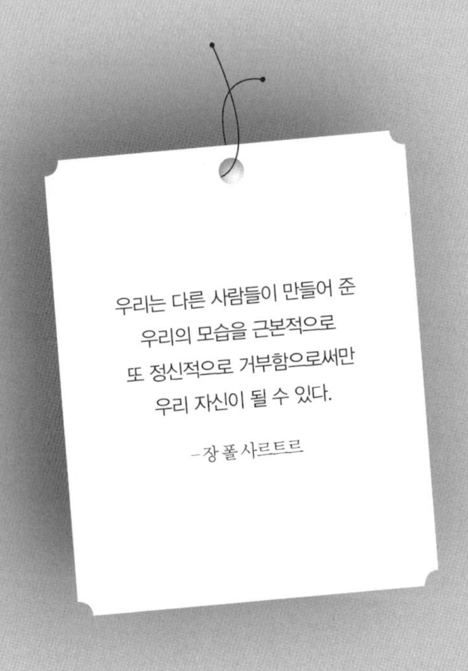

우리가 가지고 있는 성격, 생존법, 정체성은
성장기에 타인에 의해 만들어지거나, 미숙한 인식으로 인해
왜곡되게 형성된 것이 많습니다.
성인이 된 후 그 사실을 자각하고 스스로 자신이 되려고 노력할 때까지,
우리는 진정한 자기 자신이 아닐 수도 있습니다.

억압된 내면의 감정을 표현합니다

엄마의 상처를 돌봐 주고 싶어요

그 시대 여성들이 대개 그러하듯 저희 엄마 역시 무지막지한 상처와 억압을 견뎌 내며 살아오신 분입니다. 딸과 사위들은 "우리 엄마가 교육만 제대로 받았으면 한인물 했을 거야." 하며 억척스럽고 슬기로운 엄마를 인정해 왔고, 엄마는 자식들의 인정을 위안 삼아 살아오셨답니다. 그러나 그런 엄마 밑에서 성장한 우리 삼 남매의 어린 시절이 실로 고달팠음은 이 책을 읽는 분들이라면 가히 짐작하시겠지요. 사랑을 하는 데도, 나의 가정을 이끌어 가는 데도, 여타 인간관계를 맺는 데도 너무 나쁜 영향을 끼쳐 왔습니다.

저와 언니는 지난 한두 달을 우울증 상태로 보냈습니다. 자신의 문제를 자각하고 상처를 들여다보는 기간이었지요. 둘이서 엄마를 마음껏 미워하다가 통곡하며 울기도 여러 번 했답니다. 이제 기적처럼 마음이 가벼워졌고, 동시에 더 무겁고 많은 응어리를 안고 있는 엄마의 인생이 가여워졌습니다. 지난 설을 기회 삼아 엄마에게 조심스럽게 말문을 열어 보았습니다. "엄마, 우리가 이러이러한 어린 시절을 보냈고……." 아직 본론도 못 들어갔는데 엄마는 불같이 화를 내십니다. "이것들이 대가리 컸다고 이제 와서 기억도 안 나는 지난 일을 끄집어낸다."는 거지요. 저는 이 대목에서 어릴 때처럼 한 대 맞기까지 했답니다.

저와 언니는 간곡히 엄마에게 말했습니다. "우리가 엄마를 원망하는 마음이 아주 없다면 거짓말이지만, 그보다는 앞으로의 엄마 인생을 행복하게 해주고 싶어서다."라고요. 엄마는 들으려고도 않습니다. 지금까지 이렇게 살아왔으니 쭉 이렇게 살겠다는 거지요. 저는 이제 당신 마음의 상처를 많이 읽었기에 그런 태도가 조금도 서운하지 않습니다. 다만 어설프게 엄마의 상처만 건드려 놓고 뒷수습도 못하게 될까 봐 두렵습니다. 저와 언니가 마음의 돌덩이를 많이 내려놓았듯이 엄마의 돌덩이도 내려드리고 싶습니다. –세진

엄마처럼 통제하고 지배하려는 욕망입니다

세진 님이 언니와 함께 자신을 짚어 보는 시간을 가져 '기적처럼 마음이 가벼워지는' 효과를 얻었다니 저도 진심으로 기쁩니다. 위에 기록하신 것과 같은 과정은 분석 치료를 받는 이들도 한 번쯤 거치는 단계입니다.

정신분석 현장에서 행해지는 문제 해결의 과정은 '내가 괜찮지 않다'는 사실을 인정하는 단계, 치료 동맹 속에서 자아를 강화시키는 단계, 전이를 통해 내면에 억압된 감정을 알아차리는 단계, 유아적 생존법인 방어기제를 자각하는 단계 등으로 이어진다고 말씀드렸습니다. 그 다음 단계에서는 방어가 해체되면서 내면에 억압되어 있던 감정들이 언어로, 행동으로 표출됩니다. 그것을 '전이 행동화'라고 합니다.

무의식에 억압된 감정이란 금지된 사랑, 공격성, 불안감 등 아기의 자아가 감당할 수 없었던 것들입니다. 이제는 치료를 받고 자아가 강해져서 그 감정들을 감당할 수 있고, 나아가 표출할 수 있습니다. 터져 나온 내면의 감정들은 치료 공간에서 체험되는 것이 원칙이지만 현실적으로는 그렇게 되지 않습니다. 오래 억압되어 있던, 자신조차 감당할 수 없는 뜻밖의 감정들은 일시적으로 당사자의 정서를 온통 지배합니다. 치료 공간을 넘어 일상생활 속에서도 언어와 행동으로 표출됩니다.

어떤 사람은 억압되어 있던 사랑의 욕망을 행동화하여 연애에

돌입하기도 하고, 세진 님처럼 억압해 둔 분노를 겉으로 드러내어 '엄마와 한바탕' 치르기도 합니다. 문제의 근원에 억압된 분노나 공격성이 있고, 그 근원이 어머니의 양육 방식과 관련된 유년의 감정이라는 사실을 알게 되면 그동안 존경하고 이상화해 온 부모에 대해 생전 처음으로 걷잡을 수 없는 실망과 분노를 경험합니다. 뒤늦게 자각한 분노를 부모에게 직접 표출하는 겁니다.

달라진 자녀들의 태도에 대응하는 부모의 방식 역시 충격, 분노, 방어 등의 형태를 보입니다. 어떤 부모는 착한 자식이 반란을 일으키는 행위쯤으로 받아들이고, 어떤 부모는 자식이 무슨 말을 하든 간에 벽처럼 자신의 정당성만 주장합니다. 간혹 진심으로 사과하는 부모도 있다고 합니다. 모르고 한 일이며, 그토록 상처가 될 줄은 몰랐다고요.

이 단계에 도달하면 주변 사람들의 눈에는 정신분석이 사람을 망친 것으로 보입니다. 무력하고 위축되어 있던 청소년이 반항적이고 폭력적으로 변하고, 우울증 속에서 조용히 지내던 아내가 이혼을 요구하거나 가출합니다. 항상 관대하고 양보의 미덕을 보이던 친구가 이기적이고 욕심 사나운 사람으로 돌변하기도 합니다. 주변 사람들의 반응이야 어떻든 간에 억눌렸던 감정을 표출하는 그 행위만으로도 당사자에게는 큰 치유 효과가 있습니다. 내면에 억눌려 있었던 감정을 제대로 보고 인정한 점, 그것을 최초의 온당한 대상을 향해 표현한 점, 분노해도 그 대상이 파괴되지 않고 자신의 생존이 위협받지 않는다는 사실을 안 것만으로도 좋은 일입니다. '표현하기' 과정은 일회적으로 완성되는 게 아니라 오래도록, 반복해서, 천천히 완성됩니다.

세진 님이 체험하신 일이 바로 이 단계에 해당됩니다. 그 과정에서 몇 가지 유념하셔야 할 사안이 있습니다. 우선 세진 님이 느끼시는 분노의 감정들은 성인인 자신의 것이 아니라 유아기에 만들어진 후 성장하면서 덧씌워진 감정들입니다. 그 시기 우리의 인식에는 왜곡과 오류가 많다고 말씀드린 바 있습니다. 그 감정은 '과거의 자기'이며, '내면의 아기'입니다. 엄마에게 묵은 감정을 표현하는 건 좋지만, 그 아이를 보살피고 사랑하고 성장하게 하는 일은 궁극적으로 세진 님 스스로 해야 합니다.

또한 세진 님의 내면에 형성된 엄마의 이미지 역시 현실의 엄마와 똑같은 모습은 아니라는 점입니다. 거기에는 세진 님이 아기 때, 그리고 성장하는 과정에서 원하는 것을 잘 들어주지 않는 엄마에 대해 분노와 불안감을 느끼면서 만들어 가진 뒤틀린 모습이 많이 섞여 있습니다. 아무리 성인의 눈으로 엄마를 본다고 해도 근원적인 왜곡은 여전히 존재합니다. 그 점을 명백히 인식하신 상태에서 자신의 마음을 보시는 단계까지 가셨기를 바랍니다.

다음으로 중요한 점은 '엄마와 한바탕'이라는 행위의 본질을 유념하셔야 한다는 사실입니다. 불과 얼마 전까지만 해도 세진 님은 엄마를 미화하고 우상화하는 단계에 있었으며, 엄마 일이라면 발 벗고 나서는 효녀가 아니었을까 싶습니다. "애지중지 키운 아들은 불효자 되고, 천덕꾸러기로 키운 아들은 효자 된다."는 세간의 말이 있습니다. 이 말의 심리적 진실은, 충분히 사랑받은 자식들은 부모에게서 완전하게 독립된 인격체로서 주도적 삶을 살아가지만, 사랑을 덜 받은 자식은 여전히 부모의 인정과 지지를 기대하고 사랑받기를 원하면서 부모에게 돈과 시간과 헌신을 바친다는 뜻에 닿아 있습니다.

"대가리 컸다고" 부모가 언짢아할 자기주장을 펼 수 있을 때 비로소 엄마와 심리적으로 분리, 개별화를 이루며 자기 삶의 주도권을 자기 손에 건네받는다는 의미가 됩니다. 그 점을 인식하신다면 "한 대 맞기까지" 하면서도 엄마를 위해 무언가를 하려는 그 마음의 밑바닥에 무엇이 있는지 냉정하게 짚어 보시기 바랍니다. 그러면 지금 중요한 것이 엄마를 바꾸는 일인지, 엄마와 깊이 얽혀 있는 정서적 의존 상태를 단절시키고 심리적으로 독립하는 일인지 알게 됩니다.

마지막으로 세진 님 역시 엄마처럼 하고 있는 건 아닌지 점검해 보세요. 예전에 그토록 싫어했던 엄마의 간섭, 지배, 통제가 엄마 입장에서는 자식을 사랑하는 마음으로 했던 행동들입니다. 지금 세진 님 역시 엄마를 위한다는 명목으로 아무런 준비도 되어 있지 않은 엄마에게 똑같은 것을 돌려드리려고 하는 건 아닌지요? 의존, 간섭, 지배, 통제 등은 가장 대표적으로 '사랑처럼 보이는 것'에 속합니다. 세진 님의 성장기에 엄마의 지배와 간섭이 진저리가 나도록 싫었다면, 이제 와서 엄마에게 그와 똑같이 돌려주려는 무의식적 의도는 불손해 보이기도 합니다.

거듭 말씀드리지만, 이 세상에서 우리가 바꿀 수 있는 사람은 오직 우리 자신밖에 없습니다. 진심으로 엄마를 도와 드리고 싶다면 지금 그대로의 엄마를 인정하고, 그런 엄마와 관계 맺는 자신의 방식을 바꾸어 나가는 방법이 있을 뿐입니다. 세진 님이 먼저 예전과는 달라진 태도로 엄마를 대한다면 조금씩, 아주 천천히 엄마도 달라지는 게 느껴지실 겁니다. 혹시 엄마가 영원히 지금처럼 사시더라도, 그래서 볼 때마다 가슴에 눈물이 맺히더라도 그것이 엄마의 삶이라고 그냥 인정하실 수 있어야 합니다. 엄마가 스스로 원해서 변화를 모색하시지 않는 한 말입니다.

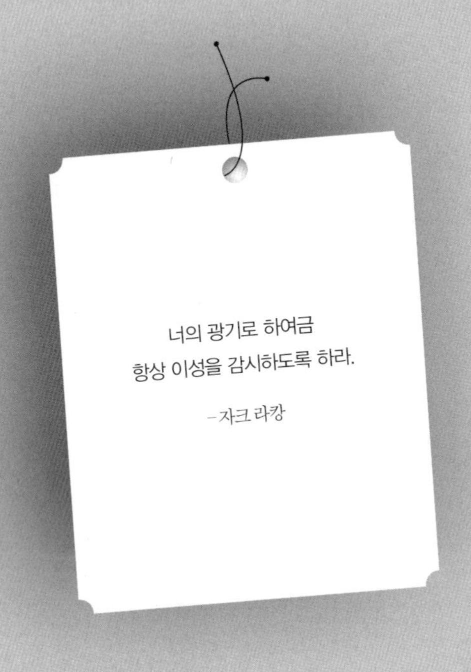

그가 말하는 광기란 억압해 둔 무의식의 영역일 것입니다.
크게는 이성과 합리의 시대가 외면한 본능과 직관의 영역이며,
작게는 저마다의 내면에 있는 '상처 입은 아기' 일 것입니다.
바로 그곳에 한 사람의 생의 에너지, 성장 잠재력, 창조적 역량이 들어 있다고 합니다.

선한 나와 추악한 나를 통합합니다

내 안에 '두 개의 나'가 있어요

누구나 그렇겠지만 자기 안에는 '착한 나'와 '악한 나'가 있잖아요. 하지만 제 안에 있는 두 사람은 마치 탕녀와 성녀처럼 너무나 다르죠. 평소의 제 이미지는 전형적인 '착한 여자'랍니다. 사람들을 대할 때도 저의 의견이나 감정은 꾹꾹 눌러 참으면서 상대방의 입장을 먼저 배려합니다. 이런 제가 술을 많이 먹고 필름이 끊기면 180도 변합니다. 행동이 과격해지고, 거기에 성적인 측면까지 개입됩니다. 같이 술 먹던 남자를 가만두지 못하는 겁니다. 더욱 이해할 수 없는 것은 실제로 성관계를 원하는 게 아니라 터치나 포옹 같은 가벼우면서도 내가 사랑받고 있다는 느낌이 드는 스킨십을 원한다는 거죠. 물론 상대방 남자는 이해할 수 없겠지만요.

아버지 때문이 아닐까 싶어요. 아버지는 저에 대해 기대가 컸어요. 저는 항상 아버지의 기대에 부응하려고 애썼고요. 제가 하고 싶은 것, 먹고 싶은 것의 기준은 언제나 아버지였고, 제 삶의 목표나 미래를 생각하기보다 아버지의 기대를 채우기에만 급급했어요. 그런 아버지는 제게 초등학교 때부터 고등학교 때까지 폭력을 행사했어요. 주로 PVC 파이프나 호스 같은 걸 테이프로 감아서 때리시곤 했는데, 그걸로 맞으면 아무리 세게 맞아도 살이 터지기는 해도 뼈가 부러지지는 않았기 때문이죠. 희한하게도 아버지는 엄마나 동생에게는 폭력을 행사하지 않고 오직 제게만 폭력을 행사했어요. 솔직히 말하면 아버지는 제가 초등학교 6학년 때 아무도 없는 방에서 저를 성추행한 적도 한 번 있어요. 정말 오래된 일인데도 그날 제가 무슨 바지를 입었는지까지 선명하게 기억하는 건 왜일까요? 뭐가 잘못된 건지, 어디서부터 바로잡아야 할지 모르겠어요. 술만 먹으면 돌변해 버리는 저를 감당할 수가 없습니다. –두명의나

그늘 속 나를 끌어내어 햇빛 속에 살게 합니다

'두명의나'라고 닉네임을 쓰신 분, 자신의 양가감정에 대해 잘 인식하고 계신 점이 우선 다행스럽습니

다. 우리의 내면에는 생존 욕망과 죽음 욕망, 자기 보존 욕구와 자기 파괴 욕구, 현실 원칙을 따르는 본능과 쾌락 원칙을 따르는 본능 등의 상반된 힘이 공존합니다. 파우스트와 메피스토펠레스, 지킬 박사와 하이드가 동일 인물이라는 사실을 우리 모두 알고 있습니다.

프로이트 학파 정신분석학에서는 우리 내면에 존재하는 감정의 어두운 측면이 밝은 측면과 짝을 이룬다고 해서 '양가감정'이라 일컫습니다. 융 학파 정신분석학에서는 그런 측면을 밝은 의식의 반대편에 있는 어두운 면이라는 뜻에서 '그림자'라고 부릅니다. 앞 장에서 내면에 억압된 감정을 알아차리고 표현하는 과정에 대해 말씀드렸습니다. 내면에 쌓아 둔 감정은 대체로 분노, 불안, 질투, 시기심 같은 부정적인 것들입니다. 이제는 바로 그 못나고 추악하고 인정하고 싶지 않은 내면의 어두운 측면들을 하나씩 꺼내 자신의 것으로 인정하고 보살피는 과정을 거쳐야 합니다.

두명의나 님은 자신의 내면에 착한 나와 악한 나, 성녀와 탕녀가 존재한다는 사실을 알고 계십니다. 그럼에도 그 존재들이 느끼는 구체적인 감정에는 닿지 못하신 것으로 보입니다. 글을 읽어보면 지속적으로 폭력을 행사한 아버지에 대해 그 어떤 분노의 감정도 느껴지지 않습니다. 오히려 폭력을 '아버지가 준 특별한 것'으로 인식하는 태도가 엿보이며, 여전히 아버지의 기대에 부응하여 사랑받고자 하는 '착한 아이'의 모습이 보입니다. 그 아이는 또한 아버지에 대한 어마어마한 사랑을 내면에 감추어 놓고 있습니다.

두명의나 님, 자신의 내면에 존재하는 두 가지 감정을 짐작하신다면 우선 아버지에 대한 사랑뿐 아니라 아버지에 대한 분노도 알아차리시기 바랍니다. 그러기 위해서는 아버지의 행동 속에 존재하는 사랑과 학대를 구분하실 수 있어야 합니다. 자녀에 대해 높은 기대를 갖는 것은 자녀의 능력을 인정해서가 아니라, 자녀를 통해 자신의 실패를 보상받고자 하는 행위입니다. 자녀에게 폭력을 행사할 때 뼈가 부러지지 않도록 PVC 파이프에 테이프를 감았다면 그것은 충동적인 행동이 아니라 치밀하고 계획적인 폭력입니다. 다른 가족에게는 그렇게 하지 않았는데 자신에게만 폭력을 행사했다고 해서 자신만을 더 사랑했다는 뜻은 아닙니다. 무엇보다도 초등학교 6학년짜리 딸을 성추행했다는 것은 아버지의 통제력에 문제가 많았다는 말입니다.

학대받은 아동들은, 믿을 수 없겠지만, 자신을 학대하는 부모에게조차 강한 애착과 충성심을 갖습니다. 부모가 즐거움과 만족을 주지 않았다고 해서 그들 사이의 유대 관계가 약해지지는 않습니다. 오히려 그런 아이들은 부모와 더욱 강한 애착 관계를 형성하고, 타인과의 관계에서도 부모가 주었던 것과 똑같은 종류의 고통을 추구하는 태도를 보입니다. 두명의나 님처럼 "자신의 의견이나 감정은 꾹꾹 눌러 참고 상대방의 입장을 먼저 배려하면서" 부당한 관계나 우울을 감수하게 됩니다.

이제 두명의나 님은 사랑받기 위해 아버지 말을 잘 듣는 착한 딸 역할을 그만두셔야 합니다. 아버지에게 맞을 때마다 내면에 쌓여 온 분노를 인식하시고, 그 분노를 꺼내 자신의 감정 속에서 체험하시기 바랍니다. 아버지의 폭행으로부터 딸을 지켜 주지 않은 엄마에 대한 분노도 알아차리셔야 합니다. 아버지뿐 아니라 엄마도, 동생도 내면의 분노를 오직 가족 중 한 명의 딸에게 투사하면서 저마다 자신들의 안전만을 지켜 온 가정의 시스템 전체를 둘러보세요.

'착한 여자'의 뒷면에 있는 '나쁜 여자'는 분노뿐 아니라 맞는 행위에 대한 공포와 불안, 맞지 않는 동생에 대한 질투와 시기심, 맞으면서 형성된 자기 비하감과 자기 파괴적 성향들을 두루 가지고 있습니다. 그 여자는 "술을 많이 먹어 필름이 끊기면 행동이 180도 변하면서" 비로소 모습을 드러냅니다. 두명의나 님이 우선 하실 일은 술 취하지 않은 맨정신으로도 '나쁜 여자'의 감정 영역을 알아차리고 느끼는 일입니다. 그 어둡고 부정적인 감정들 역시 자신의 것임을 진심으로 인정하고 끌어안아야만 합니다.

그 다음에는 아버지와 직접 마주 앉아 오래된 폭력과 성추행의 문제에 대해 이야기를 나누어 보세요. 아버지의 변명을 듣든, 사과를 듣든, 혹은 더 큰 분노와 마주치든 모든 경우의 수를 상정하시고 그 일을 해내시기 바랍니다. 중요한 것은 아버지의 반응이 아니라 자신의 내면에 있는 분노를 정당한 대상을 향해 표출하는 바로 그 행위입니다. 언제든 기회가 된다면 전문적인 심리 치료를 받아 보시는 것도 좋습니다.

또 한 가지 권해 드리고 싶은 것은 연인을 만들고 사랑을 하시라는 점입니다. 내면에 억압된 '탕녀'의 측면, 그래서 함께 술 먹는 사람을 가만히 두지 못하는 욕망을 현실 속에서 구체적인 대상과 나누는 경험을 해야 합니다. 두명의나 님은 여전히 아버지에게 정서적으로 묶여 있기 때문에 연인을 만들고 그와 친밀한 관계를 맺는 일을 해보지 않으셨을 것으로 짐작됩니다. 친밀한 관계를 맺고, 그 상대와 몸과 마음으로 서로 사랑하는 경험을 하신다면 "술에 취해 남자를 가만두지 못하는" 행동은 저절로 사라집니다. 그런 욕망들이 내면에 억압되어 있기 때문에 술이 취했을 때에만 표출되는 것입니다.

사랑하는 사람을 구할 때는 꼭 주의하셔야 할 점이 있습니다. 두명의나 님은 무의식적으로 고통을 추구하는 성향이 있기 때문에 사랑하는 대상을 선택할 때도 만족과 즐거움을 주는 대상이 아니라 (아버지처럼)고통을 주는 사람에게 끌릴 가능성이 높습니다. 그 점을 유념하셔서 즐거움, 만족감, 편안함을 주는 사람을 알아보는 눈을 기르시기 바랍니다. 사랑뿐 아니라 다른 인간관계나 세상살이에서도 자기 파괴적으로 행동하지 않도록 늘 유의하셔야 합니다. 조금만 마음이 삐끗하면 죽음 욕망이 생존 욕망을 이겨버릴 수 있기 때문입니다.

내면에 억압해 둔 어둡고 위험한 감정들을 하나씩 꺼내 그것을 자신의 일부로 인정하고 밝고 건강한 의식 속으로 받아들이는 일을 '양가감정을 통합한다'고 일컫습니다. 양가감정을 통합하면 자아가 강해집니다. 내면을 억압하는 데 쓴던 에너지를 거두어 자아가 흡수하기 때문입니다. 양가감정을 통합하면 또한 자율적이고 창조적인 사람이 됩니다. 억압하고 외면해 둔 내면에는 엄청난 지혜와 창조성이 들어 있기 때문입니다. 내면의 부정적인 측면에도 불구하고 자신이 한 인간으로서 존엄하고 사랑받을 만하다는 사실을 진심으로 믿게 되며, 그때 진정한 마음의 치료가 이루어집니다.

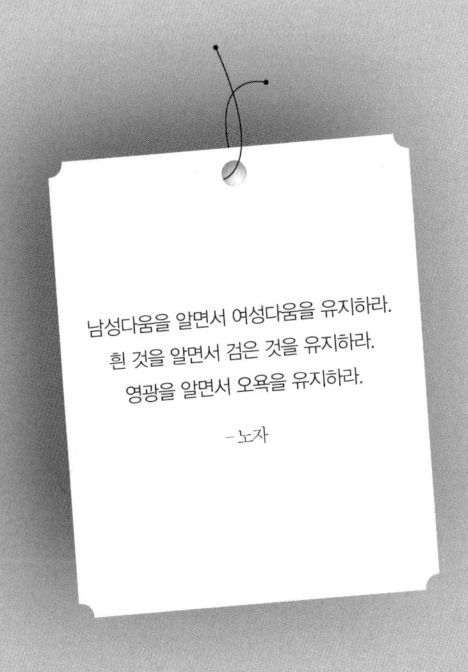

《도덕경》의 이 구절은 통합된 양가감정에 대한 이야기일 것입니다.
도교의 태극 문양은 두 원이 통합된 모습, 무극과 무경계의 경지를 상징합니다.
유대교의 다윗의 별은 정삼각형과 역삼각이 통합된 형태이고,
기독교의 십자가는 수평선과 수직선이 통합된 형상입니다.
인간 정신을 고취시키고자 하는 각 분야에서
양가적 가치가 통합된 상태를 최고의 선으로 상정합니다.

내면의 부모 목소리를 지워냅니다

늘 이해할 수 없는 죄의식에 시달립니다

늘 이해할 수 없는 죄의식에 시달립니다. 학교 다닐 때 성적이 그만하면 괜찮았는데도 늘 공부를 못하는 것 같았고, 학급에서 도난 사건이 일어나 단체 기합을 받을 때면 틀림없이 제가 잘못을 저지른 것 같아 숨 쉬기조차 힘들었던 기억이 있습니다. 사회에 나와 직장 생활을 하면서도 일에서 실수하는 게 있는 것 같아 머뭇거리게 됩니다. 한 가지 업무를 끝낼 때마다 그 과정을 복기하면서 잘못을 찾아내려는 자신을 발견하곤 합니다. 실제로 꼽아 보면 아무것도 잘못하지도 않았고, 심지어는 유능하다는 말을 듣는 편인데도 내면에서는 알 수 없는 죄의식과 부족함을 느낍니다. 일을 잘할 때조차, 그것이 다른 사람을 짓밟는 일이 되는 것 같아 불편합니다. 죄의식이 너무 심할 때는 차라리 나쁜 짓을 해서 죄책감이 억울하지 않도록 하는 게 낫지 않을까 하는 극단적인 생각도 듭니다.

같은 맥락에서인지 모르겠지만 부도덕하거나 질서를 잘 지키지 않는 사람을 보면 화가 납니다. 주차 공간 두 자리를 차지하고 삐뚤게 주차해 둔 차를 봐도 화가 나고, 휴지를 함부로 버리는 사람을 봐도 속에서 뜨거운 것이 올라옵니다. 남달리 정의로운 것은 아닌데 이상하게 타인의 사소한 잘못에 크게 화가 납니다. -아폴론

훌륭한 사람이 될 필요는 없습니다

우리의 정신 구조가 원본능, 자아, 초자아로 구성되어 있다는 사실은 이미 말씀드렸습니다.

우리가 죄의식을 느낄 수 있는 것은 초자아의 영역이 있기 때문입니다. 초자아는 자아가 본능에 휘둘리지 않도록 조절하고, 자아가 올바른 일을 수행하도록 감독합니다. 초자아에서 죄의식을 느끼기 때문에 우리는 도덕적이고 윤리적인 인간이 됩니다. 우리가 근친상간을 저지르지 않는 것도 오이디푸스적인 죄의식이 있기 때문입니다. 그것은 건강한 죄의식입니다.

죄의식이 어떻게 형성되는가에 대해서는 여러 가지 이론이 있

습니다. 우선 오이디푸스적인 욕망, 즉 반대 성의 부모를 향해 품는 성적 욕망에 대한 불안감이 죄의식을 낳는다고 합니다. 금지된 것을 추구하는 욕망에 대해 스스로를 단죄하는 태도라는 겁니다. 또 하나는 구강기 단계의 식인적인 환상이 죄책감을 느끼게 한다는 주장이 있습니다. 아기는 엄마의 젖을, 그리고 그 엄마의 존재를 삼켜 버리고 싶어 하고 그런 욕망에 대해 죄의식을 갖는다는 것입니다. 한편으로는 사랑하는 대상에 대한 분노와 공격성에서 죄의식이 비롯된다는 이론이 있습니다. 엄마에 대한 분노와 공격성을 품었다는 사실은 내면 깊이 억압되고, 그렇게 초자아가 되어 죄책감으로 변한다는 것입니다.

조금 다른 방식으로 죄의식을 설명하기도 합니다. 우리가 성장기 내내 듣는 부모의 금지의 목소리가 내면화되어 마음 깊은 곳에서 마치 레코드 테이프처럼 재생되면서 죄의식을 조장한다는 것입니다. 부모의 금지 목소리뿐 아니라 우리는 사회 곳곳에서 금기와 규제와 맞닥뜨립니다. 그때마다 그것이 내면화되면서 초자아를 강화시킵니다.

정당한 죄의식은 우리가 사회적으로 잘 기능하는 인간이 되도록 도와줍니다. 그러나 실제로 죄를 짓지 않았으면서도 항상 죄의식에 시달리고, 자신이 죄를 지을지도 모른다는 염려 때문에 불안해한다면 그것은 병리적인 죄의식입니다. 초자아가 지나치게 강해서 자아를 위협하는 현상입니다.

아폴론 님, 학급에서 도난 사건이 일어나면 본인의 잘못 같고,

일하면서 잘못하는 게 있을까 봐 머뭇거린다면 그것은 문제라고 볼 수 있습니다. 아폴론 님은 자기 자신에게 지나치게 엄격하고, 내부에 이런저런 규칙이 많이 존재하고, 질서와 규범을 엄격히 지키는 사람으로 보입니다. 초자아가 지나치게 강한 사람의 특징입니다. 비대한 초자아가 현실적이거나 합리적인 이유 없는 죄의식을 낳고 있으며, 말씀드린 대로 그것은 유년기에 형성된 왜곡된 정서입니다.

예전에 '좋아하는 동물 세 가지 말하기'라는 일종의 심리 테스트 놀이가 있었습니다. 피실험자가 호랑이, 토끼, 기린, 하는 식으로 세 가지 동물을 말하면 문제를 낸 사람이 심리 상태를 풀이해 줍니다. 첫 번째 동물이 자신이 생각하는 자기 모습, 두 번째 동물은 타인이 생각하는 자기 모습, 세 번째 동물은 그렇게 되고 싶어 하는 자기 모습이라는 것입니다. 위의 순서가 맞는지 정확히 기억나지 않지만, 그것은 한 사람이 결코 한 가지 모습만을 갖는 건 아니라는 진실을 암시하는 놀이였습니다.

우리에게는 이처럼 자신이 생각하는 '자기 이미지'와 그렇게 되고 싶어 하는 '자아 이상', 그리고 타인들의 내면에 비춰져서 '객관적'이라는 미명으로 나타나는 모습 등이 있습니다. 그중에서 '자아 이상'은 자신에 대한 과대한 전능감과 미화된 부모 이미지가 합쳐져서 만들어진 '자기에 대한 이상적인 개념'이라고 합니다. 이를테면 선하고, 정당하고, 훌륭하고, 완전한 사람이 되고자 하는 이상적인 자기 이미지입니다. 그러나 현실에서 우리가 느끼는 '자기 이미지'는 거기에 미치지 못합니다. 형편없이 부족하고, 어리석고, 나쁜 사람처럼 느껴지는 때가 더 많습니다. 바로 자아 이상과 자기 이미지의 틈에서 죄의식이 생겨나기도 합니다.

아폴론 님도 내면에서 자신의 모습이 위와 같이 나누어져 있음을 느끼실 것입니다. 비현실적인 죄의식에 대한 해결책은 자아 이상이 너무 높게 설정되어 있다는 사실을 알아차리고, 그것을 땅바닥 가까운 곳으로 끌어내려 현실적인 모습으로 바꾸는 것입니다. 우리는 그렇게 훌륭하고 완전한 사람이 될 수 없으며, 그렇게 될 필요도 없습니다. 동시에 자기 이미지 역시 개선할 필요가 있습니다. 자신이 매사에 잘못하거나 부족하지 않으며, 사실은 유능하기까지 하다는 것을 자신의 일부로 확고히 받아들여야 합니다. 자아 이상을 낮추고 자기 이미지를 높여 그 틈새를 좁히면 불필요한 죄의식이 많이 줄어듭니다.

죄의식을 약화시키는 또 한 가지 방법은 양가감정을 통합하는 것입니다. 양가감정을 통합하는 일에 대해서는 앞 장에서 말씀드렸습니다. 양가감정을 통합하여 자신의 부정적인 측면을 인정하고 수용하면 그 자체가 바로 내면의 억압과 규제들을 덜어 내는 행위가 됩니다. 자연스럽게 불필요한 죄의식도 사라집니다.

또 하나, 심리 치료는 유아기에 만들어 가진 방어기제들을 해체하는 일이라고 말씀드린 바 있습니다. 방어기제가 해체되면 내면의 억압이 풀어지면서 원본능이 좀 더 자유로워지고 초자아의 힘이 약해집니다. 자아는 양편의 에너지를 흡수해서 더욱 강해집니다. 자아가 강해지면 내면에서 돌아가는 부모의 금지 목소리를 제거하는 일도 쉬워집니다. 아폴론 님, 불필요한 죄의식은 정신의 여러 영역에서 비롯되며, 또한 다양한 방법으로 해결할 수 있습니다. 그 가운데 핵심은 지나치게 강한 초자아를 약화시키고 자아를 강하게 하는 일입니다.

정신분석적 심리 치료의 목표에는 방어기제의 해체, 양가감정의 통합 다음으로 초자아를 약화시키는 단계가 있습니다. 초자아가 약해지고 원본능에 대한 지나친 억압이 해체되면 절로 자아가 강해집니다. 그렇게 해서 정신의 구조에 변화가 오면 궁극적으로 성격이 달라집니다. 지나치게 엄격하고 완고하던 (초자아의) 측면이 사라지고, 항상 날카롭고 긴장되어 있던 (원본능의) 측면도 완화되어 관대하고 편안한 성격이 나타납니다. 심리 치료가 궁극적으로 성격을 변화시킨다는 말은 그런 뜻입니다.

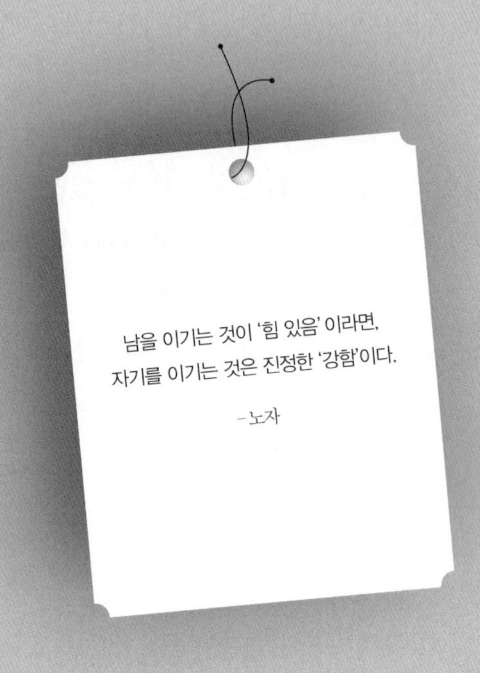

《도덕경》 뿐 아니라 많은 고전들이 '극기' 에 대해 언급하는 것을 봅니다.
그때 '자기를 이긴다' 는 표현은 원본능의 충동(쾌락과 공격성)에 휘둘리는 마음,
초자아의 감시 앞에서 불안해하고 자신감 없는 마음을 이겨 내는 것이 아닐까 싶습니다.
극기는 결국 자아를 강화시키는 일과 관련됩니다.

내면 환상을 벗고 외부 현실을 봅니다

남편의 등 뒤에는 항상 다른 여자가 있습니다

남편의 등 뒤에는 항상 다른 여자가 있습니다 남편이 예전에 사귀던 여자인데 그녀는 다른 사람이 생겨 떠났습니다. 저는 처음부터 그 사실을 알고 남편을 만났고 지난날은 별 문제가 되지 않을 거라 생각했습니다. 그런데 그는 저와 사귀는 중에도 그녀의 사진을 지갑이며 차 안에 간직하고, 그녀와 찍은 사진이 담긴 앨범도 집에 보관하고 있었습니다. 그 사진들을 버리고 싶지 않다고 말했습니다. 그래요, 뭐 사진 몇 장쯤 참아 줄 수 있다고 생각했습니다.

그러나 결혼 후 4년 동안 비단 사진만이 아니었습니다. 그들이 주고받은 편지, 그들이 사용했을 피임 기구, 그들의 커플링과 티셔츠 등이 집안 곳곳에서 발견되었지요. 한 행사에서 그녀와 마주쳤을 때 당황하다 못해 떨고 있는 남편을 보기도 했습니다. 얼마 전에는 남편이 길에서 뻗을 정도로 폭음한 일이 있었는데 나중에 알고 보니 예전의 그녀가 결혼한다는 소식을 들었기 때문이었습니다. 그 사실을 알았을 때 저는 혈관에 불이 붙는 듯했습니다. 제가 힘들어하자 그는 요즈음 잘해 주려 애쓰고 있습니다. 이제는 돌아와 제 곁에 선 모양인데 제 구겨진 자존심은 그를 용서할 기미를 보이지 않습니다. 그는 나를 사랑했을까요? 제가 궁금한 것은 우리의 미래가 아니라 그의 행동들의 배경입니다. 남편에 대한 제 마음은 사랑인지는 모르겠지만 정은 많은 것 같습니다. –의

환상 속에는 많은 사람이 살고 있습니다

의 님, 4년의 결혼 생활 동안 맞닥뜨리곤 했을 당혹감과 상실감이 짐작되어 안타깝습니다. 그래도 의연히 잘 넘겨온 점, 앞으로도 스스로 해결해 나갈 수 있다고 믿는 의지가 보여 다행스럽습니다. 원하신 대로 남편 분의 행동에 대한 심리적 배경만 말씀드리겠습니다.

우리의 삶에는 두 영역이 있습니다. 날마다 발 디디고 살아가는 눈에 보이는 '외부 현실'과, 매일 꿈꾸고 생각하고 갈등하지만 눈

에 보이지 않는 '내면세계'가 그것입니다. 내면세계에서 우리는 외부의 현실과는 다소 다른 삶을 삽니다. 그 속에는 우리가 생애 초기부터 관계 맺어 온 모든 인물이 들어 있으며, 그 사람에 대한 이미지로서의 인물들도 존재합니다. 심지어 우리의 희망 사항이 만들어 낸 가공의 인물도 함께 살아갑니다. 이를테면 나를 야단치고 박해하는 저 사람은 계모가 틀림없으며, 어딘가에 다정하고 아름다운 진짜 엄마가 살아 있을 거라 믿는 아이들의 생각이 그것입니다. 성인이 되면 '환상의 부모' 자리를 '환상의 연인'이 차지하게 됩니다.

정도의 차이가 있을 뿐 우리는 누구나 내면에 허구의 세계를 간직하고 있습니다. 그 내밀한 정신 영역에서 우리는 현실에서 행동으로 표현할 수 없는 생각을 하고, 입 밖에 내는 것만으로도 범죄시될 만한 생각도 합니다. 현실에서 이루지 못한 꿈을 꾸고, 현실에서 가 보지 못한 곳을 갑니다. 언젠가는 멋지고 부유하고 관대한 이성을 만나 충만한 사랑 속에서 행복한 삶을 살게 되리라……. 그런 종류의 희구들이 가득합니다. 내면에 있는 그런 희구들을 우리는 '환상'이라고 부릅니다. 사실 그런 이들의 내면에는 환상만큼이나 환상이 충족되지 못한 좌절감도 그득합니다.

외부 현실과 내면세계가 잘 소통되고 통합된 사람일수록 정서적으로 안정되어 있고 두 세계를 이용하여 정신적 성장을 꾀합니다. 그러나 사람에 따라서는 불행히도 두 세계가 크게 동떨어져 있는 사람이 있습니다. 그런 이들은 현실의 삶에서 만나는 고통이나 불안을 회피하기 위해 점점 내면세계에 침잠합니다. 그 속에서 허구의 인물을 데리고 살면서 환상을 좇아 내달립니다. 초자연적인 대상에 몰두하거나, 일확천금을 꿈꾸며 도박으로 전 재산을 날리거나, 이상적인 연인을 찾아 떠돕니다. 이루지 못한 사랑, 강제로 박탈당한 안타까운 사랑도 미화되고 결정화되어 환상의 영역에 편입됩니다. 남편 분의 경우입니다. 그들은 내면세계에서 혼자 꿈꿀 때 안정감을 느끼기 때문에 안정감을 유지하기 위해 거듭 새로운 환상을 창조해 냅니다. 병리적인 경우에는 환상 속 인물들의 목소리를 듣거나 그들로부터 박해당합니다.

의 님, "그는 나를 사랑했을까요?"라고 물으셨지요? 남편에 대해 "사랑인지는 모르겠지만 정은 많다."고 하셨고요. 아마 남편에 대해 정을 느낀다고 말할 때의 님도 사랑이란 다른 곳에 존재하는 어떤 특별한 것이라고 생각하는 게 틀림없어 보입니다. 내면세계에 형성된 사랑의 환상이 지나치게 미화되거나 이상화되어 있어 현실에서 나누는 사랑을 '정' 정도로 격하시키는 태도라 할 수 있습니다. 의 님이 '사랑'이라고 생각하는 것 역시 유아기 때부터 만들어진 내면의 환상입니다. 현실에서의 사랑이란 날마다 부대끼면서 미워하다가 화해하고, 이기적으로 굴다가 배려해 주고, 갈등 속에서 친밀감을 나누는 행위를 뜻합니다.

환상은 우리 인식의 곳곳에 자리 잡고 있습니다. 치료 작업을 통해 무의식에서 찾아낸 억압된 감정들이 유아기의 미숙한 인지 능력으로 인해 왜곡되어 있다는 말씀을 드린 바 있습니다. 그 왜곡에는 인식의 착오뿐 아니라 아기의 적극적인 환상도 포함되어 있습니다. 의 님께서는 우선 자신과 남편 분의 내면에 다양한 종류의 사랑의 환상이 존재한다는 사실을 알아차리시기 바랍니다. 자신을 공격하는 것 같아 그토록 공포를 느꼈던 대상이 알고 보니 바람에 흔들리는 나무 그림자였다는 사실을 알아차리는 것처럼 말입니다.

물론 "그 모든 기억과 감각들이 비단 오류나 왜곡일 뿐이겠는가, 실제로 공포나 불안을 느낄 만한 사건이 있었을 것이다."라고 주장하는 정신분석학자도 있기는 합니다. 중요한 것은 그것이 왜곡이냐 아니냐가 아니라, 왜곡된 인식이 생의 곳곳에서 왜곡된 소망과 생존법을 갖게 했다는 점입니다. 그리하여 우리는 환상으로서의 사랑뿐 아니라 환상 속의 인간관계, 환상의 세상을 꿈꿉니다. 어딘가에 유토피아가 있다고 믿는 낭만적 혁명가도 그중 하나입니다.

정신분석적 심리 치료의 목표 중에는 방어기제 해체, 양가감정 통합, 초자아 약화하기와 함께 현실감각 회복이라는 측면이 있습니다. 심리 구조 속에 존재하는 왜곡된 측면을 알아차리고 내면세계에 만들어진 환상을 직면하는 것입니다. 외부 현실을 제대로 보지 못한 채 내면 환상만을 보며 치닫는 사람은 늘 위험한 결과를 초래합니다. 최선을 다해 열심히 살지만 결과가 나쁘거나, 자주 사기나 모함을 당하거나, 악의 없이 한 행동으로 사회적으로 물의를 일으킵니다. 그들의 내면에 형성되어 있는 세계가 외부 현실과 동떨어져 있기 때문입니다.

정신분석학은 늘 '지금 이곳'을 강조합니다. 내면에 가득 찬 왜곡된 과거를 비우고, 미래에 대한 장밋빛 환상도 벗고, 현실의 삶을 직시하고 수용하게 합니다. 이상적인 연인을 찾아 떠돌기보다는 현재의 관계를 안정되고 풍요롭게 가꾸어야 한다는 걸 알게 합니다. 도박이나 복권으로 일확천금을 꿈꾸기보다는 성실한 노동과 저축하는 삶을 선택하게 합니다. 미래의 행복을 위해 오늘의 음식과 잠을 아끼며 자신을 학대하기보다는 일과 휴식을 조화시켜 지금 이곳의 삶에서 만족과 즐거움을 찾도록 합니다.

대부분의 경우, 생애 초기에 형성된 허구적 내면세계는 중년기로 접어들면서 대체로 자각되고 정리됩니다. 반평생 찾아 헤맨 사랑이나 삶의 목표가 실은 유아기의 결핍감에서 비롯된 환상이었음을 깨닫고 허탈감에 빠지거나 우울증에 시달리기도 합니다. 이른바 '중년의 위기'를 겪은 후에는 뒤늦게 화투 패 잡던 손에 괭이를 들거나, 돌아와 조강지처 옆에 서게 됩니다. 간혹 생의 마지막 순간까지 허구적 내면세계의 환상을 청산하지 못하는 이들을 위해 "철들자 망령"이라는 속담도 있기는 합니다.

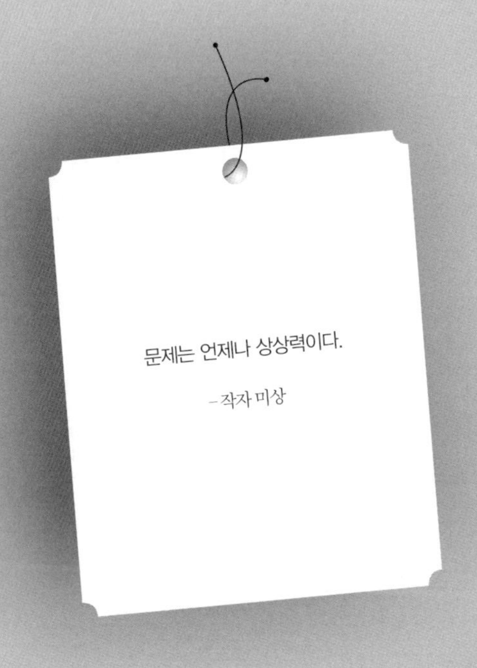

환상의 영역을 경계하지만 사실 생에서 가장 중요한 문제는 늘 상상력입니다.

인류 문명도, 개인의 창조성도 상상력을 모태로 발전해 왔습니다.

상상력은 영혼의 방부제이며 청량제입니다.

환상을 전적으로, 완전히 박멸해서는 안 되는 이유가 거기 있습니다.

죽을 때까지 사는 법을 배웁니다

변화를 위한 구체적인 방법을 알고 싶어요

이십 대 후반의 직장인입니다. 저의 고민은 만족을 모른다는 것입니다. 지금의 저는 겉보기에 아무런 문제가 없습니다. 안정적인 직장이 있고, 몸도 건강한 편이고, 남자 친구도 있고……. 그런데 늘 불만족스럽고 무언가 더 해야 할 듯한 공허한 마음이 듭니다. 돌이켜 보면 저는 늘 그랬습니다. 학교 다닐 때 시험을 잘 봐도 그냥 우연일 거라 생각했고, 누군가 나의 진짜 실력을 알면 실망할 거란 불안감이 있었습니다. 누군가가 날 좋아해도 언젠가는 저 마음이 변하지 않을까 불안하고요. 늘 막연한 불안감과 걱정을 안고 있었습니다. 몇 년

전 취직 시험에 합격했을 때도 3일 정도만 기분이 좋았고 이내 걱정이 앞섰습니다. 늘 이런 식이다 보니 저 자신이 너무 답답합니다.

뭔가를 해야겠다는 생각은 많지만 막상 몸과 마음은 움직이지 않고, 늘 약간의 우울과 무기력함과 불안감을 안고 있습니다. 너무 답답한데도 역시 무언가의 막으로 둘러싸여 있는 듯 표출이 되지 않습니다. 하지만 외양적으로는 별 문제가 없는 모습입니다. 이 모든 게 답답할 뿐 어디서부터 무엇을 어떻게 시작해야 할지, 정말 제가 원하는 것이 무엇인지도 모르겠습니다. 저의 이 상태를 바꿀 수 있는 구체적인 방법을 알고 싶습니다. –물병자리

능동적으로, 적극적인 동일시를 행합니다

정신분석이라는 학문이 처음 등장한 빅토리아 시대는 지금과 많이 달랐습니다. 그 시대의 개인은 억압된 욕망에 의해, 금지된 소망과 죄책감 때문에 고통받는 인간이었습니다. 그러나 현대인은 정체성 혼돈으로 인해 삶의 의미를 찾을 수 없다는 사실 때문에 고통을 받습니다. 타인과 똑같은 모습으로 사회가 원하는 사람으로 살아가지만 생에 대한 열정도 없고, 성취감도 느끼지 못하고, 기쁨은 한순간일 뿐 매사가 공허하게 느껴집니다. 생의 창조적인 측면이 잠시 불타올랐다가 다음 순간에는 좌절의 나락으로 추락하며 고통스러운 감정에 휩싸입니다. 마치 정

서적인 롤러코스터를 타는 것과 같습니다.

물병자리 님이 느끼신다는 정서 상태를 정확히 보여 주는 듯한 위의 표현은 정신분석학자 하인즈 코헛이 현대인이 겪는 정신적 문제를 정리한 내용입니다. 프로이트 시대의 인간이 금지된 욕망으로 인해 '죄책감을 느끼는 인간'이라면 현대인은 존재감을 위협받는 '비극적 인간'이라는 설명입니다. 해결책으로는 '기쁨을 느끼는 능력', '자신의 능력에 대해 긍지를 갖는 상태'를 회복할 것을 권합니다. 그러기 위해서는 건강한 자기애를 통해 내적 생명력을 키우라고 제안합니다. 내적 생명력을 펴 올리기 위해서는 무엇보다 무의식에 억압된 것들을 잘 꺼내 봐야 합니다. 그곳에 생의 에너지뿐 아니라 창조성, 소명, 성장을 향한 잠재력 등 생의 모든 비밀이 들어 있습니다.

물병자리 님, 무의식에 닿는 방법 가운데 하나로 꿈 일기를 기록해 볼 것을 권해 드립니다. 꿈은 무의식으로 가는 길이며, 무의식이 자신을 드러내는 방식이기도 합니다. 정신분석 현장에서도 꿈 분석을 많이 사용합니다. 꿈 일기를 꾸준히 기록하는 것만으로도 내면을 보살피고 삶을 의식적으로 살아가는 훌륭한 방법이 됩니다.

프로이트 학파는 꿈이 리비도적 소망 충족의 기능, 일상적 억압의 해소 기능을 가지고 있다고 주장합니다. 융 학파는 꿈이 좀 더 창조적이며 예지적인 내용을 담고 있는, 집단 무의식이 표출되는 방법이라고 했습니다. 실제로 개인이 꾸는 꿈을 분석해 보면 80퍼센트 정도는 프로이트적인 꿈, 20퍼센트 정도는 융적인 꿈을 꾼다고 합니다. 꿈 일기를 기록하고 그것을 분석하는 데 도움이 될 만한 책으로 루시 구디슨의 《여자들의 꿈》이 있습니다. 프로이트, 융, 게슈탈트의 꿈 분석법을 모두 채택하여 15년 이상 꿈 치료 워크숍을 진행해 온 저자의 경험과 노하우가 결집되어 있습니다.

우리가 스스로를 변화, 성장시킬 수 있는 또 한 가지 방법은 적극적으로 동일시를 행하는 것입니다. 우리는 아기 때부터 주변의 중요한 인물들의 행동을 내부로 받아들이고(내사), 그것을 자신의 일부로 만들고(동일시), 그것들을 모아 자기라는 개념(정체성)을 형성해 왔습니다. 그동안은 제한된 환경에서 수동적으로 했던 그 작업을 이제는 능동적으로, 자신이 원하는 분야에서 적극 시도해 보시기 바랍니다. 인간은 동일시를 통해 성장하고, 동일시는 죽을 때까지 계속됩니다.

동일시를 행할 수 있는 첫 번째 방법은 독서입니다. 선악 구도가 선명한 옛이야기들은 내면의 양가감정을 알아차리게 하고, 그것들을 통합하는 데 도움이 됩니다. 자아의 발달을 촉진시키고 욕망을 안전하게 충족시키는 방법을 터득하게 해줍니다. 신화나 민담 등은 삶의 원형에 대해 일러 줍니다. 세계의 모든 영웅 신화가 똑같은 플롯을 가지고 있으며, 그것이 곧 개인적 삶의 원형이기도 하다는 사실은 널리 알려진 이야기입니다. 자서전이나 평전에서는 더욱 구체적이고 현실적인 삶의 방법들을 배울 수 있습니다. 생에서 맞닥뜨리는 심리적 난관의 해결책, 자신이 속한 사회에서 만나는 어려움에 대처하는 방법을 습득할 수 있습니다.

동일시의 두 번째 방법으로 역할 모델을 설정하는 것이 있습니다. 본받고 싶은 인물을 모델로 정해 놓고 그의 인격이나 삶의 방식을 적극적으로 모방하는 것입니다. 여성계에서는 적극적인 멘토링을, 경제계에서는 적극적인 벤치마킹을 사용합니다. 내면의 욕구를 전부 충족시켜 주는 한 사람의 역할 모델을 찾기 어려울 때는 삶을 여러 분야로 나누어 놓고 영역별로 모델을 정해도 좋습니다. 여성으로서의 일반적인 삶을 배울 수 있는 사람, 자신이 일하는 전문 분야에서 발군의 역량을 발휘하는 사람, 현실적 삶의 문제를 해결해야 할 때 떠올릴 만한 사람 등을 따로 정해 두어도 좋습니다. 갈림길에 서거나 어려운 문제에 부딪칠 때마다 그 사람들을 떠올리며, 그들이라면 어떻게 이 문제를 해결했을까 생각해 보세요. 그들의 가치관이나 생의 방식을 배우고 활용하면서 자신을 만들어 나가는 겁니다.

세 번째 방법은 종교를 갖는 것입니다. 모든 종교는 저마다 인간의 삶과 죽음에 대한 견해를 가지고 있습니다. 특히 물병자리님처럼 생의 무의미성, 비극성, 정체성 혼돈으로 혼란스러워하는 사람에게 도움이 될 것입니다. 무엇보다 종교는 우리의 내면에 본디부터 지혜롭고 참된 실체가 존재한다고 제안합니다. 불교에서는 모든 인간의 내면에 부처(불성)가 있다고 합니다. 기독교에서는 인간의 내면에 '하나님을 닮은 자'가 존재한다고 말합니다. 그 말을 프로이트 식으로 바꾸면 생애 초기에 만들어 가진 왜곡된 생존법을 걷어 내고 본래의 자기와 만나라는 의미일 것입니다. 융적으로 표현하면 절대 진리를 함축하고 있는 집단 무의식에 닿으라는 뜻일 것입니다. 자기 심리학 분야의 학자들은 저마다의 내면에서 발현시켜야 하는 참된 성정을 '참자기'라고 지칭합니다.

물병자리 님이 질문하신 내용처럼 우리의 내면에는 성장하고자 하는 욕망, 참된 자기와 만나고자 하는 본성이 있습니다. 그 사실을 기억하시고 자신에게 적합한 방법을 찾아보세요. 종교를 갖기 위해서는 자신이 약하고, 어리석고, 유한한 존재라는 사실을 마음으로부터 받아들일 수 있어야 합니다. 불안감 때문에 자신이 나약하다는 사실을 인정할 수 없는 사람, 나르시시즘 때문에 자신이 어리석다는 사실을 받아들일 수 없는 사람, 시기심 때문에 자신의 부족함을 마주 볼 수 없는 사람은 종교를 받아들일 수조차 없습니다. 혹시라도 기복 신앙에 대해 부정적인 견해를 가지고 계시다면 이렇게 생각해 보세요. 고통과 시련으로 인간을 담금질할 때 신도 가끔은 당근을 사용하실 거라고요.

지금까지 읽으셨다면 마음을 치료한다는 것, 삶을 개선한다는 것이 무슨 뜻인지 짐작하셨을 겁니다. 심리 치료의 핵심은 유년기를 수선하는 일입니다. 유년기에 만들어진 왜곡된 자기 이미지, 미숙한 생존법, 잘못된 현실 인식을 바로잡는 일입니다. 그러기 위해서 과거와 현재, 실제와 환상, 자기와 타인, 내면세계와 외부현실, 의식과 무의식의 모든 영역을 총체적으로 점검하여 자기 자신과 생에 대해 더 많이 이해하는 일입니다. 그런 다음 타인의 욕망이 아닌 자신의 욕망, 유년기의 생존법이 아닌 성인의 생존법, 이번 생에서 지향하고 성취할 소명을 찾아내는 일입니다.

물병자리 님, "뭔가를 해야겠다는 생각은 많다."고 하셨습니다. 그렇다면 종이를 펴놓고 '이대로 산다면 죽을 때 후회하게 될 백 가지 일'을 적어 보세요. 좀 더 즐겁게 살 걸, 그때라도 유럽 배낭 여행을 다녀올 걸, 정신의 밑바닥까지 닿는 사랑을 한 번만 더 해 볼 걸, 다섯 가지 수영법을 마스터할 걸……. 떠오르는 대로 모두 적은 다음 죽을 때까지 하나씩 실천하는 겁니다. 그것이 바로 삶입니다.

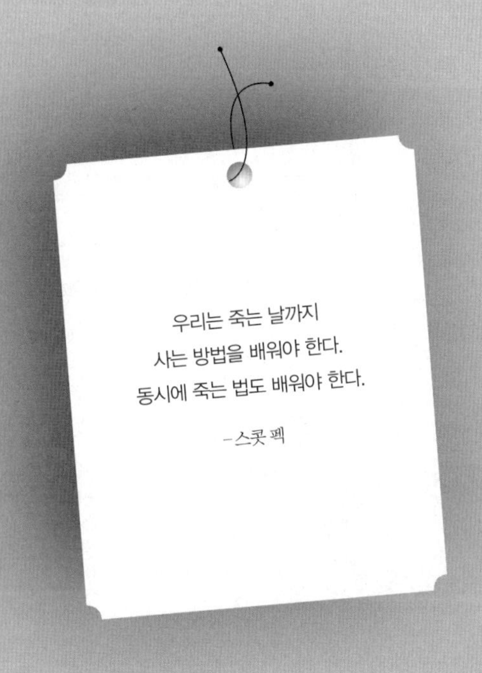

스콧 펙의 《끝나지 않은 길》이라는 책에 나오는 구절입니다.
그는 이 문장을 에리히 프롬의 1955년의 저서 《건전한 사회》에서
인용했다고 밝히고 있습니다.
에리히 프롬은 이 문장을 고대 철학자 세네카의 책에서 따왔다고 합니다.
어쩐지 안심이 되지 않으신지요?

Chapter
2

가족 관계

부모 형제는 우리의 정신을 형성하는 자양분입니다

엄마와 딸은
근원적 갈등 관계입니다

딸을 때리는 엄마입니다

저는 두 아이를 둔 주부이자 직장인입니다. 위로 초등학교 3학년짜리 딸이 있습니다. 저의 고민은 딸을 대하는 저의 태도에 있습니다. 학원에 보내지 않고 집에서 공부시키는데 그 과정에서 저의 기대에 못 미칠 때 아이를 때리게 됩니다. 손바닥을 때리기도 하고, 화가 많이 날 때에는 머리나 등짝을 때리기도 합니다. 어떤 때는 머리채를 휘어잡고 흔들기도 합니다. 그럴 때마다 너무나 제 자신이 미워지고 죄책감이 들지만 그런데도 반복적으로 아이에게 손찌검을 합니다. 둘째 아이에게는 관대하면서 큰아이에게만 유독 폭력적인 엄마가 되어 많이 괴롭습니다. 특히 공부시킬 때 폭력적이 되는 것 같고, 산만한 면이 보일 때 약간 지나치게 화를 냅니다. 아이를 때린 다음 마음이 아파 울기도 하고, 미안하다고 사과까지 하고서도 공부를 제대로 하지 않으면 때리곤 합니다. 저의 이중적인 태도가 아이에게 나쁜 영향을 주는 게 느껴집니다. 부부 사이는 원만하고, 싸움도 잘 하지 않는 좋은 관계입니다. 유독 큰딸에게만 폭력적인 면을 보이는 저를 어떻게 하면 좋을까요? –행복맘

분노와 콤플렉스를 딸에게 옮기지 않습니다

행복맘 님, 엄마 노릇이 쉽지 않습니다. 엄마는 아기의 정신을 탄생시키는 연금술사라는데, 그 연금술의 방법에 대해서는 별로 알려져 있지 않은 게 현실입니다. 현대 사회로 접어들면서 정신분석학은 점점 더 엄마의 양육 방식이 아기에게 미치는 영향이 지대하다는 사실을 밝혀냅니다.

엄마는 아기의 안전과 위협, 쾌감과 억제, 만족과 좌절을 결정하는, 삶으로 가는 통로이자 삶의 표상이라고 합니다. 엄마가 아기에게 제공하는 만족감은 리비도를, 불편함은 공격성을 투사하여 아기는 두 감정을 조절하게 됩니다. 엄마와의 정서적 상호작용이 성공적이냐 아니냐에 따라 아기의 내면에 신뢰와 불신감이 형성됩니다. 엄마의 성격과 정신 역동에 의해 아기를 '안아 주는 환

경'이 결정되며, 그 환경의 질에 따라 아기의 '참자기'가 모습을 갖추느냐 못 갖추느냐가 결정됩니다. 실제로 '정신분열증을 일으키는 엄마'라는 논문을 발표한 학자도 있습니다. 진짜로 나쁜 엄마가 있는 게 아니라 '나쁘게 느껴지는 엄마'가 있을 뿐이라고 엄마를 변호하는 주장도 있습니다.

멜라니 클라인, 로널드 위니캇, 하인즈 코헛, 에릭 에릭슨 등의 혁신적 정신분석학자들에 의해 주장된 이 다양한 의견들은 모두 엄마가 아기를 정신적으로 탄생시키는 인큐베이터이며, 연금술사이며, 우주라는 사실을 말하고 있습니다. 특히 아기가 엄마를 온전히 독차지하여 엄마와 일대일 관계 속에서 공생적 황홀감을 맛보는 일은 매우 중요합니다. 그 후 아기가 엄마로부터 서서히 분리되어 독자적인 개인으로 성장하는 3년 정도까지 엄마의 역할은 절대적입니다.

현대 정신분석학이 엄마의 중요성을 더 많이 밝혀내는 데 비해 현대 여성들은 어쩐지 엄마 역할에 서툽니다. 사실 '모성'이나 '어린이'는 현대 사회가 만들어 낸 개념입니다. 원시 수렵 사회에는 먹이를 놓고 자식과 다투는 어미가 있었고, 농경 사회의 부모는 자식을 노동력이나 사유재산쯤으로 여겼습니다. 중세의 부모들도 자식을 귀족 가문의 일꾼이나 공장의 도제로 보내 돈벌이 수단으로 삼았습니다.

실제로 출산을 경험한 여성들의 이야기를 들어 보면 아기가 태어나자마자 내면에서 강처럼 흘러넘치는 모성을 경험했다는 사람은 드뭅니다. 오히려 아이를 낳았을 때 너무나 무덤덤해서 당황하거나, 출산을 전후로 복잡한 감정을 경험하고 산후 우울증을 앓았다는 경우가 많습니다. 딸을 낳고서 '이 아이도 나와 같은 여성의 운명을 살겠구나.' 하는 생각에 연민의 눈물이 나오더라는 여성도 있습니다. 말을 배우기 시작한 아기가 어느 날 "엄마" 하고 불렀을 때 깜짝 놀랐다는 여성도 있습니다. '이제부터 저 호칭 속으로 들어가야 하는구나. 그리하여 엄마가 내게 해주었던 것을 죽을 때까지 아이에게 해줘야 하는구나…….' 그런 생각은 모성에 덧씌워진 이상적 가치에 대한 부담감일 것입니다.

행복맘 님, 우선 여성들이 모성에 대해, 혹은 엄마의 역할에 대해 어쩔 수 없이 불편한 감정을 느끼고 있다는 진실을 먼저 받아들이시기 바랍니다. 엄마가 항상 관대하고 허용적이며 모든 것을 이해하고 베풀 수 있는 건 아닙니다. 모성에 대해 그와 같은 환상을 가지고 있기 때문에 엄마 노릇 앞에서 조금 경직되어 있을 수도 있습니다. 그런 일반적인 상황을 먼저 고려하신 다음, 혹시 행복맘 님이 엄마에게 받은 것을 큰딸에게 고스란히 물려주고 있는 건 아닌지 점검해 보시기 바랍니다.

모녀 관계는 근원부터 갈등이 존재합니다. 남아에게든 여아에게든 엄마는 생애 초기에 생존의 전부를 의존하는 애착의 대상입니다. 얼마 후 여자아이는 페니스를 발견하고 자신에게 그것이 없다는 사실을 깨달으면서 엄마에게 분노를 경험합니다. 엄마가 그것을 주지 않았기 때문에, 그리고 페니스가 없는 엄마조차 열등한 존재로 보이기 때문에 그렇다고 합니다. 조금 더 커서 오이디푸스 시기가 되면 딸에게 엄마는 사랑의 경쟁자, 질투의 대상이 됩니다. 그 후로도 성장기 동안 아들과 차별하는 엄마의 양육 방식에 의해 분노의 감정이 심화될 수 있습니다.

혹시라도 행복맘 님의 내면에 성장 과정에서 해소하지 못한 엄마에 대한 감정이 억눌려 있는 건 아닌지요? 엄마에 대한 서운한 감정들, 분노 등을 한 번도 엄마와 마주 앉아 해결해 보지 않은 채 그냥 내면에 쌓아 두고 있지는 않은지요? 그리하여 이제, 역할이 바뀐 상태에서 그 모든 것을 딸에게 쏟아붓는 건 아닌지 살펴보시기 바랍니다.

또한 딸에게 자신의 모습을, 그것도 자신의 열등하다고 여기는 측면을 투사하고 있는 건 아닌지도 점검해 보세요. 딸을 공부시킬 때, 특히 딸이 기대에 못 미칠 때 때린다고 하시는데, 혹시라도 예전에 자신이 공부를 못한다고 여기면서 그 사실에 대해 스스로를 파괴하고 싶을 만큼 화가 났던 적이 있었던 건 아닌지요? 그리하여 딸에게서 자신과 닮은 점, 특히 자신의 부족한 점을 발견할 때마다 폭력의 충동이 이는 건 아닌지요? 만약 그렇다면 딸에게 자신의 욕망이나 콤플렉스를 투사하는 행위를 당장 중단하시기 바랍니다. 자식은 부모의 욕망을 대신 성취해 주는 대체물이 아니며, 부모의 감정적 앙금을 받아 내는 하수구도 아닙니다. 행복맘 님이 훌륭한 성인으로 성장하여 결혼 생활을 잘 영위하는 것처럼 큰딸 역시 주의가 좀 산만해도, 성적이 덜 나와도 훌륭한 성인이 될 수 있습니다. 좋은 성적을 내도록 닦달할 게 아니라 아이가 어떤 분야에 재능이 있는지, 어떤 일을 좋아하고 어떤 일을 잘하는지 눈여겨보고 진정으로 아이의 입장을 고려한 교육을 생각해 보시기 바랍니다.

더불어 행복맘 님, 남편이나 둘째와의 관계는 괜찮고 오직 큰딸에게만 분노가 표출된다면 그것이 분노의 전치 현상은 아닌지 짚어 보세요. 내면의 분노는 진정으로 그것을 느끼는 대상을 피해 (그가 곧 사랑하는 대상이기도 하므로) 다른 곳에서 표출됩니다. 특히 가족 내의 분노는 가장 만만한 한 사람에게 집중적으로 투사된다는 사실을 앞의 두명의나 님의 사례에서 보셨을 겁니다. 혹시 행복맘 님도 내면에 본디 가지고 있던 분노와, 지금 남편에 대해 느끼는 분노까지 무의식중에 큰딸에게 떠넘기는 것은 아닌지 점검해 보시기 바랍니다. 남편과는 갈등이 없다고 하셨는데, 없는 게 아니라 갈등을 회피하고 계신 것은 아닌지요? 남편에게는 일방적으로 관용과 희생을 보이면서 그 반대 감정은 모두 만만한 큰딸을 향해 터뜨리고 있는 것일지도 모릅니다. 그럴 때, 딸이 주의가 산만하다는 사실은 폭력에 대한 좋은 핑계 거리가 되어 줍니다.

부부 사이에는 갈등을 조절하고 욕구를 협상하는 과정이 반드시 필요합니다. 결혼 초기의 부부들이 피 터지게 싸우는 것은 서로 다른 환경에서 성장한 두 사람이 함께 사는 방법을 찾고 그들만의 문화를 만들기 위한 과정입니다. 싸우는 부부가 건강하다는 건 상식입니다. 전혀 갈등이 없다면 그것은 부부 중 한쪽이 희생하고 있거나, 제삼자를 희생양으로 만들고 있다는 뜻입니다.

거듭 말씀드리지만 먼저 행복맘 님의 내면에 억압된 감정들을 잘 살펴보시기 바랍니다. 어머니에 대한 묵은 감정, 자신의 콤플렉스, 남편과의 갈등 등을 제대로 처리하셔야 그것을 딸에게 쏟아 붓지 않을 수 있습니다. 그런 다음 타고나는 것이 아닌 모성에 대해 학습해야 합니다. 모성의 신화에 압도당해 죄의식을 갖지도 마시고, 여성을 존중하지 않으면서 엄마에게 너무 많은 것을 기대하는 세상도 용서하세요.

엄마 역할에 대해, 그리고 어린 자녀의 양육에 대해 참고할 수 있는 책을 두 권 소개해 드리겠습니다. 마가렛 말러의 《유아의 심리적 탄생》과 로널드 위니캇의 《그림 놀이를 통한 어린이 심리 치료》입니다. 정신분석사에서 기념비적인 책으로 기록되어 있는 만큼 통찰적이고 혁신적이면서도 감동적인 내용이 담겨 있습니다.

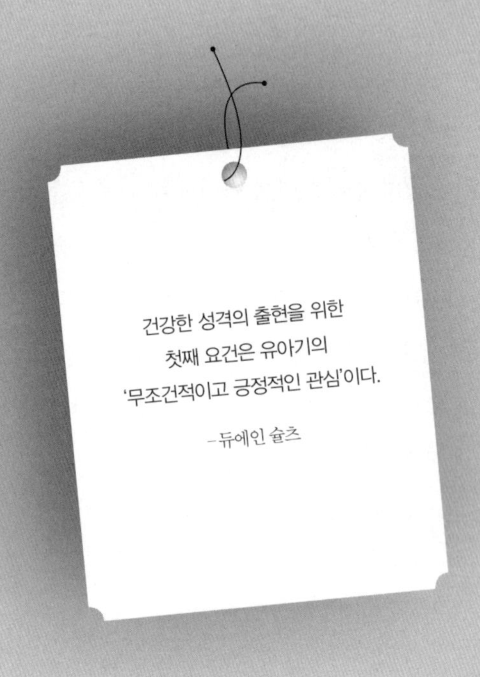

'지성적이고, 교양 있고, 합리적이고, 이성적이고, 도덕적인'
등등의 미덕을 가지고 있는 엄마보다는
동물처럼 원시적인 모성애를 가지고 있는
엄마가 더 낫다는 말이 있습니다.

아버지와 아들은 신화적 살해 관계입니다

큰아이와 관계를 맺는 데 갈등을 느낍니다

두 아이의 아버지입니다. 일하는 아내와 원만한 가정을 이루고 있습니다만, 큰아이와 관계를 맺는 데서 갈등을 느끼고 있습니다. 제가 장남이라 그런지 큰아이에게도 지나치게 많은 것을 요구하고 있다는 생각을 합니다. 저 역시 사십 대 중반이 되도록 별반 자식을 대견하게 여기지 못하는 부모가 버거워 같은 서울에 살면서도 잘 찾지 않습니다.

작은아이에게 장애가 있어 부부가 상당한 노력 끝에 많이 나아진 상황인데, 그 와중에 큰아이에게는 적절한 관심을 기울이지 못하고

'잘해야 한다'는 훈계만 하며 살아왔다는 생각이 듭니다. 이런 상황을 극복하기 위해서는 먼저 제가 부모와 화해해야 한다는 것을 알면서도 실제 행동으로 옮기지 못하고, 저도 모르게 큰아이를 비판적인 시각으로 대하게 됩니다. 성마른 아버지가 되고 있다는 자책도 많이 합니다만, 쉽게 나아지지 않는군요.

아이들을 좋아하고, 또 다른 아이들에게는 그렇게 비판적으로 대하지 않는데, 유독 큰 녀석에게 그렇게 대하는 것은 대물림인가요? 아는 것과 행동하는 것의 괴리에서 괴로워하면서도 거기서 벗어나지 못합니다. 이런 식으로 다른 무언가를 방어하는 것은 아닌가 하는 생각도 하게 되는군요. –마인드

내면의 '아버지 목소리'를 아들에게 쏟고 있습니다

앞에서 행복맘 님이 큰딸과의 관계에 문제가 있듯이, 마인드 님도 큰아들과의 관계에서 어려움을 느끼십니다. 엄마의 입장에서는 큰딸이, 아버지의 입장에서는 큰아들이 자기 이미지를 투사하기 쉬운 대상이 되기 때문에 그렇습니다. 행복맘 님이 부부 관계가 원만하고 싸움도 하지 않는다고 하셨는데, 마인드 님도 아내와의 관계는 원만하다고 하시는군요.

정신분석학에서 엄마의 역할을 강조하는 것에 대해 한 남성이 "그렇다면 아버지는 아무 쓸모없는 허수아비냐?"고 물은 적이 있

습니다. 아버지의 존재가 덜 중요하게 여겨지는 것 같아 서운함을 느낀 듯했습니다. 한 인간이 정신적으로 탄생해서 성장하는 데는 엄마만큼 아버지의 역할도 중요합니다. 엄마와의 일대일 공생 기간 동안 아버지는 아기가 엄마에 대해 느끼는 위험한 감정들로부터 도피하는 장소가 되어 줍니다. 엄마가 냉담하여 애착 관계가 형성되지 않을 때 아기는 아버지를 또 다른 엄마로 삼아 친밀감을 형성합니다. 또 엄마가 지나치게 아기에게 몰두하여 아기가 삼켜져 버릴 것 같은 위협을 느낄 때도 아버지 쪽으로 도피합니다.

엄마와의 일대일 관계를 넘어 오이디푸스 단계로 접어들면 아버지의 존재는 더욱 구체적이고 중요한 대상이 됩니다. 딸에게 아버지는 오이디푸스적인 사랑의 대상이 되고, 아들에게 아버지는 사랑의 경쟁자가 되어 성적 능력의 발달을 촉진시킵니다. 이 오이디푸스적인 삼각형은 이후 사회 곳곳에서 만나게 되는 경쟁 구도의 원형이어서 여러 갈등에 대해 학습하는 기능도 갖습니다. 특히 이 시기의 남아는 엄마에 대한 사랑 때문에 아버지가 자신을 거세할지도 모른다는 위협을 느끼면서 아버지의 권위에 복종합니다. 그 후 남아는 아버지를 성장에 필요한 동일시의 대상, 사회적인 자기 이미지를 형성하는 기준으로 삼아 발달을 계속합니다.

표면적으로는 그렇다고 해도, 아들들이 아버지에 대해 느끼는 감정은 좀 더 복잡합니다. 인류 역사를 보면 언제나 혁명은 젊은 세대가 구세대를 제거하는 형식으로 이루어져 왔습니다. 아버지 살해나 아들 살해의 신화는 여러 문화권에서 다양하게 발견됩니다. 오이디푸스가 아버지를 살해하기 전에, 그의 아버지가 신탁을 듣고 아들을 (죽음으로) 내다 버린 일이 먼저 발생했습니다. 신화는 삶의 원형입니다. 세상의 모든 아버지는 성장하는 아들이 자신의 권력과 여자를 빼앗을지도 모른다는 두려움을 갖고 있고, 그리하여 모든 문화에서 아버지는 아들에게 그다지 친절하지 않습니다. 특히 가부장적 위계질서가 엄격한 우리의 가족 문화에서는 아들들이 느끼는 '아버지 콤플렉스'가 보편적인 현상처럼 보입니다. 마인드 님 역시 이처럼 일반적인 감정적 요소를 우선 감안하시기 바랍니다.

개인적인 영역으로 들어가면, 마인드 님의 내면에는 여전히 아버지의 인정을 받고 싶어 하는 '아이'가 존재하는 것으로 보입니다. 아무리 노력해도 아버지의 기대에 미치지 못했던 아이, 그리하여 아버지의 시선으로 자신을 책망하는 데 익숙해져 버린 그 아이가 지금 "사십 대 중반이 되도록 별반 자식을 대견하게 여기지 못하는 부모가 버겁다."고 말하고 있습니다. 가장 먼저 하실 일은 내면의 그 아이를 알아보고, 그 아이를 마인드 님이 스스로 인정하는 겁니다. '괜찮아, 아버지의 기대에는 미치지 못했지만 그 시절의 나는 최선을 다했어.' 속으로 거듭 자신을 격려해 주세요.

이제 마인드 님의 생의 목표는 아버지나 기타 권위를 가진 자의 인정과 사랑을 받는 것이 아닙니다. 아버지의 승인과 무관하게 영위하는 자신의 삶이 있고, 그 삶에서 가장과 직장인으로서의 역할을 훌륭히 해내고 있으면 그것으로 충분합니다. 오히려 마인드 님은 이제 인정과 지지를 후배들에게, 아들들에게 나누어 주어야 하는 어른이 되어 있습니다.

다음으로, 내면에 만들어진 '아버지의 환상'을 벗고 지금 눈앞에 있는 '아버지의 실체'를 잘 보세요. 아버지는 더 이상 자신을 거세하고 생존을 위협할지도 모르는 강자가 아닙니다. 아버지는 이제 외롭고 약한, 보살핌을 필요로 하는 노인에 불과하십니다. 목소리를 높이면서 자주 역정을 내신다면 그것 역시 더 약해지고 있다는 뜻입니다. 아버지의 실체를 잘 보시고 아버지에 대한 인식이 바뀌신다면 자연히 아버지를 대하는 태도도 달라지실 겁니다.

아버지와 "화해해야 한다"는, 사십 대 중반의 성인이 찾아낸 당위성은 한켠으로 밀어 두세요. 이제 아버지는 생각이 굳을 대로 굳은 노인입니다. 그분의 마음을 바꾸려고 헛되이 노력하지 마시고, 그분을 있는 그대로 인정한 상태에서 마인드 님이 어떤 태도를 취하고, 어떤 방식으로 관계를 맺을 것인지를 결정하셔야 합니다. 아버지의 태도가 변화하지 않는다면 굳이 아버지와 화해를 하지 않아도 됩니다. 지금과 같은 무거래의 상태가 계속되어도 상관없습니다. 다만 아버지에 대한 감정들 때문에 자신이 불편하거나 고통스럽지 않게, 그리고 자식과의 관계에 그 낡은 감정이 영향을 미치지 않도록 조절하시면 됩니다.

그 낡은 감정을 처리하는 방법으로 이렇게 해보시면 어떨까 싶습니다. 아버지와 술자리를 만들거나 아버지의 취미 생활에 동행하여 오래전에 아버지에게 느꼈던 감정들을 이야기하는 겁니다.

'잘해야 한다'는 훈계에 미치기 위해 얼마나 노력했는지, 그럼에도 인정받지 못했던 서운함이 얼마나 컸는지, 그 모든 감정을 진솔하게 말씀하세요. 아버지의 입장을 배려해 이야기의 수위를 조절하거나, 중년의 시각으로 자기를 검열하지 마세요.

한 번만 그렇게 해보시면 왜 그런 행동을 권했는지 금방 이해하실 겁니다. 이야기하는 순간 마음이 가벼워지면서 그토록 별 것 아닌 감정에 오랫동안 짓눌려 왔다는 사실에 오히려 허탈해질지도 모릅니다. 설사 아버님이 전혀 이야기를 들으려 하지 않고 심하게 역정을 내신다 해도 그 효과는 달라지지 않습니다. 그 모습을 통해 아버님이 약한 노인이고, 관계의 주도권이 자신에게 있으며, 이제는 자신이 더 강한 사람이 되었다는 사실을 인식할 수 있습니다. 아버지에 대한 감정이 개선되지 않으면 아들과의 관계 개선도 어렵습니다. "잘해야 한다"는 아버지의 목소리가 내면화되어 있고, 그 목소리가 끊임없이 자신을 질책하는 한 아들에게도 똑같은 방식을 적용할 수밖에 없습니다.

또 한 가지, 큰아이에게 사과하는 과정을 반드시 거치시기 바랍니다. '첫째 아이의 상실감'이라는 용어가 있습니다. 첫째 아이는 탄생 직후 부모를 온전히 독차지하는 충만감을 맛보다가 둘째가 태어나는 순간 모든 것을 잃습니다. 그 시점에서 회복할 수 없는 상처를 입게 된다고 합니다. 더구나 마인드 님 부부가 둘째 아이의 특별한 상황 때문에 그쪽으로만 편향된 관심을 보이고 첫째에게는 엄격한 규율만을 제시했다면 첫째 아이의 마음속에는 보통보다 더 심각한 상처와 상실의 정서가 남아 있을 겁니다.

큰아이와 함께 공원이나 놀이터에 가서 친구처럼 놀아 주고 아이스크림을 먹으며 잠시 쉬는 시간을 이용해 찬찬히 얘기해 주세요. 그 동안 아버지가 너무 많은 것을 요구한 점, 동생 때문에 관심을 덜 쏟았던 점, 그럼에도 장남으로서 잘 참고 이해해 주어서 고맙다는 말씀도 하세요. 아버지가 개선하려고 노력하겠지만 또 잘못할지도 모르니까 그때는 아들이 느끼는 서운한 감정이나 원하는 것을 서슴없이 말해 주기 바란다는 약속도 주고받으세요. 그 모든 이야기에서 아이가 아버지의 진심을 느낄 수 있도록 해 주세요.

현대 정신분석학은 부모의 역할에 대해서도 새롭게 정의했습니다. 이전의 부모가 권위적이고 엄격하고 지도하는 양육 방식을 취했던 것에 반해, 현대의 부모는 자녀와 친밀한 정서적 관계를 나누는 것이 더 나은 부모 역할이라는 것을 알게 되었습니다. 마인드 님, 가장 훌륭한 부모는 좋은 친구입니다.

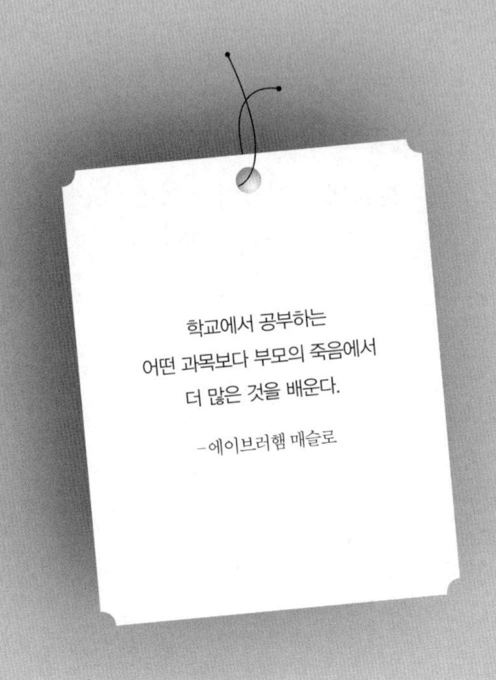

중년의 어느 날 우리는 부모의 죽음을 맞습니다.
그 순간 팽팽히 당겨지던 줄의 한쪽 끝이 툭 끊어지는 느낌과 함께
내면에서 들끓던 갈등들이 일시에 무화됩니다.
완전한 '고립무원의 느낌' 을 맞으며 의존성을, '애도의 과정' 을 겪으며
수용의 의미를 알게 됩니다.
그리고 바야흐로 우리가 다음 차례라는 것을 알아차립니다.
이제 우리는 죽음의 제1순위입니다.

형제자매는 시기하고 질투하는 관계입니다

언니의 잔소리 때문에 죽고 싶습니다

저는 삼수생입니다. 언니와 둘이 생활한 지 두세 달이 지났고, 그동안 타인이라고는 남자 친구 외에 아무도 만나지 않았습니다. 수능 이후로 무슨 일을 해도 허망하고, 즐겁지가 않았습니다. 저는 열정으로 가득했던 과거의 제 모습을 되찾고자 노력하기 시작했습니다. 여성 영화제 티켓을 예매하기도 하고 관심 분야의 책을 읽기도 했습니다. 그런데 문제는 언니입니다. 언니는 지금 그런 일이나 할 때냐며, 수능 공부나 하라며 저의 실패를 가정하는 말을 합니다. 언니가 그러면 잠시나마 샘솟던 열정이 흔적도 없이 사라져 버립니다. 그리고 또 자기 안에 틀어박혀 무기력으로 점철된 채 아무 일도 하지 않게 됩니다. 너무 화가 치밀 때는 칼을 들고 자해하고 싶은 충동이 입니다.

실은 과거에 언니가 재수할 때 제가 언니를 많이 괴롭혔습니다. 사사건건 언니 일에 간섭하고 감히 잔소리하고 악담을 퍼부었습니다. "지금이 남자 친구 만날 때냐, 정신 차려라."는 식의 말을 시도 때도 없이 했습니다. 지금은 언니가 그 역할을 합니다. 혹시 과거의 일로 그러는가 싶어서 물어보았더니 언니는 그런 것 같지 않다고 말합니다. 다만 지금의 제 모습이 너무나 실망스럽다는 겁니다. 제가 미친 듯이 소리치고 분노를 표출해서 그런지 지금은 언니가 함부로 말하는 일이 많이 줄었습니다. 그러나 언니의 눈빛은 여전합니다. 인정하지 못하겠다는 그 눈빛만으로도 저는 충분히 위축됩니다. 한 번씩 이런 일이 있을 때마다 이성을 잃고 분출하는 분노가 제 명을 갉아먹는 것만 같습니다. 이런 답답한 상황에서 벗어나고 싶습니다. 어떻게 하면 언니를 변하게 할 수 있을까요? –동생

언니에게 사과하고 도움을 청합니다

한 사람의 정신 구조 형성과 심리 발달에 가장 깊은 영향을 미치는 사람은 부모입니다. 그 다음으로 중요한 인물은 형제자매입니다. 형제자매가 서로 닮은 것은 유전자와 환경을 공유하기 때문이기도 하지만, 무엇보다 서로를 동일시하면

서 성장하기 때문입니다.

우리는 형제자매가 태어나면서부터 서로를 사랑한다고 믿고 있습니다. 그러나 모성에 대한 환상처럼 자매애나 형제애에도 얼마간의 환상이 존재합니다. 형제자매는 태어나는 순간 결코 서로 사랑하지 않습니다. 그들은 본능적으로, 본질적으로 경쟁하는 관계입니다. 출생 직후부터 엄마의 사랑을 두고 서로 질투하거나, 성장하면서 공정하게 분배되지 않는 물질을 두고 서로 시기합니다. "아이들이란 원래 싸우면서 큰다."는 말은 바로 그 원초적 질투나 시기심에 관한 이야기일 것입니다. 성장한 후에도 형제자매는 각자에게 부과되는 책임과 의무를 견주어 가며 서로 시기합니다. 부모가 사망한 후 유산을 놓고 싸우는 자식들을 볼 때면 '저들이 죽은 부모한테까지 덜 받은 사랑을 내놓으라며 조르고 있구나.' 하는 생각이 듭니다.

동생 분이 언니에 대해 느끼는 선연하고 과도한 감정들을 읽고 있자니 그것이 아주 오래된, 두텁게 쌓여 온 것임을 생생하게 느끼게 됩니다. 생애 처음부터 시기하고 질투하며 형성되어 온 온갖 갈등이 한꺼번에 쏟아지는구나 싶습니다. 묵은 감정들이 일제히 터져 나오기 때문에 당면한 사안에서 느낄 만한 것보다 더 강한 분노를 느끼고 있습니다.

우선 동생 분이 언니에게 너무 큰 권력을 주고 있다는 사실을 자각하시면 좋습니다. 언니에게 부모 이미지를 투사하면서 심리적 · 정서적으로 의존하고 있기 때문에 언니의 사소한 말에도 크게 영향을 받는 것입니다. 상대방이 더 큰 힘을 쥐고 있고 내가 그에게 휘둘리는 부수적인 존재라는 생각을 가지고 있으면 어떠한 문제도 해결할 수 없습니다. 그런 생각은 엄마에 의해 수동적으로 양육되던 유아기에 만들어진 것입니다. 실제로 언니는 동생 분보다 고작 두세 살 많을 뿐이고, 두 분은 동등한 성인입니다. 언니가 뭐라든 '신경 써 주는 것은 고맙지만 내 일은 내가 알아서 하겠다.'는 마음으로 대응할 수 있어야 합니다. '어떻게 하면 언니를 변하게 할 수 있을까'를 기대할 게 아니라 자신이 변해야 문제를 해결할 수 있습니다.

형제자매가 서로를 사랑하는 마음을 가지려면 엄마의 사랑을 충분히 받은 이후에야 가능하다고 합니다. 자신의 욕망이 먼저 충족되어야 비로소 타인의 욕망을 돌볼 수 있다는 뜻입니다. 그것도 형제자매이기 때문에 저절로 사랑하는 것이 아니라, 내 엄마가 사랑하는 대상이기 때문에 소중히 여기는 마음을 갖게 된다고 합니다. 그 후 가족은 서로 사랑해야 한다고 교육받으면서, 그 당위적 명제 아래 질투나 시기심을 억누르고 외부 세계에 공동 대응하는 혈맹의 연합군이 됩니다. 그렇게 억압된 질투와 시기심은 친구나 동료와 같은 외부의 대상에게 옮겨집니다. 부모와의 관계가 직장 상사나 연장자와의 관계에 영향을 주듯, 형제자매와의 관계는 친구나 선후배와의 관계에 그대로 반영됩니다.

동생 분은 우선 예전에 언니에게 했던 잘못된 일에 대해 사과하시기 바랍니다. 언니는 그 일 때문에 지금 화를 내는 건 아니라고 말하지만 그것은 정직한 대답이 아닙니다. 오히려 언니가 "그때 서운했다, 그런데 이제는 괜찮다."는 식으로 말하는 편이 더 건강하고 안심할 수 있는 반응입니다. 그렇지 않은 경우에는 두 가지 이유가 있습니다. 본심을 숨기고 있거나, 그 감정을 너무 깊이 억압해 두어 자각하지 못하거나. 첫 번째보다 더 위험한 것이 두 번째 상태입니다. 언니 내면에는 예전의 분노나 모욕감이 고스란히 들어 있다는 사실을 인식하시고 먼저 언니의 마음을 풀어 주세요.

그런 다음 언니에게 감사를 표하고 도움을 청하세요. 형제자매들이 자주 범하는 오류 가운데 하나는, 언니나 형이 지나친 책임감을 떠안고 동생들은 과도한 의존성을 보인다는 것입니다. 동생들은 언니나 형이 원래 그런 역할을 하도록 타고난 사람인 듯 여기며 보살핌과 수용을 당연한 것처럼 누립니다. 하지만 형이나 언니도 의존하고 투정하고 싶은 마음을 누르고 환경 때문에 더 서둘러 성장할 수밖에 없었던 아이입니다. 언니의 내면에도 동생 분처럼 보살핌을 받고 싶어 하는 아이가 존재합니다. 동생과 단 둘이 살게 되면서 언니는 보호자 역할까지 맡으며 스트레스를 받고 있습니다. 언니의 이해심과 보살핌을 당연하게 받아들일 게 아니라 고마움을 느끼셔야 합니다. 고마움을 직접 전달하고 시험공부를 하는 동안만이라도 말투와 행동을 조심해 달라고 정중하게 부탁하세요. 언니는 금방 알아듣고 개선할 겁니다.

무엇보다 시급한 일은 동생 분이 삶을 운용하는 원칙 한 가지를 배워야 한다는 것입니다. 우리가 일상에서 처리해야 하는 일에는 중요한 일과 덜 중요한 일, 긴급한 일과 덜 급한 일이 있습니다. "전화벨이 울리고, 아기가 울고, 다리미에서 연기가 나고, 화장실이 가고 싶고……. 그런 상황일 때 어떤 일부터 하겠는가?" 농담처럼 이런 질문을 주고받았던 적이 있습니다. "수능 공부를 해야 하고, 남자 친구를 만나야 하고, 여성 영화제를 봐야 하고, 교양을 함양하는 책을 읽어야 하고, 언니와의 갈등을 풀어야 하고……." 이런 상황에 처해 있는 동생 분은 어떤 일부터 해야 할까요?

생의 어느 시기든 그 시절에 더 중요하고 긴박한 일을 선택해서 온 힘을 기울일 수 있는 능력, 그것이 생을 결정짓는 변수입니다. 지금 동생 분에게는 수능 공부가 가장 긴박하고 중요한 일입니다. 그에 비해 여성 영화제나 교양서적은 덜 급한 일입니다. 동생 분은 아마도 영화제 관람이나 교양서적 읽기를 수능 공부의 압박감으로부터 회피하는 수단으로 사용하고 있는 듯합니다.

삶에는 현실 원칙과 쾌락 원칙이 있습니다. 아직 주도적으로 현실의 삶을 살지 않는 아기는 즐거운 일, 만족스러운 일, 쾌락을 주는 일만 좇아도 됩니다. 그러나 초등학생만 되어도 하기 싫은 일, 불편한 일, 고통스러운 일을 해내야 합니다. 그것을 현실 원칙이라 합니다. 우리의 일상은 현실 원칙에 속하는 85퍼센트의 일거리와, 쾌락 원칙에 속하는 15퍼센트의 일로 구성되어 있다고 합니다. 즉각적인 욕구 충족을 지연시킬 수 있는 능력, 중요한 일과 그렇지 않은 일을 구분할 수 있는 능력, 고통스럽더라도 현실적 삶을 돌보는 능력 등은 반드시 배워야 하는 소중한 삶의 기능입니다.

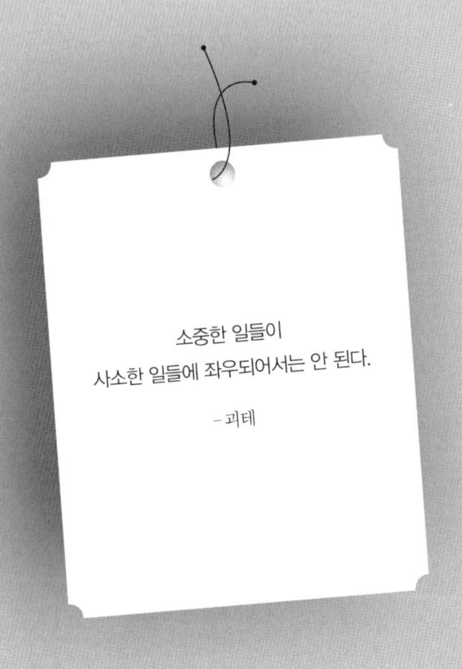

어쩐 일인지 괴테는 잠언적인 말을 많이 남겼습니다.
그가 남긴 이 말 역시 자기계발 프로그램에 차용되고 있습니다.
소중한 일에 꾸준히 열정을 쏟으면 처음에는 당신이 습관을 만들지만,
나중에는 습관이 당신을 만든다고 합니다.

유독한 부모, 역기능 가정이 존재합니다

집과 가족이 너무나 싫습니다

저는 올해 스물한 살의 여대생입니다. 어릴 때부터 부모의 싸움을 봐 왔습니다. 제가 아기였을 때는 엄마가 아버지에게 맞아서 기절한 적도 있다는데 그건 기억나지 않고, 대신 아버지가 장롱을 부순다거나 케첩을 던져서 온 방 안이 피바다처럼 보이거나 했던 일들은 선명히 기억합니다. 아버지에게 '대화'는 없습니다. 명령과 지시가 있고, 분노와 폭행이 있습니다. 엄마는 아버지와 헤어지고 싶어 하지만 경제적인 이유 때문에 그러지 못합니다.

지난 구정 때 아버지가 사소한 일로 화를 내시더니 제 얼굴을 힘껏 때리셨습니다. 저는 나름대로 아버지를 챙긴다고 한 행동인데, 아버지가 보실 때는 돼먹지 못하게 간섭하고 무시하는 행위로 여기신 것 같습니다. 엄마가 아버지를 가로막았지요. 제가 너무 화가 나서 "경찰에 신고할 거야!" 했더니 아버지는 손에 잡히는 대로 물건을 마구 던지시면서 "어디 해봐라, 이년아!" 하더군요.

아버지를 존경하고 싶어도 존경할 만한 구석이 있어야 그렇게 하지요. 아버지는 지금도 당신이 잘못한 거 없다고 하시고, 저도 나름대로 억울해서 아직도 그날 일을 생각하면 눈물이 납니다. 그래도 밖에 나가서는 어두운 내색을 보이지 않으려고 밝고 활기차게 행동하는데 저, 잘하고 있는 건가요? ㅡ사과

신경과민인 엄마와, 엄마에게 신뢰를 주지 못한 아빠는 부부 싸움이 끊일 날이 없었습니다. 그러다 이혼을 하셨고 저는 처음에는 아빠와 살다가, 그 다음엔 엄마와, 스무 살 때부터는 혼자 일하면서 자취를 시작했습니다. 이단 종교에 빠져 있고 자기 입장밖에 생각할 줄 모르는 엄마는 저를 비난하고, 고등학생이 된 동생은 내성적인 성격이지만 속은 분노와 조소로 가득 차서 누구의 말도 듣지 않습니다. 아빠는 힘들게 일해서 엄마와 동생의 생활비를 보냅니다.

저는 곧 결혼할 예정인데 엄마가 결혼식에도 오지 않겠답니다. 아빠를 만나기 싫다고요. 갈기갈기 찢어진 우리 가족, 다시 행복해지고 싶은데, 동생하고라도 사이좋게 의지하며 살고 싶은데, 그럴 수 있을까요? ㅡ울고싶다

부모가 사랑을 줄 것이라는 기대를 버립니다

인간은 성장 과정에서 엄마와의 친밀한 일대일 관계, 아버지가 등장하는 오이디푸스적 삼각관계, 형제자매와 경쟁하는 시기 등을 경험합니다. 이 모든 과정이 일어나는 장소는 가정입니다. 가정은 태어나 처음으로 사랑과 증오를 배우고, 관계 맺기를 배우고, 세계를 배우는 곳입니다. 한 인간이 심리적으로 탄생하고, 성격이 형성되고, 정체성이 확립되는 곳도 가정입니다.

가정이 그토록 중요하기 때문에, 모성이나 우애에 대한 환상처럼 가정에 대한 환상도 도처에서 만나게 됩니다. 텔레비전이나 영화는 행복한 가정의 이미지를 유포하고, 곳곳에서 "즐거운 곳에서는 날 오라 하여도, 내 쉴 곳은 작은 집 내 집뿐이리……." 같은 노래가 울려 퍼집니다. 우리는 가정이란 원래 그토록 화목하고 행복이 넘치는 곳이어야 한다고 믿으며 그것을 추구합니다. 그 기대에 미치지 못하는 우리 집은 어쩐지 잘못된 듯 느껴집니다.

하지만 사과 님, 그리고 울고싶다 님, 혹시 아시는지요? '즐거운 우리 집'이라는 노래를 만든 작사가는 평생 독신으로 살았다고 합니다. 그는 한 번도 '꽃피고 새 우는' 가정을 가져 본 적이 없습니다. 그 노래는 '이상적 가정'에 대한 어느 독신 남성의 환상일 뿐이고, 그런 종류의 환상은 다시 우리의 '가정 이상'을 만들어 냅니다. 사실 가정이란 원래 행복하고 절로 평화로운 게 아니라 무수한 갈등을 해결하고, 서로의 욕망을 협상하고, 서로 다른 의견을 조절하는 곳입니다. 가정 폭력이나 가족의 해체는 그런 갈등 조절과 의사소통에 실패했다는 뜻입니다.

현대 사회로 접어들어 모성과 어린이가 창조되고, 가정과 양육의 중요성이 강조되면서 부모와 자녀 관계에도 많은 변화가 있었습니다. 이제 부모는 예전처럼 위엄으로써 자녀를 지도할 것이 아니라 자녀와 정서적으로 친밀한 관계를 맺어야 한다는 사실이 널리 인식되었습니다. 부모와 자녀 사이가 밀착되면서 둘은 정서적으로 지나치게 의존하는 관계가 되었습니다. 그 의존성은 점점 심화되어 이제 부모와 자녀는 강박적으로 상호 의존하는 관계가 되었고, 심지어 중독에 취약한 인성을 갖게 되었다고 합니다.

이제는 핵가족조차 해체되고 독신 가족, 동거 가족, 이혼하고 재결합하는 '재연합 가족' 등이 등장했습니다. 더불어 가정은 예전보다 더 많은 정서적 문제를 안게 되었습니다. 구성원들끼리 자주 친밀감을 점검해야 하고, 더 많은 갈등을 해결해야 하고, 욕구를 협상하고 거래해야 합니다. 정서적 상호 의존도는 점점 높아집니다.

현대 정신분석가 수잔 포워드는 자녀와 병리적으로 상호 의존하는 부모를 '유독한 부모'라 분류합니다. 부모로서의 의무를 다하지 않는 부모, 신처럼 아이를 벌주고 지배하는 부모, 지나치게 통제하고 간섭하는 부모, 알코올 중독인 부모, 언어나 신체적으로 학대하는 부모들이 이에 해당됩니다. 그런 부모들은 자녀의 인격이나 자기 존중감에 심각한 손상을 입힙니다.

유독한 부모에 의해 정서적 기능을 정상적으로 행하지 못하는 가정을 '역기능 가정'이라 부릅니다. 역기능 가정은 인간을 정신적으로 탄생시키고 성장시키는 기능을 제대로 해내지 못합니다. 오히려 자녀의 발달을 저해하고 자녀의 마음에 독성을 입힙니다.

사과 님, 그리고 울고싶다 님, 받아들이기 어렵겠지만 현실에는 역기능 가정, 유독한 부모가 틀림없이 존재합니다. 또한 인정하기 어렵겠지만 두 분 모두 유독한 부모의 독성에 피해를 입은 것으로 보입니다. 사과 님은 아버지의 폭력으로부터 살아남기 위해 냉소적인 태도를 갖게 된 것 같습니다. "아버지를 존경하고 싶어도 존경할 만한 구석이 있어야 그렇게 하지요."라는 식으로 쓰셨더군요. 울고싶다 님은 이기적이고 가학적인 엄마와 계속 피학적인 관계를 맺고 있습니다. 우리는 부모의 행동과 욕구를 통해서 자신의 성격을 형성하기 때문에 부모의 유독한 요소들마저 흡수할 수밖에 없습니다.

두 분 모두 유독한 부모, 역기능 가정으로부터 정신적으로 독립하는 일이 가장 필요합니다. 두 분이 그토록 고통스러운 것은 폭력적인 아버지, 이기적인 어머니를 여전히 사랑하고, 아직도 그들의 사랑을 받고 싶어 하기 때문입니다. 정신적으로 독립하라는 말씀은 그런 기대로부터 자유로워지라는 뜻입니다.

그러기 위해 부모와의 관계에서 중단해야 하는 태도가 몇 가지 있습니다. 자신의 고통이 없어지도록 부모를 변화시키고자 하는 것, 부모의 사랑을 얻기 위해 어떻게 해야 하는가 생각하는 것, 부모의 생각이나 행동에 대해 감정적으로 반응하는 것, 언젠가는 부모가 진정으로 사랑과 지원을 해줄 것이라는 환상을 갖는 것. 위와 같은 태도를 버리고 상호 의존적 관계 맺기 게임을 중단할 때 비로소 부모로부터 독립된 개인이 됩니다.

사과 님도 정신적으로 독립한 후에, 좀 더 나이가 들면 울고싶다 님처럼 경제적으로도 독립하시기 바랍니다. 경제적으로 홀로 설 수 있어야만 진정 독립된 개인으로 기능할 수 있습니다. 그런 다음 부모의 독성으로부터 자신을 보호하고, 내면의 왜곡된 측면을 돌보는 작업을 하셔야 합니다. 자신의 내면에 부모와 상호 의존적으로 형성된 가피학성, 냉소적 태도, 중독 성향, 타인을 지배하고 조종하려는 태도 등이 있을 수도 있다는 사실을 받아들이고, 나날의 삶을 의식적으로 관찰해 보시기 바랍니다.

가장 좋은 치료 방법은 가해자인 부모와 폭력의 문제를 놓고 대면하는 것입니다. 하지만 아직 그렇게 할 만큼 자아가 강하지 못하거나 마음의 준비가 되어 있지 않은 경우에, '위독한 부모'라는 개념을 정립한 정신분석학자는 '편지 쓰기'를 권합니다. 가해자인 부모에게, 도와주지 않고 방관한 다른 쪽 부모에게, 상처 입은 어린 시절의 자신에게, 애인이나 배우자에게, (미래의) 자식들에게……. 위와 같은 순서로 한 번씩 편지를 쓰고 나서 얼마 후 똑같은 순서로 다시 한 번 편지를 씁니다. 두 편지를 비교해 보고 마음이 어떻게 달라졌는지 점검한 다음 다시 똑같은 순서로 편지를 씁니다. 그렇게 몇 번 되풀이합니다.

아무리 험악하고 지저분한 말을 동원해서 상대를 욕하더라도 고쳐 쓰지 않습니다. 마음이 풀릴 때까지 내면의 모든 감정을 편지에 쏟아 냅니다. 그런 식으로 마음속에 쌓여 있는 쓰레기를 버리면서 동시에 자기혐오를 없애고, 자신을 치유할 힘을 길러 나갑니다. 내면의 아기에게 사랑의 언어를 베풀어 주고, 미래의 자녀에게 사랑의 약속을 함으로써 사랑의 능력을 회복합니다. 애인이나 배우자에게 쓰는 편지는 치욕스러운 기분을 없애는 데 도움이 됩니다. 그리고 기회가 된다면 상담 치료를 받으면 좋습니다.

유독한 부모나 역기능 가정의 자녀들은 이상적 가정에 대한 환상을 더 많이 가지고 있습니다. 현실에서 충족되지 못한 것을 환상 속에서 기대하면서 부풀리기 때문입니다. 그런 이들은 울고싶다 님처럼 해체된 가정이 복원되기를 바라는 갈망이 지나치게 커서 너무 이른 나이에 결혼하거나, 혹은 반대로 자기만의 가정을 꾸미는 일을 죄악처럼 느낍니다. 폭력이 난무하던 가정에 대한 공포가 너무 깊으면 아예 자신의 가정을 갖고 싶어 하지 않기도 합니다. 두 분 모두 그 점에 유의하시기 바랍니다. 더불어, 또 한 가지 유념하실 것이 있습니다. 연인이나 배우자를 구할 때 사과 님은 아버지처럼 폭력적인 사람을, 울고싶다 님은 어머니처럼 이기적이고 유아적인 사람을 만나지 않도록 조심하시는 것입니다.

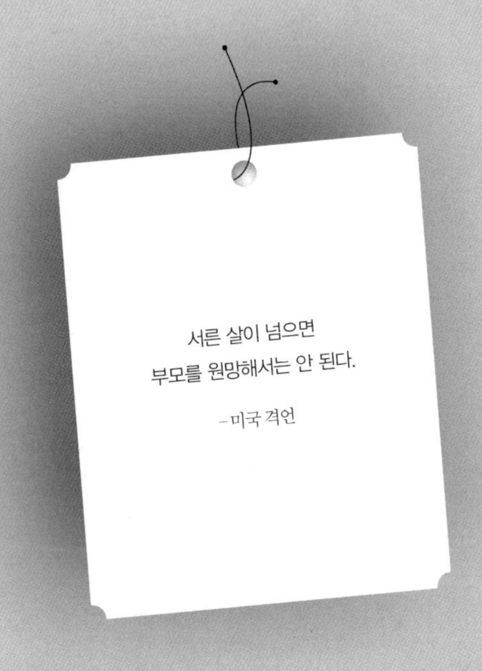

미국 영화를 보면 부모와 자식이 거리에서 만나 이런 대화를 나눕니다.
"넌 요즈음 어디에 사니?", "필라델피아요."
"여전히 수잔이랑 지내니?", "아니요. 샌디라는 여자와 7년째 살고 있어요."
그들의 표정은 유쾌하고 말투는 덤덤합니다.
법적으로 성인만 되면 집에서 독립하는 게 당연시되는 사회에서나 볼 수 있는 풍경일 것입니다.
로저 로젠블라트라는 칼럼니스트는 위의 격언을 인용해 놓고 그 밑에 이렇게 덧붙입니다.
"이 나이를 스물다섯으로 낮춰라."

자기 삶의 목소리, 천복을 따릅니다

가족이 저의 존재를 인정하지 않습니다

이번에 대학에 들어간 여학생입니다. 전문대이긴 하지만 제가 가고 싶었던 학과에 갔고, 하고 싶은 공부를 하게 되어 기뻤습니다. 부모님께서는 편입 준비를 하라고 계속 말씀하시지만 저는 싫습니다. 제가 하고 싶은 일은 명확하며, 그것을 준비하기에도 시간이 짧습니다. 목표가 없는 공부는 공부가 아니라고 생각해 왔습니다. 저는 스스로 당당하며 자신감을 갖고 있다고 여겨 왔습니다.

그런데 가끔씩 회의가 듭니다. 저의 당당함과 자신감이 거짓 꾸밈이나 자기 위안은 아닌가 하고요. 그렇게까지 스스로에 대해 확신이 있다면 누가 무슨 말을 하든 당당해야 할 텐데 그렇지 못한 것 같습니다. 다름 아닌 부모님과 친척들 때문입니다. 저는 가족들한테 패배자 취급을 받고 있습니다. 부모님은 제가 불효자식이며 부모에게 범죄를 저질렀다고 말합니다. 저 때문에 사람들 만나는 것도 창피하다고 합니다. 그럴 때마다 제 마음은 걸레 쪼가리가 되는 것 같습니다. 가슴이 무너져 내립니다. 머리가 뜨거워졌다가 시려 왔다가 하면서 지독한 두통에 시달립니다. 저의 가치를 의심하게 되고 자살해 버리고 싶어집니다. 엘리트이며 이성적이고 냉철한 부모님께서 그렇게 말씀하시는 것도 혼란스럽고, 그런 소리를 들어도 상처받지 않고 꿋꿋해야 하는데 이렇게 무너져 내리는 저 자신도 혼란스럽습니다. 저의 본심은 당당함일까요, 아니면 어설픈 은폐일까요? 머리가 시리도록 아프고 혼란스럽습니다. –혼란

부모와 서로 다른 욕구를 놓고 협상합니다

혼란 님, 지금까지 읽으셨다면 두 감정 모두 자신의 것임을 아셨을 것입니다. 당당하게 자신의 삶을 영위하고 싶은 마음도, 부모님 말에 상처 입고 좌절하는 것도 자신의 모습 맞습니다. 부모로부터 그런 소리를 들으면 가슴이 무너지고 머리가 뜨거워졌다 차가워졌다 하는 게 당연합니다. 자신의 의지가 뚜렷해 부모에게 함몰되지 않으려 애쓰기 때문에 더욱 혼란을 느낍니다.

부모가 준 충격으로부터 자신을 지키기 위해 몸과 마음이 혼신의 힘을 다해 애쓰고 있기 때문에 우울과 두통이 옵니다.

앞 장에서 '유독한 부모'라는 개념에 대해 말씀드렸습니다. 인정하기 어려우시겠지만 혼란 님의 부모님도 그런 유형이 아닌가 생각해 보시기 바랍니다. 엘리트이고 이성적인 부모님은 자식을 자신들의 나르시시즘적인 이미지를 완성시키는 소품 정도로 여기고 있습니다. 딸이 기대와는 다른 대학에 입학했다는 이유로 사람을 만나는 게 창피할 정도라면 딸의 소망, 딸이 진정으로 원하는 삶에 대해서는 관심이 없어 보입니다. 부모의 허영심 때문에 불필요하게 고통받지 마시라는 말씀을 먼저 드리고 싶습니다. 혼란 님이 지금 고통스러운 가장 큰 이유는 부모의 인정과 지지를 받으려는 욕구가 여전히 내면에 존재하기 때문입니다. 자신의 삶과 부모님의 허영심이 무관한 것이라 해도, 아직 부모의 사랑이 필요하기 때문에 부모의 부당한 요구에도 응하려는 태도를 갖고 있습니다. 염두에 두실 점은 부모를 사랑하는 것과 부모의 부당한 요구를 거절하는 것은 전혀 별개의 일이라는 사실입니다.

주체적으로 생을 영위하면서 자신의 소명을 훌륭히 이행한 인물들의 이야기를 읽어 보면 대체로 성인기 초기에 부모와 갈등을 빚습니다. 부모의 기대와 자신이 원하는 삶이 다르기 때문입니다. 부모의 지지를 받으며 안전하고 편한 길을 갈 것인지, 고통과 불편을 감수하더라도 자신이 원하는 길을 갈 것인지를 그 시점에서 결정해야 합니다. 우리에게 전해지는 이야기들은 대체로 부모의 반대를 무릅쓰고 고통을 감수하면서 자신의 삶을 선택한 사람들에 관한 것입니다. 그런 이들은 갈등의 순간에 내면 깊은 곳에서 울려 나오는 자기의 목소리를 따랐다고 합니다. 생이 들려주는 목소리에 귀를 기울였다고도 하고, 그 순간부터 자기 인생의 주인공이 되기로 결심했다고 표현하는 사람도 있습니다.

사실 우리 대부분은 성장기 내내 자기 목소리보다 남의 말을 잘 듣도록 교육받습니다. 어려서는 부모님 말씀을 잘 들어야 하고, 학교에 다닐 때는 선생님의 말씀을, 직장에서는 상사의 말을 잘 들어야 합니다. 심지어 우리는 자기 원칙보다 세상의 이목을 더 중시하며 살기도 합니다. "남 보기 부끄럽다", "남우세스럽다", "남의 눈도 신경 써야지" 등의 말을 들으며 생을 남에게 보여 주기 위해 사는 거라 착각하기도 합니다. 혼란 님의 부모님도 그와 같은 경우입니다. 그것이 식민지와 전쟁과 가난으로 이어진 현대사를 거치면서 유독 우리나라에만 형성된 정서는 아닐 것입니다. 하지만 그런 사회적 분위기로 인해 개인의 삶이 위축되고, 개성이 억압되고, 창조성이 마음껏 발현되지 못하는 측면이 있는 건 사실입니다.

어른 말씀 잘 듣고 남의 이목을 고려하며 살다가 어느 날 문득 우리는 혼란스러워집니다. 자신이 생에서 진짜 원하는 것이 무엇인지, 생의 소명이 어디에 있는지, 무엇을 위해 사는지 모르기 때문입니다. 오래도록 해온 그 일이 진정으로 원했던 일인지, 자신의 정체성은 어디에 있는지 등의 질문을 안게 됩니다. 그런 점에서 혼란 님은 특별할 정도로 자신의 욕구를 잘 알고 있고, 그에 대한 신념도 강해 보입니다. 지금 겪고 있는 고통은 나중에 겪을지도 모르는 더 큰 혼돈에 대한 예방주사쯤으로 생각하시고 자부심을 가져도 좋을 것 같습니다. 앞으로도 생이 들려주는 이야기에 귀를 기울이고, 내면의 목소리에 따르시면 될 것입니다.

앞 장에서 권해 드린 것처럼 부모님께 편지를 써 보세요. 위의 질문에 쓰신 것과 같은 감정들을, 부모님에 대한 실망과 분노를, 그들이 사용하는 패배자, 불효자식, 범죄자 등의 언어에 대한 자신의 느낌을 모두 써 보시는 겁니다. 한 번 쓰고 나서 다음날 다시 한 번 쓰고, 그렇게 몇 번 반복하시면 좋습니다. 그렇게 해서 내면의 끌탕이 어느 정도 가라앉으면 부모님과 서로 다른 욕구를 놓고 협상해 보세요. 성인으로서 부모와 동등하게 이야기를 나누는 겁니다.

협상할 때는 자신의 욕구와 부모님의 욕구를 서로 조금씩 양보하면서, 양쪽 다 부분적으로 만족할 만한 방안을 찾아야 합니다. 이를테면 부모님께 "우선은 원하는 공부를 하고 싶다, 그런 다음 더 공부할 필요가 느껴지면 편입 시험도 보고 상급 과정으로 진학도 하겠다."고 제안하는 겁니다. 자신의 비전과 확신을 부모님께 분명하게 보여드리고 부모님을 설득하는 것도 성인으로서 혼란 님이 해내야 할 일입니다.

덧붙여, "생이 하는 얘기를 어떻게 듣죠? 하루에도 수십 번씩 마음의 소리가 바뀌는데 대체 어떤 게 진짜 내면의 목소리죠?"라고 묻는 분들에게 알려드릴 방법이 있습니다. 만약 종교를 가지고 있다면 깊은 기도나 명상 속에서 답을 찾아보세요. 종교인들은 이미 많이 하고 계신 방법일 것입니다. 종교가 없다면 숙면을 취한 후 새벽에 정신이 맑은 시간을 택해 고요히 자신에게 물어보세요. 그래도 판단할 수 없다면 두세 시간쯤 땀을 뻘뻘 흘리면서 달리기든 테니스든 운동을 하는 겁니다. 등산도 좋습니다. 운동 중에, 혹은 운동 후 샤워 중에 문득 답을 얻을 수 있을 것입니다. 위 시간들은 마음을 가리고 있던 혼란스러운 잡념이 걷히고 본성의 지혜와 만날 수 있는 명증한 순간들입니다.

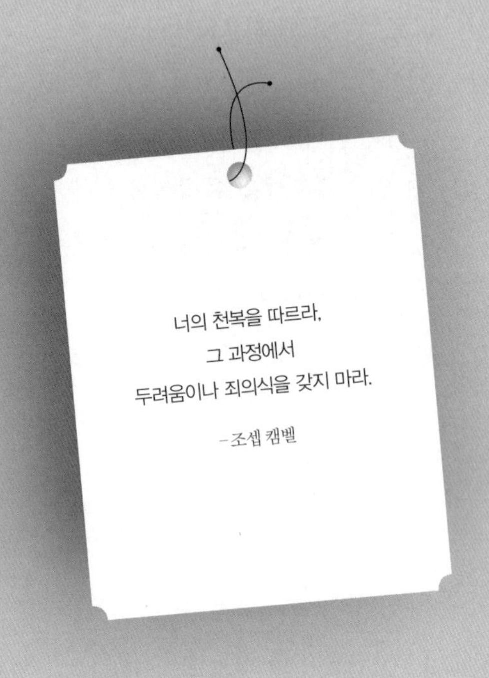

조셉 캠벨의 《신화의 힘》에 나오는 구절입니다.
천복(bliss)이란 아마도 모든 인간의 내면에 존재한다는 신성,
생의 비밀을 알고 있다는 집단 무의식, 생의 처음부터 타고나는 소명감 같은 것이
뭉뚱그려진 의미일 것입니다.
자기 생의 목소리, 내면의 목소리와도 같은 의미가 아닐까 싶습니다.

주도적으로 자립적인 삶을 이끌어 갑니다

일도 사랑도 꼬여만 갑니다

삼십 대 중반의 여성으로 작년에 이혼한 후 일곱 살짜리 아이와 함께 살고 있습니다. 다행히 부모님과 친구, 동료들의 지지 속에서 편견에 노출됨 없이 비교적 잘 지내고 있습니다. 특히 제가 오랫동안 좋아했던 사람과 사귀게 되면서 서로 이것저것 따뜻하게 챙겨 주며 나름대로 행복하기까지 했습니다. 그런데 올해부터 남자 친구가 저를 돕기 위해 1년 기한으로 같은 직장에서 일하게 되면서 오히려 상황은 급속히 악화되었습니다. 남자 친구와 제가 일하는 스타일이 달라 번번이 부딪치고 서로 큰소리를 내며 싸우는 일이 잦아졌습니다. 저는 무시당한다는 느낌에 화가 났고, 그 역시 자기를 신뢰하지 도 존중하지도 않는다고 말합니다. 그때마다 저는 일을 그만두겠다 고 했고, 그러면 그는 헤어지겠다고 서로 협박까지 했습니다. 며칠 전에도 일하다가 다퉜는데 그 후로 저는 이틀째 출근하지 않고 집 안에만 틀어박혀 있습니다. 십여 년 넘게 해온 일인 만큼 애정도 자 부심도 있었지만 지금은 빨리 그만두고 더 이상 상처받고 싶지 않을 뿐입니다. 남자 친구가 무척 밉지만 한편으로는 헤어지자고 할까 봐 두렵기도 합니다. 답답합니다. –주드

결혼은 독립된 인격끼리의 만남입니다

주드 님, 질문에 "일도 사랑도 꼬여만 갑니다"라고 제목을 다셨습니다. 소중한 일들이 원하지 않는 방향으로 치닫는데 어떻게 손을 써야 할지 가늠할 수 없어 답답해하시는 마음이 짐작됩니다. 하지만 주드 님, 위 글을 읽어 보면 꼬여만 가는 일과 사랑을 풀기 위해 어떤 노력을 하셨는지 전혀 드러나 있지 않습니다. "서로 부딪치고, 큰소리로 싸우고, 협박하고, 토라져서 틀어박혀 있고, 답답해하고……." 오직 그것만이 문제가 생겼을 때 주드 님이 취하신 모든 행동처럼 보입니다. 바로 그런 태도가 일도 사랑도 꼬이게 만드는 주요 원인입니다.

인간은 심리적, 생물학적, 사회적으로 나약한 존재이기 때문에

누군가 의존할 대상을 필요로 합니다. 연인이나 부부는 가장 긴밀하게 서로 의존하는 대상이며, 결혼 제도는 인간의 의존성이 만들어 낸 대표적인 생존 시스템입니다. 그런데 인간의 모든 감정이 그러하듯이 의존성에도 건강한 의존성과 병리적 의존성이 있습니다. 병리적 의존성을 가진 이들은 결혼을 마치 새로운 부모를 갖는 일처럼 여깁니다. 연인이나 남편을 '나를 돌봐 주고 보살펴 주는 존재'쯤으로 생각합니다. 아무런 자의식 없이 '그가 나에게 얼마나 잘해 주는가'를 연인이나 남편을 판단하는 기준으로 삼습니다. 주드 님 역시 내면에 존재하는 과도한 의존성을 먼저 보시기 바랍니다. 주드 님은 남자 친구가 항상 양보하고, 이해해 주고, 관대하게 대해 주기를 바라는 것 같습니다. 개인적인 일상뿐 아니라 공적인 직장 일까지 도와주기를 바라고 있습니다. 일도 사랑도 자신의 재량권 바깥의 일인 양, 삶 전체를 부모나 남자 친구의 손에 넘겨준 듯 수동적인 태도를 취하고 있습니다.

상대에게 과도하게 의존하게 되면 삶의 주체성을 확보하지 못하고, 삶의 주체성을 갖지 못하면 자신이 약하다고 느끼게 됩니다. 약자라는 인식이 있기 때문에 작은 일에도 무시당한다고 느끼고 상처를 입습니다. 똑같은 일을 하면서도 더 고달프다고 느끼는 사람의 내면에도 의존성이 있습니다. 이 일은 원래 누군가 다른 사람(든든한 보호자)이 해줘야 하는데, 그가 해주지 않아서 내가 이렇게 힘들구나 생각하는 겁니다. 그런 생각이 바로 유아기나 성장기에 덜 충족된 의존성의 잔재들입니다.

우선 직장에서 남자 친구의 도움을 받는 조건을 없애시기 바랍니다. 누군가가 자신을 보살피고 배려하고 존중해 주기를 바랄 게 아니라 그 모든 것을 자신이 스스로에게 해주시기 바랍니다. 시작 단계에서부터 도와줄 사람을 찾던 기존의 방식도 버리고 자신의 힘으로 최선을 다해 보시기 바랍니다. 혼자 해내는 과정에서 자주성과 역량이 늘어 가며 심리적, 사회적으로도 성장하게 됩니다. 지금 하시는 일을 오래 해왔고 재미와 자부심도 느끼신다니 존재와 삶의 방식에서도 금세 주체성을 회복하시리라 믿습니다. 부모님이나 남자 친구가 항상 곁을 지켜 주지도 않고, 누군가가 대신 생을 끌어 주지도 않는다는 사실을 기억하세요.

우리는 지금까지 생의 여러 영역에 존재하는 환상을 보아 왔습니다. 그것은 결혼에 대해서도 마찬가지입니다. 혹시 주드 님은 결혼에 대해 현실에 존재하지 않는 것을 기대하고 있지는 않은지 점검해 보시기 바랍니다. 결혼은 나를 챙겨 주고, 보살펴 주고, 위로해 주고, 사랑해 줄 누군가를 구하는 일이 아닙니다. 그동안 보살펴 주던 부모 곁을 떠나 새롭게 의존할 두 번째 부모를 갖는 일도 아닙니다. 결혼은 독립된 인격을 가진 두 사람이 만나서 하나의 새로운 공동체를 만드는 일입니다. 먼저 심리적 주체로 당당히 선 다음, 또 하나의 독립된 주체인 배우자와 함께 가정이라는 새로운 문화를 창조하는 과정입니다. 결혼의 가장 좋은 조건은 '혼자 살아도 괜찮다'고 느낄 때라는 말이 있습니다. 만약 결혼에 대한 과도한 환상을 가지고 있다면 남자 친구에 대해서도 반복적인 실망감을 느끼게 되고, 재혼에서도 전과 같은 오류를 범하게 될지도 모릅니다.

또 하나, 성숙하고 자립적인 개인으로 타인과 관계 맺는 법을 새롭게 습득하시기 바랍니다. 성인이 되었다는 것은 일상에서 만나는 문제와 갈등을 주도적이고 합리적으로 해결해 나갈 수 있는 능력을 갖추었다는 뜻입니다. 갈등이 빚어질 때마다 무작정 화를 내거나, 일을 그만두겠다고 하거나, 출근하지 않는 것은 문제를 회피하는 태도입니다. 문제들을 회피하는 방식으로 살아간다면 점점 더 생을 후미진 곳으로 몰아가게 됩니다. 우리는 날마다 만나는 문제를 해결하고 갈등을 풀어 나가는 과정에서 다시 정신적으로 성장합니다.

갈등이 생겼을 때 서로의 입장을 배려하면서 해결하는 일, 상대방의 이야기를 잘 듣고 수용하는 일, 자신의 생각과 욕망을 설득력 있게 말하는 일, 의견이 상충할 때 제3의 대안을 찾아보는 일……. 관계를 맺는 방식에는 그런 다양한 국면들이 존재합니다. 상대방을 신뢰하고 그의 의견을 존중하는 것도 성숙한 관계를 맺는 중요한 태도입니다.

또 한 가지 짚어 보실 일은 주드 님이 이혼하는 과정에서 겪었던 피해의 경험과 애도의 감정을 잘 처리하셨는가 하는 것입니다. 이별 후 충분한 애도의 과정을 거치지 않은 채 성급히 다른 파트너를 만나는 이들은 새로운 파트너가 자신의 분노와 상실감을 위로해 주기를 기대합니다. 하지만 제대로 해결하지 못한 그 감정들은 오히려 새로운 관계에 독성을 끼치고 현재의 삶마저 공격합니다.

주드 님이 그러시는 것처럼 상대방의 사소한 거부나 반대 의견조차 자신에 대한 공격으로 느끼게 됩니다. 남자 친구는 다른 의견을 제시했을 뿐인데 주드 님은 자신을 무시한다고 느끼고, 남자 친구는 주드 님을 돕고자 한 말인데 오히려 그 말에 상처를 받습니다. 그렇듯 매사에 과민하게 반응하는 정서의 밑바닥에는 제대로 해결하지 못한 분노나 우울의 감정이 깃들어 있습니다. 그 사실을 인식하시고 지금이라도 애도의 과정을 밟으시기 바랍니다. 뒤에 '건강한 애도 과정'에 대해 소개한 내용이 있습니다.

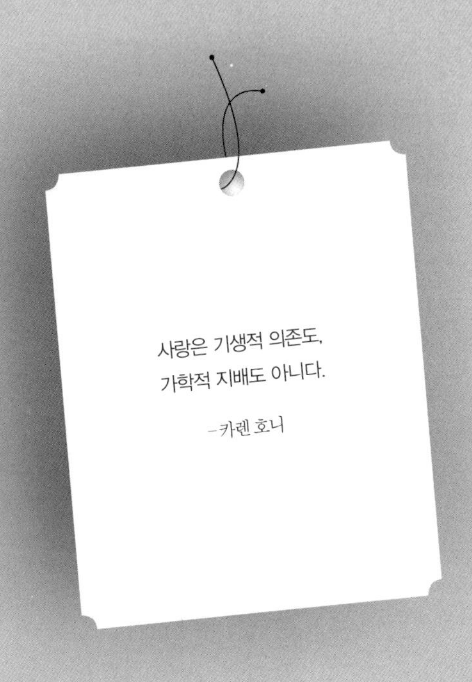

이 사실을 수용하지 못할 때
가장 고통받는 사람은 바로 당사자입니다.

'이상적인 남편'의 환상을 요구하지 않습니다

남편이 무계획적이고 게으릅니다

초등학교 1학년짜리 딸을 둔 삼십 대 중반의 결혼 8년차 주부입니다. 남편과는 같은 직장에서 만나 친구처럼 서로 믿고 이해하며 살 수 있을 거라는 생각에서 결혼했습니다. 그런데 남편은 무계획적이고 게으르며 움직이는 것을 싫어합니다. 맞벌이 부부임에도 모든 일을 제가 하고, 남편은 제가 싫은 소리를 하면 마지못해 짜증을 내며 합니다. 가사 분담이 될 리 만무하지요. 육아 때문에 3년째 같이 살고 있는 친정 엄마도 그런 남편을 못마땅하게 여기고 있어서, 저는 매일 살얼음판을 걷는 기분입니다.

남편은 퇴근 후 차려 준 저녁 식사를 하고 나면 새벽 두세 시까지 텔레비전을 보다가 소파에 누워 그대로 잠이 듭니다. 주말이면 밥 먹을 때를 제외하고는 소파에서 꿈쩍도 하지 않습니다. 딸아이 양육에도 관심이 없습니다. 술이 취했을 때를 제외하고는 칭찬도 비난도 툭툭 던지거나 특유의 비아냥거림으로 마무리합니다. 제가 받는 상처란……. 시부모님의 삶이 시어머니의 일방적 희생과 그 뒤의 잔소리, 넋두리로 이어지는데, 남편도 그 속에서 자라다 보니 지금의 생활 패턴을 유지하게 되지 않았나 싶습니다. 결혼 초부터 그런 문제로 남편과 많이 싸우고 많은 이야기를 나눴습니다. 아무리 얘기해도 바뀌지 않는 남편에게 지쳐 갑니다. 손을 꼭 잡고 웃으면서 걸어가는 노부부를 보면 눈물이 흐릅니다. 나이 들수록 그렇게 아껴 주며 살아야 하는데 그럴 자신이 없습니다. –수선화

남편의 만성 우울증이 염려됩니다

수선화 님, "손을 잡고 웃으면서 걸어가는 노부부를 보면 눈물이 흐른다."는 대목을 읽으니 저도 가슴이 아픕니다. 그 눈물이 바로 수선화 님의 내면에 깃들어 있는 결혼에 대한 환상, 생애 초기에 결핍된 가정에서 꿈꾸어 온 다정한 부모에 대한 환상일 거라 짐작되어 그렇습니다. 얼마나 간절히 행복한 가정과 다정한 부모에 대한 환상을 가졌으면 아직도 그런 장면에 눈물이

날까 싶습니다.

수선화 님이 보시고 눈물을 흘렸다는 그 노부부 역시 평생을 웃는 모습으로만 살아온 것은 아닙니다. 남편은 무거운 책임과 의무감을, 아내는 지난한 인내와 희생의 길을 걸어온 다음에야 비로소 거기에 도달해 있을 것입니다. 그 부부에게도 문제를 해결하고, 갈등을 조절하고, 현실적인 고통을 감수하는 삶이 있었습니다. 그 사실을 직시한다면 그들의 모습이 과도하게 미화되어 보이지 않을 것이고, 부러움의 눈물도 흐르지 않을 것입니다.

수선화 님은 결혼하실 때 친구처럼 서로 믿고 이해하면서, 가사도 육아도 나누어 분담하면서, 손을 잡고 다정하게 산책도 하면서, 서로 아껴 주며 사는 결혼 생활을 기대하셨군요. 수선화 님의 기대감에서는 결혼에 대한 환상과 함께 거기에 부합되는 '이상적인 남편'에 대한 환상도 엿보입니다. 그 환상을 현실 속에서 실현하기 위해 남편에게 여러 가지 역할을 요청하셨을 거라 짐작됩니다. '이상적인 부부 이미지'를 거실 벽에 걸어 놓고, 가사 분담과 공동 육아에 대해 "결혼 초부터 남편과 많이 싸우고 많이 이야기하고" 했던 것 같습니다.

그래도 수선화 님은 친정 엄마나 딸과 관계를 잘 맺고, 자신의 욕구를 잘 이해하고, 책임과 의무를 수행하며 적극적인 삶을 영위하시는 듯 보입니다. 반면에 장모, 아내, 딸의 세 여성 사이에서 무력감에 빠진 채 소파에 누워 있는 한 남자의 모습은 선명하게 대조적입니다. 그의 무력한 몸 위로 쏟아지는 가족의 무거운 기대와 실망, 잔소리도 엿보입니다. 창밖 세상은 저토록 아름답고, 생에는 그토록 즐거운 일이 많은데 그는 왜 인생의 4분의 1쯤을 소파에 누운 채 흘려보내고 있는 걸까요?

누구도, 스스로가 원해서 그토록 무기력하고 즐거움 없는 삶을 살지는 않을 것입니다. 남편 분이 만성 우울증 상태에 있는 게 아닌지 의심해 봅니다. 그 뿌리도 아주 깊어 보입니다. 일방적 희생과 잔소리로 살아가는 엄마에게 제대로 받지 못한 사랑, 자식에게 무관심하면서도 강압적이었을 아버지에 대한 분노, 좌절된 감정을 보살펴 본 적 없이 죽 그렇게만 살아왔을 날들…….

성장기에도 남편 분은 집에 들어가면 아무 일도 하지 않은 채 그렇게 누워 지냈을 겁니다. 그것이 실은 내면에서 들끓는 분노와 불안의 감정들을 억누르는 아이다운 방식이었다는 것을 자신도 자각하지 못했을 겁니다. 지금 남편 분은 대외적으로 선량하고 온순하고 양보 잘하는 사람의 이미지를 가지고 있을 것입니다. 내면에 분노를 억누르고 있는 사람들의 특성이 그렇습니다. 게으름과 무기력함, 비아냥거리는 말투와 신경질 등은 억압된 분노가 소극적으로 표출되는 전형적인 방식입니다. 또한 우울증의 원인이기도 합니다.

시급한 것은 가사 분담의 문제가 아니라 남편의 만성 우울증을 보살펴 주는 일 같습니다. 그동안 지치셨겠지만 그래도 다시 한 번, 이제는 다른 방법으로 시도해 보시기 바랍니다. 반복되는 요구, 싸움, 잔소리 등으로는 어떤 문제도 해결되지 않고, 어떤 사람도 움직이지 못합니다. 남편의 입장에서는 아내의 그런 태도가 엄마에 대한 억압된 감정을 환기시키는 불편함일 뿐입니다. 불행하게도, 아니 당연하게도 남편은 어머니와 비슷한 여자를 아내로 고른 것 같습니다. 수선화 님, 혹시 자신이 '일방적 희생과 그 뒤의 잔소리, 넋두리로 이어지는 시어머니의 삶'과 비슷하게 살고 있지는 않은지 냉정히 검토해 보시기 바랍니다.

분노든 우울증이든 마음을 보살피는 가장 좋은 방법은 '사랑'입니다. 남편 분이 스스로를 사랑할 수 있다면 가장 좋겠지만 우선은 타인의 도움을 받아야 합니다. 그렇다고 이제 와서 엄마에게 예전에 못 받은 사랑을 달라고 조를 수는 없습니다. 밖에 나가서 다른 사랑을 찾아보라고도 할 수 없습니다. 지금 그 일을 해줄 수 있는 사람은 오직 수선화 님밖에 없습니다.

남편을 사랑해 주세요. 한 마디 잔소리보다는 한 번의 스킨십, 한 가지 요청보다는 한 번의 포옹, 판단하고 지배하는 말투보다는 한 마디의 칭찬과 사랑의 말을 먼저 건네세요. 수선화 님의 방식만 주장할 게 아니라 남편의 방식도 수용해 보세요. 소파에 누운 채 텔레비전을 보는 남편 곁에 누워 함께 텔레비전을 보다가 함께 소파에서 잠들어 보기도 하세요. 부부 사이의 사랑에는 성이 중요한 비중을 차지한다는 사실도 잘 아실 것입니다. 그와 같은 자신의 노력을 남편에게도 알린 다음 함께 노력하자고 권해 보세요.

아내가 진심으로 자신을 사랑하고 어떤 행동이든 포용한다는 믿음이 생기면 남편 분의 태도가 조금씩 바뀔 것입니다. 아이처럼 투정하거나 어리광을 부리기도 할 겁니다. 그것은 아주 좋은 징조입니다. 남편의 내면에 억압되어 있던 상처 입은 아이가 보살핌을 받는다는 뜻이며, 치유가 시작되었다는 뜻입니다. 한 가지 보너스는, 남편을 지극히 사랑하는 행위를 통해 아내도 스스로를 사랑하는 마음을 강화시키고, 내면이 치유되는 경험을 할 수 있다는 점입니다. 그렇게 하다 보면 머지않아 남편에게 준 사랑이 되돌아오는 기적을 경험하실 것입니다.

또 한 가지, 몸과 마음은 동전의 양면이므로 몸의 건강도 함께 보살피셔야 합니다. 오랜 기간 우울하게 보내는 사람은 생의 에너지 중 많은 부분을 분노를 억누르는 데 사용하기 때문에 실제로 체력이 약해집니다. 남편 분도 이미 그런 상태로 보입니다. 그런 상태가 좀 더 지속되면 신체 기관이 망가지기도 합니다. 자주 야외로 나가 햇볕을 쬐고, 산책처럼 가벼운 것부터 운동을 시작하세요. 규칙적인 운동으로 몸을 건강하게 유지하는 것만으로도 정서의 많은 부분을 긍정적으로 돌려놓을 수 있습니다. 온 가족이 놀이 공원에 가서 아이처럼 노는 일은 몸과 마음을 동시에 돌보는 아주 좋은 방법입니다.

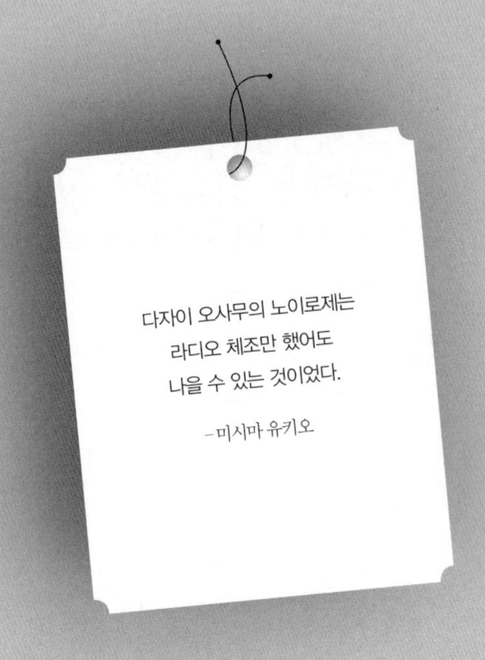

마루야마 겐지의《소설가의 각오》라는 책에는 자살한 미시마 유키오의 장례식을
텔레비전 중계로 지켜보면서 다음과 같이 생각하는 대목이 있습니다.
"그가 취한 소설가로서의 태도 중에 내가 경의를 표하는 부분은 문장에 신경을 썼다는 점이었다.
또 한 가지, 그가 한 말 중에 '다자이 오사무의 노이로제는 라디오 체조만 했어도 나을 수 있는 것이었다.'
라는 말을 좋아했다. 그런데 지금은……."
다자이 오사무, 미시마 유키오를 우울증/자살로 잃은 일본의 다음 세대 작가들은 운동을 열심히 합니다.
마루야마 겐지는 개와 함께 매일 산을 뛰어오르고, 무라카미 하루키는 여행 중에도
새벽마다 이국의 거리를 달린다고 합니다.

중독성은 중독성끼리 의존합니다

언니는 일중독, 형부는 알코올 중독입니다

언니는 사십 대 초반이고 형부는 언니보다 네 살 위입니다. 겉보기에는 딸 셋을 둔 단란한 가정입니다. 형부는 술을 마시지 않으면 한 마디도 하지 않을 정도로 소극적이고 수줍음이 많습니다. 주변 사람들은 형부를 매우 착하고 맘씨 좋은 사람으로 평가하지요. 그런데 술을 안 마시는 날이 거의 없다는 게 문제입니다. 술을 마시면 이야기도 잘하고, 웃기도 잘하지만 언니가 제지하지 않으면 일을 하지 못할 정도로 술을 마십니다.

언니와 형부는 시장에서 같이 장사를 합니다. 언니는 형부가 술을 마시지 못하도록 갖은 수단을 쓰는데, 숨어서라도 마셔야만 하는 형부를 말릴 수가 없습니다. 언니는 갈수록 포악해지고, 악을 쓰고, 말도 들을 수 없을 정도로 폭력적이 되어 갑니다. 다행히 둘 사이에 육체적인 폭력은 없지만 날이 갈수록 포악해지는 언니를 보는 것도 힘들고, 갖은 언어폭력을 당하는 형부도 안쓰럽습니다. 무엇보다 아직 어린 조카들이 그런 환경에서 자란다는 것이 안타깝습니다. 언니는 돈 버는 일만이 최우선이고 요즈음은 여행이나 휴가를 갈 생각이 전혀 생기지 않는다고 합니다. 언니에게 어떤 조언을 해줘야 할까요?
–구름

언니와 형부는 서로의 사랑을 원하고 있습니다

언니네 가정을 염려하는 구름 님의 마음에 공감할 만합니다. 그러나 중독은 다른 누구도 아닌, 오직 당사자만이 해결할 수 있는 문제입니다. 자신의 생활 방식이 중독 상태임을 인식하고, 그것을 극복해야겠다고 결심하고, 굳은 마음으로 실천해야 하는 일입니다. 지금 구름 님이 언니 부부에게 해줄 수 있는 일은 그런 상태를 알아차리도록 도와주는 것뿐입니다.

우선 그들이 중독 상태임을 알게 해주세요. 형부 스스로가 술에 대해 무력하다는 것을, 술로 인해 삶을 통제할 수 없는 상태에 빠뜨리기도 한다는 사실을 인식하도록 도와주세요. 형부는 술을 마시지 않으면 우울하고 불안해져서 거듭 술을 찾게 되는 것입니다. 언니 역시 열심히 일할 때에만 자신이 가치 있는 존재인 듯 느껴지기 때문에 그토록 일에 매달리는 것입니다. 그런 상태로 두 사람은 상대방의 중독 성향을 강화시켜 왔습니다. 언니는 일에 매달림으로써 지속적으로 형부를 소외시키고, 형부는 술에 빠짐으로써 계속 언니를 불안하게 했습니다. 그러면서 두 사람은 각자의 중독 대상에 더욱 집착하게 된 것입니다. 언니 부부에게 이런 사실을 말해 주고, 그 악순환의 고리를 끊을 수 있는 사람은 당사자뿐임을 알게 해주세요.

무엇보다 그들의 중독 성향이 진정으로 원하는 내면의 욕망이 무엇인지 알게 해주세요. 언니가 그토록 열심히 일하는 진정한 이유는 실은 형부의 인정을 받고 싶어서이고, 형부가 그토록 술을 마시는 내밀한 이유는 비록 잔소리일지라도 언니의 관심을 끌기 위해서입니다. 결국 두 사람은 서로의 배려와 사랑을 받고 싶어서 그런 파괴적인 행동을 하고 있습니다. 언니와 형부에게 자신들의 진정한 욕망을 인식하고, 그것에 대해 진솔하게 대화하고, 서로 노력해야 한다고 말해 주세요.

사실 언니와 형부는 처음부터 신경증끼리 서로 알아보고 만났을 것입니다. 두 분 다 표면적으로 드러나는 중독 성향보다 더 깊은 내면에 오래된 결핍이 존재하며, 그 강도 역시 비슷할 것입니다. 언니가 먼저 그 사실을 알아차리고 상호 의존하는 중독의 고리를 끊도록 권해 보세요. 일을 조금 줄이고 따로 시간을 내어 형부와 함께 편안하고 즐거운 시간을 보내도록 하는 겁니다. 그런 시간을 지속적으로 가지면서 형부에게 조금 더 관심을 가지고 내면의 결핍(그것은 대체로 유년기에 덜 받은 사랑입니다)을 보살펴 주라고 권해 보세요. 언니의 노력이 꾸준히 지속되면 형부도 변화하고자 하는 욕망을 보일 것입니다.

또 한 가지, 부부 사이에는 성적인 문제가 중요한 비중을 차지합니다. 부부 치료에 성 치료가 반드시 포함되는 이유도 그 때문입니다. 그다지 합리적이거나 권할 만한 방법은 아니지만 실제로 부부들은 정서적인 긴장이나 관계의 갈등을 성을 매개로 하여 해결하기도 합니다. 아직 미혼으로 보이는 구름 님께서 언니 부부의 성생활에 대해 언급할 수 있을지 모르지만, 그래도 언니에게 말씀드려 보세요. 만약 언니 부부가 성적인 측면에서 문제가 있다면 반드시 치료를 받아야 한다고 말입니다.

언니에게 또한 알코올 중독 부모가 자녀에게 얼마나 위험한 재앙인지 설명해 주세요. 어린 자녀들에게 부모는 생존의 전부를 기대고 있는 절대적 존재입니다. 그렇기 때문에 아이들은 본능적으로 부모의 상태를 살펴 그에 적응하려 노력합니다. 아버지가 음주 상태의 과도한 명랑함과 비음주 상태의 침울함을 반복적으로 보여 주면 아이의 입장에서는 가정이 마치 태풍에 흔들리는 배처럼 느껴집니다. 혹시라도 음주 상태에서 아이에게 부당한 언어적 · 물리적 폭력을 행사한다면 아이는 정서에 치명상을 입게 됩니다.

알코올 중독자와 밀접한 관계에 있는 사람(부모, 배우자, 자녀 등)

은 타인과 불건전한 관계밖에 맺지 못하게 되는 경우가 많다고 합니다. 그런 이들은 자기를 비하하거나, 타인에게 필요한 존재가 되고자 헌신하거나, 타인을 관리 혹은 개선하려 하거나, 심지어 피학적 관계 속에 묵묵히 앉아 있습니다. 가장 나쁜 일은 또 다른 중독자가 되는 것입니다. 사실 형부 역시 어떤 대상에 중독된 부모를 두고 있었을 가능성이 높습니다. 언니 부부에게 그런 심리적 메커니즘을 설명해 주세요.

중독성을 일으키는 기질은 의식의 아주 깊은 곳에 자리 잡고 있기 때문에 치유하기가 쉽지 않습니다. 문제가 심각할 때는 전문가의 도움을 받아야 합니다. 증상이 그리 심각하지 않고, 어떻게든 자발적으로 삶을 주도해 나갈 역량이 있는 사람이라면 차선책이 있습니다. 중독을 초래하는 그 의존성을 좀 더 긍정적인 대상을 향해 발현시키는 겁니다. 언니와 형부가 일주일에 한 번씩 가게를 닫고 함께 여가 활동을 하도록 권유해 보세요. 어떤 여가 활동이든 두 분이 꼭 함께하시기를 당부합니다. 술이나 일에 의존했던 것처럼, 여가 활동 자체에 흥미를 느끼게 되기까지는 부부가 서로 의지할 수 있는 대상이 되어 주어야 합니다. 개인적으로는 등산을 권하고 싶습니다. 산에 다녀 본 사람들은 산이 가지고 있는 정신적·신체적 치유력에 대해 말하곤 합니다.

정신 영역을 보살피는 데는 종교 활동도 도움이 됩니다. 많은 사람들이 신뢰하는 보편적이고 상식적인 종교를 선택해서 일주일에 한 번씩 법문이나 설교를 듣는 겁니다. 종교 단체에서 마련하는 수련 행사에 참가해서 내면을 집중적으로 성찰하는 시간을 갖는 것도 좋은 방법이 될 것입니다. 덧붙여, 자발적으로 금연이나 금주를 시도하시는 분께 권해 드릴 만한 방법이 하나 있습니다. 사찰을 비롯한 각종 종교 단체에는 3박 4일부터 한 달짜리 수련회 프로그램이 있습니다. 그 기간 동안 외부와의 연락을 일체 끊고 수행자와 똑같은 생활을 합니다. 금단 현상이 일어나는 시기를 그런 곳에서 보내면서 금연이나 금주에 성공했다는 사람의 경험담을 들은 일이 있습니다.

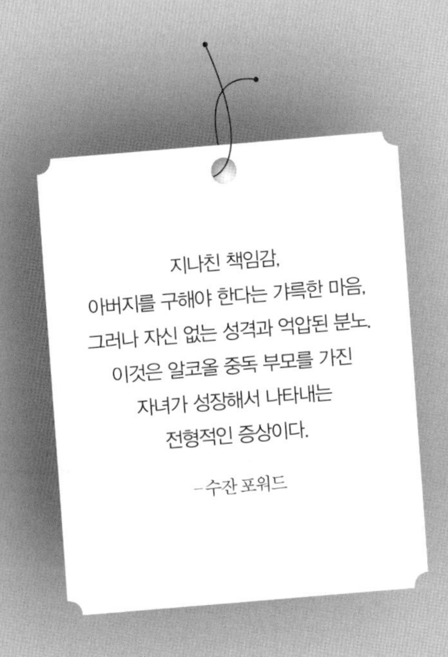

수잔 포워드의 《흔들리는 부모들》의 한 구절입니다.
책의 원제는 '유독한 부모(Toxic Parents)' 인데
표현이 지나치다고 판단했는지 번역 과정에서 온건하게 바뀌었습니다.
정신분석학이나 사회학 서적에서는 '유독한 부모' 로
개념화되어 쓰이고 있습니다.

여성이 변화한 만큼 남성도 달라져야 합니다

이혼을 고려 중인 남성입니다

1999년 1월에 주위의 소개로 한 여자를 만났고 여섯 번의 만남 끝에 결혼을 했습니다. 그 당시 저는 서울에서 직장 생활을 했고 아내는 충북의 어느 시골에서 교편을 잡았기 때문에 주말부부로 살아왔습니다. 주말마다 아내가 서울의 신혼집에 오는 것을 힘들어하자 신혼 5개월 만에 처가가 있는 대전으로 옮겨 살았습니다. 저는 서울로, 아내는 충북으로 각각 출퇴근을 했고요. 그러다 힘들어져 다시 주말에 한 번씩 대전에서 만나는 생활을 1년 정도 했습니다. 그때부터 우리는 서서히 멀어지기 시작했습니다.

아내는 지독히도 잠자리 갖는 것을 싫어했습니다. 약간의 혐오증 비슷한 증세가 있는 것 같기도 했고요. 또 친정 쪽 애경사를 저에게 알리지 않았고, 시댁 행사에도 참석하지 않곤 했지요. 지난해에 회사 사정으로 제가 1년 정도 실업자 생활을 할 때 아내와 함께 살았는데, 제게 용돈도 주지 않고 밥도 제대로 해주지 않고 완전히 무시하더군요. 지금은 다시 서울에 올라와 하숙을 하며 예전 직장에 다니고 있지만 만나자는 저의 요청에도, 한 번 내려가겠다고 해도 막무가내로 오지 말라는 말만 되풀이하고 있습니다. 이 여자를 어떻게 해야 할까요? 다시 합친다고 해도 아픈 기억만 있어서 잘해 나가기 어려울 것 같습니다. –남편

아내는 지배하고 통제하는 대상이 아닙니다

주말부부에, 장거리 출퇴근에, 그토록 악조건 속에서도 결혼 생활을 유지하기 위해 쏟으신 노력에 우선 경의를 보냅니다. 남편 분은 아직도 아내를 좋아하며 결혼 생활을 지속하고 싶은 마음이 큰 듯합니다. 그렇다면 우선 생각하는 방식을 바꾸시기 바랍니다. 어떤 문제에 대해 해결책을 구하려면 '이 여자를 어떻게 해야 할까요?'가 아니라 '내가 어떻게 하면 될까요?'라는 태도에서 출발해야 합니다. 아내는 남편이 지배하고 통제하는 대상이 아니라 고유한 생각과 욕구를 가진, 남편과

동등한 인격체입니다.

우선 아내를 만나 이야기를 나누시기 바랍니다. 아내가 만남을 피한다고 했는데, 아내에게 결혼 생활에 대해 진지하게 의논하기를 원한다는 뜻을 분명히 밝히세요. 그래도 피한다면 다음 사항을 약속하세요. 절대 폭력적인 언행을 하지 않을 것이고, 일방적으로 잠자리를 요구하지 않을 것이며, 사람들이 많은 공개된 자리에서 만나 이야기만 하자고요. 그렇다면 아내도 응할 것입니다.

대화할 때는 우선 '듣기'부터 하세요. 아내에게 그동안 서운했던 것, 결혼 생활에서 기대하는 것, 남편에게 요구하고 싶은 것을 모두 털어놓게 하세요. 아내의 말을 들으면 억울하거나 부당하다고 느껴지는 대목도 있을 것입니다. 해명하거나 합리화하고 싶은 마음도 들 겁니다. 그렇더라도 우선은 듣기만 하세요. 잠자리에 관한 것이든, 집안 경조사 참석에 관한 것이든 아내에겐 그렇게 한 이유가 있을 것입니다. 아내의 입장이 되어 아내의 마음을 이해하고 공감하려 노력해 보세요. 아내는 이야기하는 것만으로도 남편이나 결혼 생활에 대해 쌓인 감정을 풀어낼 수 있으며, 참을성 있게 들어주는 태도에서 조금씩 남편을 신뢰하고 닫힌 마음을 열게 될 겁니다.

아내의 이야기를 다 들었으면 그 다음에 남편 분의 의견을 말씀하세요. 아내의 잘못들을 꼬박꼬박 짚어 가며 비난하거나, "나는 이렇게 노력했는데 너는 왜 그렇게 하지 못하느냐?"고 질책하지 마시기를 당부드립니다. 아내의 행동을 옳다 그르다 판단하지 마시고, 일방적으로 요구하거나 충고하지 마시고, 서운함을 전할 때는 비난이나 분노의 감정 없이 말씀하세요. 그런 다음 결혼 생활에 대해 남편 분이 기대하는 것, 아내에게 원하는 것을 솔직하게 털어놓으세요.

그런 식으로 일주일에 한 번씩 만나 대화하는 노력을 열 번만 하자고 아내에게 제안해 보세요. 조금씩 아내의 마음을 열고 천천히 서로 다가가면서 친밀감을 쌓으시기 바랍니다. 예전의 결혼 생활에서 미흡했던 것, 상대에게 부탁하고 싶은 것, 두 사람의 비전과 꿈 등을 솔직하게 이야기하는 겁니다. 두 분의 문제에 대한 해결책은 두 분의 내면에 있습니다. 대화를 통해 그것을 찾아 나가세요.

한 가지 유념하실 것은 남편이 강자라는 사실입니다. 물리적인 완력, 나이, 사회적 위치 등 어느 면으로 보나 아내는 약자입니다. 강자와 약자의 갈등에서는 대체로 강자의 관용과 배려가 해결의 토대가 된다는 점을 잊지 마세요. 그렇게 모든 노력을 기울였는데도 아내의 마음에 미동이 없고 두 사람 사이의 간극이 좁혀지지 않는다면 그때는 마음을 접으시기 바랍니다. 소모적인 관계에 붙잡혀 시간과 열정을 허비하기엔 두 분 모두 생이 아깝습니다.

만약 다시 출발하기로 결심하셨다면 그때는 꼭 기억하세요. 위 결혼에서 남편 분의 가장 큰 잘못은 애초에 한 여성을 고작 여섯 번 만난 후 결혼을 결정했다는 점입니다. 배우자는 세상에서 가장 친밀한 관계를 맺어야 하고, 평생을 함께 살면서 공동으로 생을 이끌어 갈 사람입니다. 그렇게 중요한 사람을, 어떤 성격과 생각을 가지고 있는지 충분히 알아보지 않고 결혼했다는 건 용감하거나 어리석거나 두 가지 중 하나입니다. 그게 아니라면 두 분 모두 결혼에 대한 제대로 된 개념 없이, 무의식적으로 자기 파괴적인 행위를 하고 있었는지도 모르겠습니다.

두 번째 잘못은 공간적으로 함께 지내지 못하는 상황에서 결혼 생활을 시작했다는 점입니다. 결혼은 한 공간에서 함께 살면서 가정을 일구는 일입니다. 대부분의 부부는 떨어져 살게 되면 어떻게든 합치기 위해 노력합니다. 남편 분이 적당한 거리를 두고 이따금 만나는 결혼 생활을 선택한 이유는 아마도, 내면 깊은 곳에 전면적이고 밀접한 관계 맺기를 부담스러워하는 마음이 있었던 게 아닌가 짐작됩니다. 그런 형태의 결혼 생활에 동의하신 걸 보면 아내 분 역시 친밀한 관계를 맺는 일에 서툰 것으로 보입니다. 두 분이 비슷한 성향을 지니고 있어서 그토록 어려운 결혼 생활을 시작했을 것입니다.

남편 분의 세 번째 잘못은 모든 문제의 원인이 아내에게만 있다고 말씀하시는 태도입니다. 위의 글을 읽어 보면 자신은 인내심을 가지고 적극 노력했지만 아내가 이렇게 저렇게 잘못했다는 내용만 있습니다. 심지어 아내가 마음대로 통제되거나 지배당하지 않았다는 사실에 대해서조차 비난합니다. 아내는 직장 생활을 하고 남편은 실업 상태였을 때조차 아내가 밥과 용돈을 충실히 주기만 바랐을 뿐, 남편은 아내를 위해 무슨 일을 했는지 알 수 없습니다.

남편 분의 잘못만 지적하는 것 같아 안됐습니다만, 바로 그 지점을 바로 보셔야 같은 실수를 반복하지 않을 수 있습니다. 그동안 거듭 말씀드린 것처럼 모든 문제는 당사자의 내부에 있으며, 그 해결책 역시 마찬가지입니다.

결혼은 '잠자리 문제도 해결하고 집안 대소사에 잘 참석할' 여자를 구하는 일이 아닙니다. 적당한 거리를 둔 채 지배하고 통제할 수 있는 여자를 구하는 일도 아닙니다. 무엇보다도 여성의 성은 정서적인 신뢰와 애착의 감정이 충분히 형성된 다음에야 비로소 상대를 향해 열립니다. 위 글에서처럼 아내가 남편을 피하는 데면데면한 상태라면 잠자리를 부담스러워하는 게 당연합니다. 성을 함께 나누기 위해서라도 서로 배려하는 마음과 친밀감을 먼저 형성해야 합니다. 성처럼 민감한 사안은 일방적으로 요구하거나 무조건 밀어붙여서 되는 일이 아닙니다.

한 가지 권해 드릴 사항은 되도록 많은 여성을 만나 보시라는 것입니다. 남성에게 경제적, 사회적으로 의존하지 않고도 살 수 있는 요즘 여성들은 남성의 강압적 지배나 폭력성을 더 이상 감수하지 않습니다. 어머니 세대와는 달라진 요즘 여성들의 생각이나 욕구를 더 많이 알게 되면 공연히 화가 날지도 모르겠습니다. 그렇더라도, 바로 그런 여성들과 함께 살아야 하기 때문에 여성이 변화한 만큼 남성도 변화할 필요가 있음을 느끼시기 바랍니다.

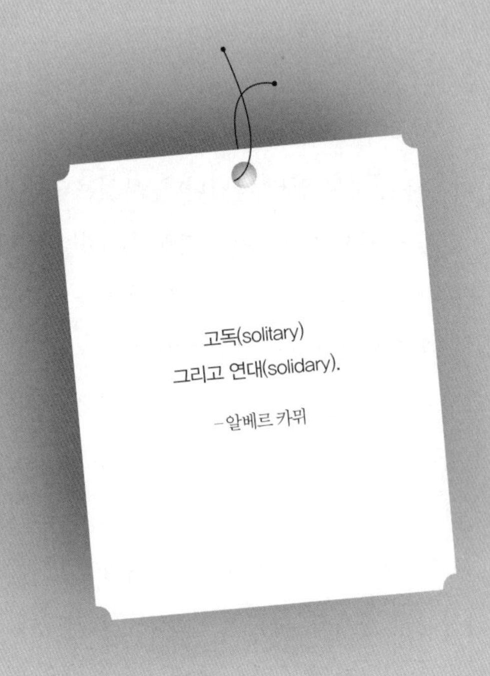

카뮈의 단편집 《추방과 왕국》에는 '일하는 미술가'라는 단편이 실려 있습니다.
그 소설의 주인공은 처자식에게 빵을 사 줄 만큼의
돈도 벌지 못하는 파리의 가난한 화가입니다.
그가 죽음에 임박했을 때 친구들이 찾아낸 캔버스는 텅 비어 있었는데
중간쯤에 아주 희미하고 작은 글씨가 적혀 있었습니다.
너무 흐려서 잘 읽을 수 없는 그 단어는 '고독' 같기도 하고 '연대' 같기도 했습니다.
두 단어는 저토록 흡사합니다.

애도 과정을 잘 넘기면 정서가 풍성해집니다

전남편에 대한 미움을 접기가 어렵습니다

저는 삼십 대 초반의 이혼녀입니다. 처음에는 이혼을 잘 극복하고 혼자서도 충분히 안정적으로 생활할 수 있을 것 같았습니다. 하지만 시간이 지날수록 이혼했다는 사실이 힘들고, 무엇보다도 전남편에 대한 원망과 미움을 지울 수 없습니다. 지금 이렇게 힘든 게 다 그 사람 탓인 것만 같아 괴롭습니다. 너무나도 실망이 컸던 결혼 생활이기에 미련 없이 저버릴 수 있었는데…….

이혼에 대한 후회가 아니라 자꾸 지난 일이 문득문득 떠올라 저를 괴롭힙니다. 왜 그렇게 바보같이 당하기만 했는지, 왜 그때 이런 말로 대응하지 못했는지……. 혹시 제가 화병이 난 건 아닐까요? 매일 밤 악몽을 꾸고 길거리에서 그 사람이나 예전의 시댁 식구들을 만날까 두렵습니다. 빨리 벗어나고 싶은데, 훌훌 털고 새로운 인생을 살고 싶은데 과거의 어둠이 쉽게 사라지지 않습니다. 사람들이 저를 손가락질하는 것 같고, 마치 전과자가 된 것 같습니다. 어떻게 하면 괴로운 기억에서 벗어나 떳떳하게 살 수 있을까요? –허스토리

꼭 거쳐야 하는 정상적인 애도 과정입니다

허스토리 님이 느끼시는 그 모든 분노와 상실감이 글에서 생생히 전해져 옵니다. 이별이든 사별이든 배우자를 잃는 일은 개인이 겪는 스트레스 가운데 가장 높은 수준의 스트레스를 준다는 연구 결과를 본 일이 있습니다. 우선 알아 두실 것은 위에 쓰신 모든 감정적 경험이 반드시 겪고 넘어가야 하는 '정상적인 애도 과정'이라는 점입니다.

미국의 심리학자 퀴블러 로스 박사는 애착을 박탈당한 사람이 겪는 다섯 가지 감정 단계에 대해 설명했습니다. 분노, 부정, 타협, 우울, 수용이 그것입니다. 허스토리 님이 "원망과 미움이 솟고, 악몽에 시달리고, 앙갚음해 주고 싶은 마음이 들고……"와 같은 분노의 감정을 느끼는 것은 정상적인 애도의 첫 번째 단계에 해당됩니다. 시간이 지날수록 이혼한 사실이 힘들고, 이혼을 후회하게

되고, 그 상황을 부정하고 싶은 마음도 듭니다. 분노와 부정의 감정을 충분히, 더 깊이 체험하시는 것이 바로 애도의 방법입니다.

분노를 체험하는 동안 정신적으로 퇴행 현상을 경험하기도 합니다. 세상 사람들이 자신을 손가락질하는 것 같고, 길에서 만나는 시댁 식구들이 자신을 해칠까 봐 두렵고, 마치 전과자가 된 것처럼 느끼는 것은 지나친 피해 의식입니다. 그런 피해 의식은 일반적으로 이혼한 성인 여성이 느끼는 합리적인 감정보다 훨씬 더 과도한 상태입니다. 그 상태가 바로 퇴행 현상이며, 퇴행하여 유아기의 편집증 증상에까지 이르렀다는 뜻입니다. 아마 허스토리 님도 자신이 예전 같지 않고, 성인으로서의 판단력이나 이성을 잃은 듯 느껴지실 겁니다. 그와 같은 일시적 퇴행 현상 역시 정상적인 애도 과정의 일부입니다.

편집증적 상태를 충분히 체험하고 나면 과도한 피해 의식이 가라앉으면서 우울증 상태로 정서가 변화할 것입니다. 그것 역시 좋은 현상입니다. 마음이 우울하다는 것은 내면에서 상처가 회복되고 있다는 뜻입니다. 무엇보다 허스토리 님의 내면에서 사랑과 미움이 통합되고 있습니다. 사랑과 기대를 주었던 초기의 좋은 사람과, 실망과 아픔을 준 후기의 나쁜 사람으로 분열되어 있던 전남편이 이제 한사람으로 모아집니다. 그가 좋은 사람이기도 했고 나쁜 사람이기도 했고, 그에 대한 감정이 사랑이기도 하고 분노이기도 하고, 그에 대한 추억 중에 행복한 것도 있고 불행한 것도 있다는 사실을 받아들이게 됩니다. 그와 같이 양가감정이 통합될 때 우울증이 찾아옵니다.

허스토리 님, 애도할 수 있는 능력이 있다는 것은 이미 성숙하다는 증거입니다. 자아가 약하거나 미성숙한 사람은 지금 허스토리 님이 느끼는 것과 같은 분노, 불안, 우울의 감정을 마주 보지 못한 채 다양한 방법으로 회피합니다. 위안을 받을 수 있는 새로운 사람을 서둘러 만나거나, 자신의 감정을 마비시켜 무감각해지거나, 고통의 현장을 피해 멀리 외국으로 떠나기도 합니다. 간혹 저 사람이 고통스러운 일을 겪은 게 맞나 싶게 금방 활기차고 유쾌하게 지내는 사람도 있습니다. 그는 반동 형성이라는 방어기제를 사용하여 고통으로부터 도망치는 겁니다. 이미 애도의 능력을 갖춘 건강한 성인이라도 애도 과정에 대한 지식이나 이해가 없어 그 과정을 제대로 치러 내지도 못하는 경우도 있습니다. 애도 과정을 충분히 거치지 못하면 내면에 분노와 불안이 남아 두고두고 자신의 생을 공격한다는 말씀은 이미 드렸습니다.

허스토리 님은 지금 잘하고 계신 듯 보입니다. 이제부터는 그 과정을 의식적으로 더 깊이 체험하면서 치러 내시면 좋을 것입니다. 애도하기 위해, 그 감정 속으로 더 깊이 들어가기 위해 일상을 작파하실 필요는 없습니다. 규칙적으로 일상을 운용하면서 관심을 쏟을 만한 취미 생활을 갖거나, 새로운 삶에 대비하여 꿈꿔 오던 일을 하면서 분노와 우울의 감정을 경험하실 수 있습니다.

다만 한 가지 걸리는 점이 있습니다. 위 글을 읽어 보면 전남편이 어떤 사람이었는지 그림이 그려지지 않습니다. 이혼의 사유가 무엇이었는지, 결혼 생활에 어떤 문제가 있었는지도 짐작되지 않습니다. 오직 허스토리 님이 느끼시는 고통과 후회와 피해 의식과 분노의 감정만이 나열되어 있습니다. 염려스러운 점은, 혹시라도 허스토리 님이 평소에 사물을 인식하고 말하는 방식이 그런 건 아닌가 하는 점입니다. 문제의 핵심을 살피기보다는 자신의 감정을 먼저 보고, 인간관계나 갈등에 대해 해결책을 찾기보다는 충동적으로 반응하는 성향을 갖고 계신 건 아닌지 짚어 보시기 바랍니다.

분노, 부정, 우울 등의 감정적 과정을 지나면 비로소 수용의 단계에 도달합니다. 양가감정을 통합하고 이혼한 사실은 마음으로 받아들이는 단계에 이르면 저절로 알아차릴 수 있습니다. 그 이혼이 오직 '네 탓'만이 아니라 '내 탓'이기도 하다는 것을 말입니다. 설사 상대방이 백 퍼센트 나쁜 사람이고 모든 잘못이 명백히 그에게 있다고 해도, 그것 역시 사람을 알아보는 눈을 갖지 못한 자신의 잘못입니다. 잘못을 자각하고 개선해야만 경험에서 배울 수 있고, 똑같은 실수를 반복하지 않을 수 있습니다.

생각이 거기까지 미치면 자연스럽게 남편의 입장에도 설 수 있습니다. 지금은 그를 위해 기도하거나 그의 잘못을 용서하는 일이 쉽지 않을 것입니다. 그렇지만 시간이 많이 흐른 어느 날, 그 결혼 생활이 허스토리 님에게 고통이었던 것처럼 남편에게도 힘든 시간이었겠구나 생각되는 시점이 올 것입니다. 이혼한 후 그가 혹시 자신을 사회적 패배자처럼 여기고 있는 건 아닌지 염려되기도 할 것입니다. 그때가 되면 연락을 취하고 자연스럽게 안부를 물을 수도 있습니다.

애도 과정을 의식적으로 충실히 이행하면 좋은 일이 많이 생깁니다. 우선 현재의 사건에서 비롯된 모든 감정을 잘 극복하면서 정신적 성장을 이룰 수 있습니다. 더불어, 그 과정에서 내면에 오래 억압되어 있던 유년의 분노와 우울과도 맞닥뜨리게 됩니다. 편집증의 증세까지 퇴행하는 것은 바로 그 시기에 형성된 정서적 문제가 활성화된다는 뜻입니다. 그 사실을 알아차리고 내면의 묵은 감정까지 끌어올려 함께 체험하고 넘어가면 마음이 치유되는 효과를 볼 수 있습니다. 분노에서 수용까지의 과정을 제대로 이행하면 마음 깊은 곳으로부터 타인에 대한 이해와 사랑이 깊어지면서 자아가 풍성해집니다. 풍성하고 강한 자아는 더 큰 승화와 창조적 역량을 획득하게 해줍니다.

충분한 애도 과정을 거친 다음 새로운 애착 관계를 맺을 때는 좀 더 신중하시기 바랍니다. 내면에 형성된 환상이 아니라 상대의 현실적 모습을 보고, 정서적으로 상호작용이 잘 이루어지는지 상대의 성격을 파악하고, 두 사람의 성격이 원만한 관계를 형성할 수 있을지 시간을 들여 점검해 보세요. 그 모든 것이 가능하다는 판단이 선 다음에 비로소 정서적인 밀착 단계로 나아가야 합니다. 첫눈에 반해 앞뒤 없이 휘몰아치는 사랑은, 냉정히 말씀드리면 신경증끼리의 만남입니다. 젊은 시절에 한 번 해봤으면 충분합니다.

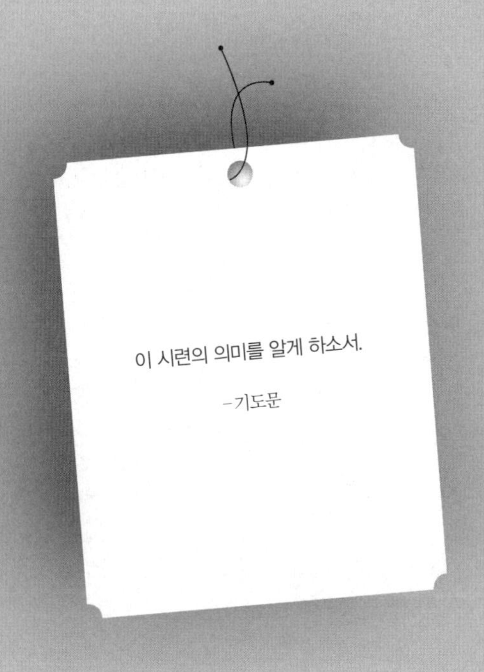

시련이나 고난 앞에서 우리가 취할 수 있는 방법은 아주 많습니다.
고난 속에 주저앉아 자기 파괴적으로 행동하거나, 시련의 원인을 외부로 돌려
맹렬히 누군가를 비난하거나, 문제를 대신 해결해 줄 사람을 찾아 두리번거리거나.
그중 가장 좋은 대처법은 시련에서 배우는 것입니다.
시련을 통해 내면에서부터 사람들의 그릇이 커지는 경우를 자주 봅니다.

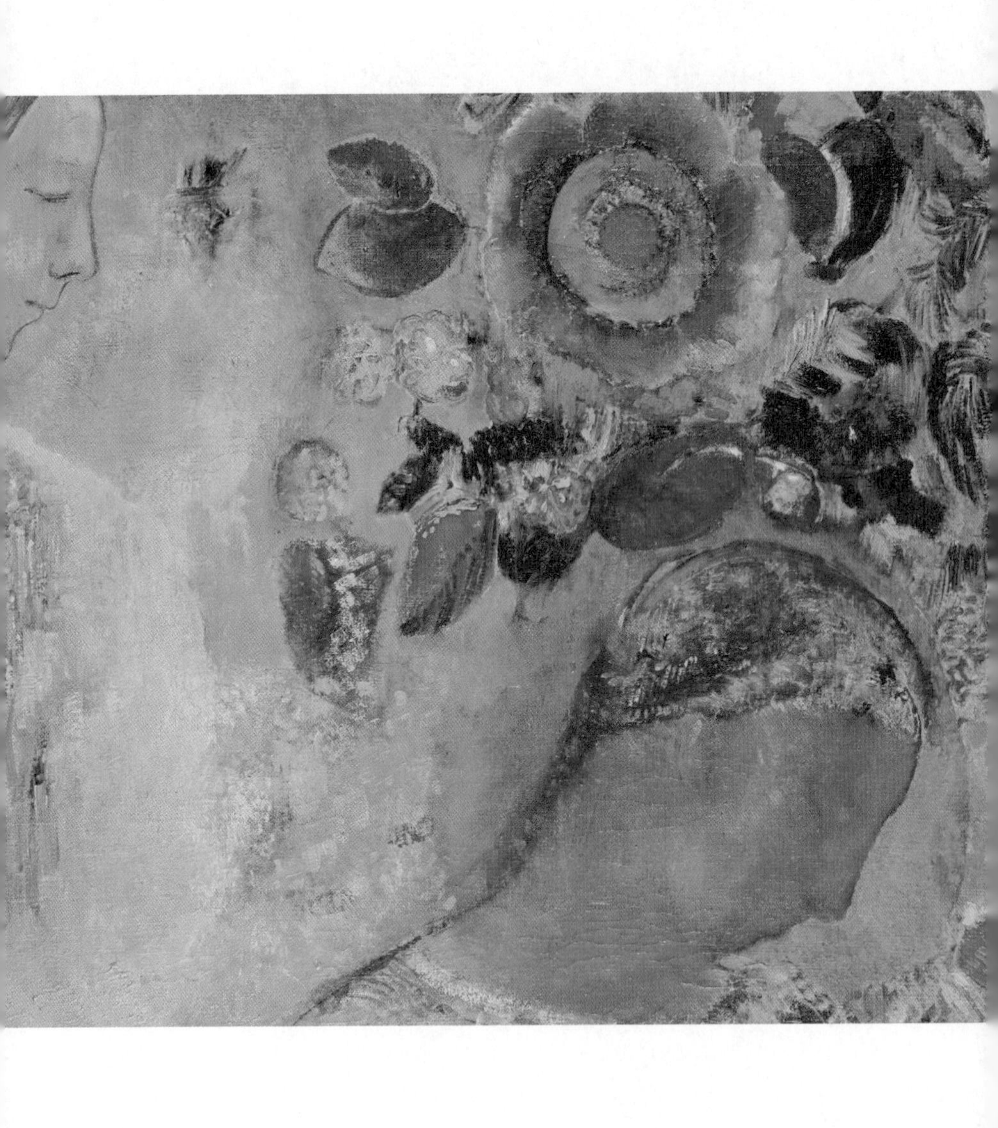

Chapter
3

성과 사랑

사랑과 성욕을 통해 우리는 다시 한 번 태어납니다

사랑은 또 하나의 연금술입니다

분노와 의심으로 사랑을 망치곤 합니다

마음의 옹이 없이 자라 온 사람이 어디 있겠습니까만 저 역시 폭력적인 아버지, 자식을 우울증과 분풀이의 대상으로 생각하는 동시에 집착에 가까운 애정을 가진 어머니 밑에서 성장했습니다. 마음의 문제를 해결하기 위해 늘 종류를 가리지 않고 닥치는대로 책을 읽었습니다. 그러나 독서가 문제를 해결해 주지는 않았습니다. 원인과 직접 대면해서 해결해야겠지만 저는 아버지와 대면할 용기도, 의지도 없습니다. 부모와 대면하지 않고도 그분들을 이해하고, 제가 행복해지는 방법은 없습니까? 다른 방법을 알려 주세요. –회피녀

제가 집착이나 의심이 심해서 남자 친구를 힘들게 해요. 남자 친구가 저 말고 다른 사람 만나는 것 자체가 싫고 불안해서 짜증을 내고 싸우게 됩니다. 아주 사소한 거짓말에도 상처를 입고 너무 힘이 들어요. –여자

남자 친구가 일 때문에 외국에 간 지 1년이 넘었습니다. 그런데 요즈음 남자 친구에게서 전화가 오면 자꾸 신경질을 내게 됩니다. 제가 힘들 때 옆에 있어 주지 않는 것이 화가 납니다. 너무 화를 많이 내서 예전의 다정했던 관계로 돌아가기도 어색할 거 같아요. 제가 화를 좀 안 냈으면 좋겠습니다. –신경질

그가 다른 여성을 만난 사실을 알았습니다. 그는 용서해 달라며, 정리하는 중이었다며 저를 붙잡았습니다. 그를 좋아하기 때문에 한 번 믿어 주기로 했습니다. 하지만 분이 안 풀린 제가 술을 많이 마시고 그에게 심하게 화를 내고 상처가 될 말을 늘어놓았습니다. 다음 날 그는 낯선 사람이 되어 있었습니다. –김에스더

그 분노와 의심을 깊이 체험합니다

우리는 가족 안에서 사랑하는 역량과 사랑의 방법들을 배웁니다. 생애 초기에 가족과 나누는 사랑이 한 인

간을 심리적으로 탄생시키고, 정신적으로 성장시키며, 자신감과 창조성을 키워 줍니다. 성인인 우리가 나누는 사랑이란 극단적으로 단순화해서 말씀드리면, 생애 초기에 가족과 주고받은 사랑의 방식을 타인을 상대로 재연하는 일과 다름없습니다. 사랑을 하게 되면 아기 때 엄마와 주고받은 황홀한 공생의 경험, 아버지와의 오이디푸스 관계에서 체험하는 갈등, 형제자매와 나누는 질투와 시기심 등이 연인을 상대로 다시 활성화됩니다.

그리하여 우리는 사랑을 대하는 서로 다른 태도를 갖고 있습니다. 어떤 이는 사랑을 유쾌하게 즐기는 것이라 생각하고, 어떤 이는 친밀한 관계란 어깨에 기대어 울 수 있는 사이라고 믿습니다. 어떤 이는 사랑을 지속되는 성관계라 생각하고, 어떤 이는 사랑과 성은 전혀 별개의 영역에 존재한다고 인식합니다. 그처럼 몸에 밴 사랑의 패턴을 상대에게 적용할 뿐 아니라, 생애 초기에 내면에 형성된 감정을 연인을 상대로 다시 체험합니다. 그 감정들은 부모의 양육 방식에 의해 형성되기도 하지만, 아기의 미숙한 인식 능력 때문에 왜곡되는 측면이 있다고 말씀드렸습니다.

사랑할 때면 내면의 모든 감정이 부글거리면서 끓어오릅니다. 천국에서 지옥까지, 인간이 느낄 수 있는 다양한 스펙트럼의 감정을 낱낱이 체험하게 됩니다. 한편으로는 기쁨, 충만함, 고양감, 만족감, 관대함, 편안함, 행복감 등 긍정적인 감정들이 끝도 없이 펼쳐집니다. 그러나 다른 쪽으로 고개를 돌리면 전혀 상반된 감정들과 맞닥뜨립니다. 분노, 불안, 의심, 질투, 집착, 우울, 자책 같은 부정적인 감정들이 용광로처럼 들끓습니다. 우리는 그 감정들의 정체나 근원에 대해 의심하는 일 없이 사랑이 원래 그런 거라 생각하며 자신의 감정을 상대방에게 쏟아붓습니다.

내면의 불안과 좌절이 너무 깊거나 생애 초기에 체험한 사랑에 독성이 강하면 성인이 된 이후의 사랑에 어려움을 겪습니다. 자신의 가치를 믿지 못하고, 상대의 사랑을 의심하며, 통제하지 못한 분노를 상대에게 표출합니다. 사랑할 때 맞는 '불편하고도 과도한 감정'은 상대방이 준 것도, 하늘에서 떨어진 것도 아닙니다. 생애 초기부터 형성되어 내면에 깃들어 있던 감정입니다. 내면의 그 감정을 연인을 향해 쏟아부을 때, 상대방은 무의식 속에 있는 부모 이미지를 떠맡는 역할을 합니다. 안타까운 점은 그 과도한 감정의 본질을 모른 채 상대방을 탓하고, 서로를 고통 속으로 밀어 넣는다는 사실입니다.

정신분석은 "사랑 앞에서 좌절하는 사람들을 위한 학문"이라는 말이 있습니다. 사랑만 제대로 해낼 수 있으면 생의 많은 문제들이 해결됩니다. 사랑의 경험을 의식적으로 잘 치러 내면 생애 초기에 내면에 형성된 왜곡된 정서들을 다시 체험하면서 스스로를 치유할 수 있습니다. 인간을 탄생시키는 첫 번째 연금술사는 엄마이고, 정신분석적 심리 치료 과정은 두 번째 연금술이라고 말씀드린 바 있습니다. 그런 맥락에서 성인이 되어 나누는 사랑은 세 번째 연금술이라고 볼 수 있습니다. 우리가 자신의 깊은 내면과 직면하는 방법에는 정신분석, 참선 수행, 그리고 사랑의 경험이 있습니다.

사랑할 때 내면에서 올라오는 모든 감정을 있는 그대로 깊이 느껴 보세요. 상대와의 관계 속에서 자신의 내면을 점검하면서, 내가 이렇게 의심이 많은 사람이구나, 내 불안감이 이토록 깊구나, 내가 이토록 질투가 심한 사람이구나 알아차리고 체험하는 겁니다. 그 일은 온몸이 무너질 듯 고통스럽고, 가슴이 바스러질 듯 힘들 것입니다. 그렇더라도 그 감정을 상대에게 쏟아붓거나, 외면하고 회피하거나, 다른 사람을 찾아 위안받으려 하지 말고 지그시 체험하세요. 상대방에게 자신의 상황을 설명하고 도움을 청해도 좋습니다.

그 다양한 감정들을 의식적으로 체험하고 넘어서고, 또 느끼기를 반복하다 보면 내면의 감정들이 완화됩니다. 처음에는 죽을 만큼 힘들었던 질투의 감정이 다음번에는 숨 쉴 수 있을 정도로 가벼워집니다. 그 감정들이 현재의 자신과 무관한, 아기 때의 감정이었음을 자각하게 되면 그 근원을 더듬어 볼 수도 있습니다. '아기 때 정말로 엄마와 아빠의 다정함을 질투했을까, 엄마와 아빠가 몰래 섹스를 한다고 의심했을까?…….' 그런 생각을 하면서 웃음이 나오는 순간이 있을지도 모르겠습니다. 그러면 다음번에 똑같은 상황에 처했을 때 느껴지는 질투나 의심의 감정이 한결 약화되어 있음을 확인할 수 있을 것입니다.

그런 방식으로 단단한 덩어리가 물에 풀려나가듯 무의식에 응축된 '옹이'들이 천천히 해소됩니다. 무의식이 의식화되는 현상이라고도 표현합니다. 그렇게, 고통스러운 사랑의 과정을 제대로 체험하고 나면 어느새 달라져 있는 자신을 느끼실 겁니다. 예전보다 편안하고, 덜 분노하고, 연인의 말을 믿을 수 있고, 무엇보다 사랑을 잘 이끌어 나가게 됩니다. 사랑이 인간 정신의 많은 문제를 해결해 주는 측면이 바로 거기에 있습니다. 회피녀 님의 질문에도 답이 되었기를 바랍니다.

사랑은 봄의 밭갈이나 겨울의 자연적인 산불에 비유할 수 있습니다. 땅을 갈아엎어 기름지게 만드는 것처럼, 산불이 나서 숲의 밀도를 조절하는 것처럼, 사랑은 마음자리를 비옥하고 편안하게 만듭니다. 사랑을 제대로만 해내면 지성, 감성, 정신의 영역에서 '대박' 성장을 이룰 수 있습니다.

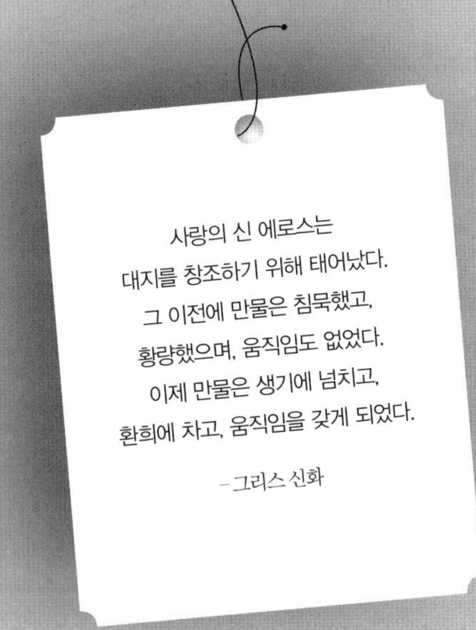
사랑의 신 에로스는
대지를 창조하기 위해 태어났다.
그 이전에 만물은 침묵했고,
황량했으며, 움직임도 없었다.
이제 만물은 생기에 넘치고,
환희에 차고, 움직임을 갖게 되었다.
-그리스 신화

사랑에는 책임과 의무가 따릅니다

쿨한 관계를 맺고 싶습니다

저는 서른 살의 미혼 직장 여성입니다. 말이 좋아 미혼이지, 결혼식 올리고 1년 정도 동거한 경험이 있습니다. 물론 혼인신고는 하지 않았고 헤어짐도 깔끔했던 편이에요. 심정적으로는 분명히 이혼녀인데 겉보기에는 미혼이라는 이상한 정체성을 갖고 있습니다. 물론 사회생활에는 아무 지장이 없지만요. 그런데 문제는 역시 '연애'였습니다. 이런저런 연애 경험이 '산전, 수전, 공중전' 수준이다 보니 저와 통할 만큼 연애 경험이 많은 남자를 우선순위에 두는 버릇이 생겼어요. 그렇게 만난 남자가 지금 연애 중인 이혼남입니다. 둘 다

결혼에 대한 희망이나 환상, 기대 같은 게 없었기 때문에 완벽하게 이상적인 연애였어요. 사랑하되 결혼하지 않는, 결혼 관계 같은 의무를 요구하거나 권리를 주장하지 않는…….

그런데 그의 전 부인이 다시 합치기를 원한다고 합니다. 전 부인이 맡아 키우던 딸을 남편에게 맡기고, 혼자 살던 그가 갑자기 부모님 댁으로 들어가면서 문제가 구체화되었습니다. 저는 한 가족을 파괴하는 주범이고 싶지 않은 거죠. 가족이라는 단어를 싫어하지만 그 중요성을 알고 있는 모순이랄까요. 그는 자기 의지와 상관없는 일이고 알아서 처리할 테니 걱정하지 말라지만 전 솔직히 불안하고 점점 이 연애가 내키지 않습니다. –솔로예찬

좌절과 갈등을 이겨내며 사랑해야 합니다

사랑의 문제는 결국 생의 문제입니다. 사회적으로 유능하고 똑똑한 여성들이 유독 연애 문제에서 쩔쩔매는 것을 보는 일은 불가사의합니다. 사람 사이를 가볍게 건너다니며 표면적으로 이른바 '선수' 처럼 보이는 이들이 실은 내면에서는 더 많이 불안하고 상처 입는다는 사실은 안타깝습니다. 그런 방식을 '쿨하다' 는 용어로 미화시키는 데 사회적 동의가 이루어져 있다는 사실은 쓸쓸합니다.

솔로예찬 님이 연애 경험 많은 남자를 선택하는 이유가 혹시 그

런 사람만이 자신의 지난 경험을 문제 삼지 않을 거라 생각하기 때문은 아니겠지요? 그렇다면 우선 자기 존중감을 키워야 합니다. 그보다는 '의무나 권리를 주장하지 않는' 부담 없고 쿨한 관계를 맺기 위해 그런 사람을 선택하신다면 바로 거기에서 '문제'가 비롯된다는 사실을 먼저 인식하셨으면 합니다. 누구에게도 사랑은 만만한 일이 아닙니다. 사랑을 시작하기도 어렵지만 그 관계를 잘 끌고 나가기는 더욱 어렵습니다. 대부분의 사랑은 상대방을 미화하는 것으로 시작됩니다. 완벽한 사랑을 찾은 듯 발이 땅에 닿지 않고, 밥을 먹지 않아도 배가 부르고, 머릿속이 한 사람으로 가득 차는 고양감으로 들뜹니다.

황홀기가 지나면 상대에 대한 미화된 이미지가 깨지면서 사랑의 환상이 걷히는 시기가 옵니다. 이 단계에서는 서로의 구체적 성격을 점검하고 현실적인 태도들을 측정합니다. 실망이나 좌절이 있어도 사랑이 분노보다 크다는 믿음을 가지고 관계를 이끌어 갑니다. 협상과 양보를 통해 갈등을 해결하면서 자아가 강해지는 경험을 합니다. 갈등기를 무사히 넘기면 그 다음에는 안정기로 접어듭니다. 최초의 절정감이나 도취의 느낌과는 다르지만 충만하고 편안하며 만족스러운 느낌은 유지됩니다. 그 과정으로 진입하면 사랑의 항상성이 확보되어 안정적이고 지속적인 관계를 유지할 수 있습니다.

그런데 어떤 이들은 성급하게 사랑에 빠지고 황홀한 도취의 순간을 즐기지만, 함께 해결해야 하는 현실적인 갈등의 시기가 오면 관계로부터 도망칩니다. 갈등과 고통, 분노와 질투 역시 사랑의 한 요소임을 인정하면서 감정적 문제를 해결해 나가야 한다는 사실을 받아들이지 못합니다. 작은 실망, 사소한 좌절에도 "그 사랑이 내키지 않고", 그런 불편한 감정은 사랑이 아니라고 생각합니다. 심지어 사랑이 식어 간다고 느끼면서 또 다른 도취의 대상을 찾아 두리번거립니다.

솔로예찬 님 역시 그와 같은 사랑의 패턴을 가지고 계시지 않은지 점검해 보시기 바랍니다. 글을 읽어 보면 간절히 사랑을 원하기는 하지만 연인과 전면적인 관계는 맺지 않으려는 태도가 엿보입니다. 쉽게 사랑에 빠지기는 하지만 그 관계를 안정적으로 이끌어 가지는 못하는 듯합니다. 사랑할 때 느끼는 모든 긍정적 감정들이 그 배면에 필연적으로 가지고 있는 어둡고 부정적인 감정을 감싸 안으려고 하지 않습니다. 사랑에 따르는 책임과 의무를 떠안으려 하지 않고 질투나 불안의 감정으로부터 뒷걸음질 칩니다. 그와 같은 모순적인 태도를 '쿨한 관계'라는 표현 아래 숨겨 놓고 있는 듯 보입니다.

사랑에 대해 그런 태도를 갖게 된 데에는 역시 성장기에 역기능 가정의 문제가 있었을 것입니다. 가족이라는 단어를 싫어하고, 그러면서도 "한 가족을 파괴하는 주범이 되고 싶지는 않다."고 말씀하시는 것을 보면 그렇게 짐작됩니다. 가족이라는 말에 과도한 무게를 느끼거나, 상황을 객관적으로 보지 못한 채 불필요한 죄책감까지 안고 계십니다. 잘 보세요. 그 남성분의 가정은 이미 그들 부부에 의해 파괴되었지 솔로예찬 님이 파괴한 것이 아닙니다. 설사 그들이 재결합하지 않는다 해도 그것은 그들 두 사람의 결정이며, 당사자들이 책임져야 할 일일 뿐입니다.

우선 그 남자분께 "결혼하자"고 제안해 보세요. 만약 "그래, 결혼하자"라는 대답이 돌아오면 그와 함께 사랑이라는 이름의 용광로 속으로 들어가 보세요. 불안하고 내키지 않는 지금의 감정을 더 깊이 체험하고, 사랑의 이름으로 지지고 볶는 다른 감정들도 충분히 경험하면서, 고통을 감당하고 책임을 떠안는 관계를 맺어 보세요. 충만감과 허탈, 열망과 좌절, 신뢰와 의혹, 합일과 질투, 그런 상반된 감정의 영역이 존재하는 것이 사랑입니다. 그것을 두루 체험하고 넘어서는 과정을 통해 자아가 강해지고 의식이 확장됩니다. 그 다음에야 솔로예찬 님이 마음 깊은 곳에서 원하는 안정되고 충만한 관계를 만날 수 있습니다.

만약 상대로부터 "쿨하지 못하게 왜 이래?"라는 답변이 돌아온다면 사랑에는 책임이 따른다는 사실을 말해 주고 그를 가족에게 돌려보내세요. 혼자 남게 되면 되도록 빨리 새로운 연인을 구해 왔던 예전의 방식을 버리고 한동안 분노와 상실감을 체험해 보시기 바랍니다. 곁에 남자가 있어야만 안정감을 느끼고, 남자의 사랑을 받을 때에만 가치 있다고 느껴지는 의존증도 점검해 보세요. 외로움이든 불안이든 비하감이든, 죽을 만큼 힘들더라도 세밀히 느껴 보세요. 지금까지 그런 감정들을 회피하기 위해 쿨한 전투복을 입고 연애의 여러 전투에 참가했던 것입니다.

지금 중요한 것은 그 남자와의 관계가 아니라 솔로예찬 님의 내면을 돌보는 일입니다. 그동안 회피해 온 외로움, 불안, 분노 같은 감정들이 내면 가득 쌓여 있어서 외부의 작은 자극에도 폭발하려 합니다. 전문가의 도움을 받든, 관계 속에서 경험을 의식화하면서 혼자 해나가든, 내면을 보살피는 일은 시간이 오래 걸리는 힘든 작업입니다. 하지만 그 시간들이 지나면 많은 것이 달라질 것입니다. 가족이라는 단어를 싫어하지도, 결혼이라는 말에서 불행을 연상하지도 않게 됩니다. 혼자 있어도 편안하고 충만한 그 시간이 온다면 연애의 우주전을 치른들 어떻습니까. 부디, 쿨하다는 명목으로 삶을 냉동 창고에 처박아 두지 마세요.

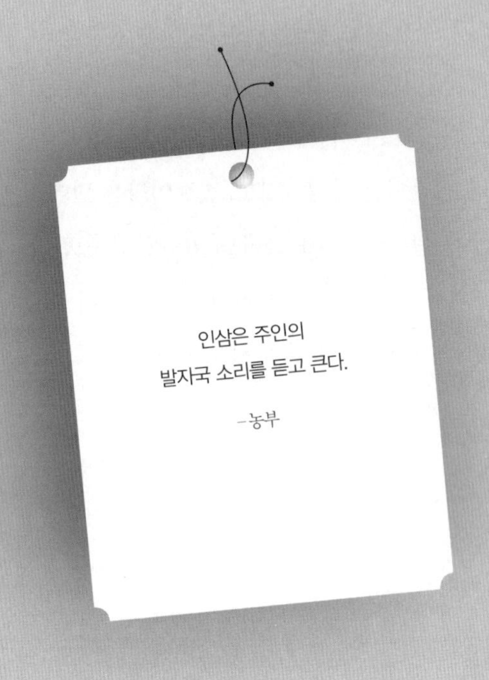

사랑에는 귀한 생물을 키우는 것과 같은 관심, 배려, 보살핌, 책임 등이 따릅니다.
만약 누군가를 사랑한다고 느끼면서도 가만히 앉아 있기만 한다면,
누군가를 사랑하지만 감정적 불편은 겪기 싫다고 느낀다면,
그것은 사랑이 아니라고 감히 말씀드립니다.

사랑할 때 내면의 불안감이 되살아납니다

연애하기도, 헤어지기도 두렵습니다

남들한테는 쉬워 보이는 연애가 제게는 유독 힘이 듭니다. 고등학교 2학년 겨울쯤 첫사랑이라는 걸 알게 해준 남자가 있었습니다. '이런 게 사랑인가 보다.' 라는 감정을 갖게 해준 사람이었습니다. 저는 열여덟 살이었고 그는 스무 살의 대학생이었습니다. 한동안 혼자 짝사랑하다가 결심을 하고 고백했지만, 보기 좋게 차였습니다. 그냥 예쁜 동생이었으면 좋겠다고 했습니다. 인생의 중요한 시기인 고등학교 3학년을 그 사건으로 인해 폐인처럼 보냈습니다. 그 후로 다시는 사랑 같은 거 하지 않겠다고, 만약 하더라도 차이기 전에 먼저 차 버릴 거라고, 절대로 진심 같은 거 보여 주지 않겠다고 다짐했습니다.

이제 제 나이 스물다섯입니다. 공부도 하면서 직장도 다니고 있지만 힘들 때가 많아요. 대학 때 몇 번 연애를 해보기는 했지만 100일도 못 가고 제 쪽에서 먼저 이별을 고했습니다. 이상하게도 어느 한 부분이 마음에 안 들면 밑도 끝도 없이 그 사람이 싫어져서 보고 싶지 않더라고요. 저도 힘들 때 서로 위안이 되는 사람을 갖고 싶습니다. —부산

저는 스물여섯 살의 직장 여성입니다. 직장 내에서 세 살 많은 남자 친구를 만나서 사귄 지 6개월 되었고, 동거한 지는 4개월 됩니다. 그런데 제가 술을 마시고 크게 주사를 부린 일이 세 번 있었고, 그 사람이 화가 나서 잠깐 나가려 하는데 제가 못 나가게 했습니다. 그런 저의 모습이 충격적이었나 봅니다. 그날 이후 남자 친구는 저의 집착이 불편하고 숨 막힌다고 말합니다.

남자를 사귀게 되면 저는 집착을 많이 합니다. 어떻게든 잘해서 끝까지 함께하고 싶은데 그것마저 제 집착이고 상대방을 배려하지 않는 이기심일지도 모른다는 생각이 들었습니다. 주위에서는 헤어지라고 하지만 저는 자신이 없습니다. 혼자된다는 것이 너무나 무섭습니다. 그날 이후 저는 거의 죽어 삽니다. 다투거나 할 때도 제 목소리를 내지 않습니다. 그가 싫어할까 봐요. 제 곁에 있으면서 우리에 갇힌 짐승처럼 고통스러워하는 그를 보는 것도 힘이 듭니다. 사랑이 무섭고 괴롭습니다. —은이

남자에게 생존의 전부를 걸지 않습니다

나란히 놓은 두 질문은 아예 관계를 맺지 못하는 사람과, 지나치게 관계에 집착하는 사람의 이야기입니다. 표면적으로 상반되어 보이는 두 현상은 실제로는 사랑을 믿지 못하는 동일한 감정에 뿌리를 두고 있습니다. 그것은 상대방의 문제가 아니라 자신들의 내면에 형성되어 있는 '사랑이라는 감정에 대한 확신'의 문제입니다. 부산 님도, 은이 님도 '사랑이 미움보다 크다'는 확신을 생애 초기에 정서 안에 확고하게 형성하지 못했다는 공통점이 있습니다.

부산 님, 가만히 생각해 보세요. 짝사랑을 고백했다가 거절당했다고 해서 모든 사람이 폐인이 되지는 않습니다. 무엇보다도 고3 학생으로서 그때가 생의 중요한 시기라는 것을 분명히 아는 사람이 말입니다. 보통 사람들은 짝사랑을 고백했다가 거절당하면 잠시 낙담하거나, 조금 슬퍼하거나, 그냥 한바탕 웃어넘깁니다. 고작 그 정도의 거절에 1년쯤 폐인처럼 지냈다는 건 부산 님의 내면에 이미 거절당하는 일에 대한 좌절과 상처가 어마어마하게 자리 잡고 있었다는 뜻입니다. 상대방의 거절은 해결하지 못한 과거의 상처를 자극했을 뿐입니다.

은이 님도 잠시 생각해 보세요. 쉽게 사랑에 빠지고 맹목적으로 그 사랑에 집착하는 자신의 모습에서 항상 엄마만 찾고, 잠시라도 엄마가 보이지 않으면 숨이 넘어가도록 자지러지게 우는 아기의 모습이 연상되지 않으신지요? "혼자된다는 것이 무섭다"는 말은 대여섯 살짜리 아이의 언어이지 스물여섯 살이나 먹은 성인이 할 말은 아닙니다. 은이 님 역시 유아기나 아동기의 어느 시기에 제대로 해결하지 못한 불안의 문제가 있기 때문에 그렇습니다. 우선은 '분리 불안'의 문제가 있습니다. 아기들은 엄마가 보이지 않으면 숨이 넘어가게 웁니다. 그러다가 엄마가 나타나 달래 주면 안심하면서 울음을 그칩니다. 아기의 발달 단계에는 18개월에서 24개월 사이에 유난히 엄마에게 집착하고 엄마를 잃을까 봐 두려워하는 시기가 있습니다. '재접근 위기'라 불리는 이 시기에 아기는 일시적으로 성장이 퇴행하는 것처럼 보이기도 합니다. 그 시기에 아기가 느끼는 불안감이 잘 보살펴지지 않으면 내면에 치명적인 분리 불안이 남게 된다고 합니다. 그리하여 성인이 된 후의 사랑에서 한없이 상대에게 집착하거나(은이 님), 상대에게 버림받기 전에 먼저 상대를 버리는 행동을 취합니다(부산 님).

다음으로 양가감정의 문제가 있습니다. 특히 부산 님의 경우에는 내면에서 양가감정이 통합되지 않아 매사에 좋고 싫음의 감정이 지나치게 분명하게 체험되는 듯 보입니다. 연인의 한 부분이 마음에 들지 않으면 그 사람 전체가 '나쁜 사람'으로 인식되면서 밑도 끝도 없이 싫어지는 거지요. 연인의 한 부분이 마음에 들지 않아도 마음에 드는 부분이 아홉 가지나 있다는 사실을 잊어버리는 겁니다.

분리 불안이 극복되고 양가감정이 통합되면 그 다음에 아기의 마음속에 '대상 항상성'이라는 게 확립됩니다. 대상 항상성이란 엄마가 잠시 보이지 않아도 영원히 곁에 있다는 것, 엄마가 야단치더라도 근본적으로는 자신을 사랑한다는 믿음을 마음 깊은 곳에 확고히 정립하는 일입니다. 대상 항상성은 30개월 전후에 형성되는데, 엄마와 아기의 일대일 관계에서 성취해야 하는 발달의 최종 목표라고 합니다.

대상 항상성이 형성되어야만 사랑이 미움보다 강하다는 사실을 믿게 됩니다. 그것을 확고하게 믿을 수 있어야만 사랑이 잠시 흔들릴 때, 상대방이 좌절이나 실망을 줄 때 그 위기를 넘기고 관계를 지속해 나갈 수 있습니다. 분리 불안의 극복, 양가감정의 통합, 대상 항상성의 확립은 사랑에 빠지고 그 사랑 속에 머무르기 위해 반드시 획득해야 하는 중요한 심리적 기능입니다. 두 분 모두 그 사실을 명심하시기 바랍니다.

그런 다음, 우선 은이 님은 남자 친구에게 매달리는 행동을 중단하시기 바랍니다. 그가 떠나겠다고 하면 더 이상 잡지 마시고 오히려 그때 자신의 내면에서 올라오는 불안감을 가만히 느껴 보십시오. 숨 쉬기가 힘들고 온몸이 감전되는 듯한 느낌이 들더라도 그 감정을 고스란히 체험하는 시간을 보내야 합니다. 너무 불안해서 죽을 것 같을 때는 이렇게 중얼거려 보세요. "이별해도 괜찮아, 혼자 남아도 죽지 않아." 그리고 주변을 둘러보세요. 이별해도 씩씩한 친구, 혼자서도 잘 사는 선배를 만나서 이야기를 나누어 보세요. 그들은 어떻게 사는지 직접 관찰하고 물어보기도 하세요. 그 위태로운 관계가 실제로 끝난다면 그때는 의식적으로 애도의 과정을 거치면서 본격적으로 자신의 내면을 돌보는 시간을 가지시기 바랍니다.

부산 님은 남자의 어떤 면이 싫어질 때마다 '그냥 밑도 끝도 없이'라는 표현 밑에 숨겨 둔 진짜 이유를 찾아보세요. 그가 자신을 불안하게 했거나, 질투나 의심의 감정을 유발했을 때 그랬을 것입니다. 사랑할 때 맞는 부정적인 감정들을 감당할 힘이 없기 때문에 그 감정들로부터 미리 도망친 행위임을 알아차리시면 좋습니다. 그 다음에는 어떻게 해야 하는지 앞 장에서 말씀드렸듯이 한 가지가 싫어져도 아홉 가지 좋은 점을 볼 수 있는 시각을 키우시면 더욱 좋습니다.

두 분께 한 가지 덧붙여 말씀드리고 싶은 게 있습니다. 남성에게 감정이나 정서의 너무 많은 부분을 의존하지 마셨으면 하는 것입니다. 사실 지금은 남자에게 의존하지 않으면 생존 자체가 불가능하던 전근대가 아닙니다. 결혼에 관심 없이 자기 발전을 위해 노력하는 젊은 여성들과, "영감 없고 돈 있는 게 최고야."라고 선언하는 할머니들도 있습니다. 두 분 역시 사회적으로 자신을 성취하는 일을 하고 있거나 앞으로 하실 분들입니다. '이별해도 괜찮다, 혼자 남아도 죽지 않아.'라고 스스로에게 다짐할 때 "남자 없이도 살 수 있어."라고도 중얼거려 보세요. 남자 없이 살 수 있을 때 진정으로 남자와 함께 살 준비가 되시는 겁니다.

우리 여성의 유전자에는 아직도 남자에게 생존의 90퍼센트를 의존하던 시절의 기억이 존재합니다. 그리하여 여성들은 사랑할 때 자신의 90퍼센트를 남자에게 쏟아붓습니다. 그에 반해 남성들의 유전자에는 90퍼센트의 열정을 사회적 성취에 쏟고 나머지 10퍼센트의 열정만을 사랑에 투자하는 속성이 있습니다. 그런 사실을 잘 인식하셔서 남자에게 지나치게 집착하고 생존의 전부를 거는 사랑을 경계하시기 바랍니다. 남자에게 자신의 전부를 내어 주는 방식으로 관계를 맺으면 자신은 항상 결핍감에 시달리고, 상대방은 그만큼 숨이 막힙니다.

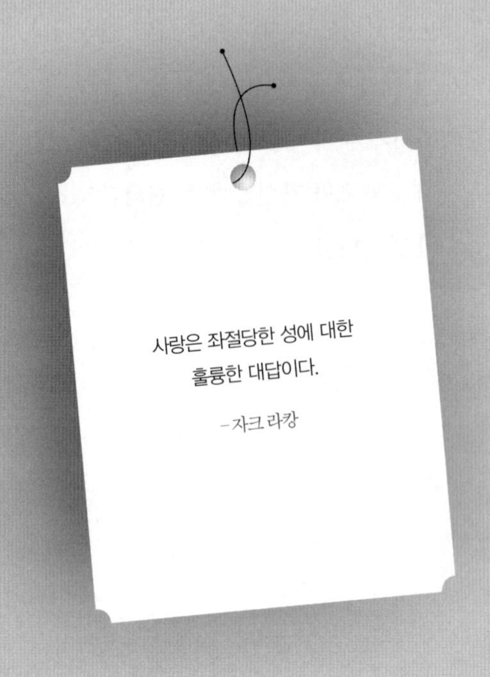

생애 초기, 아기의 좌절된 욕망을 떠올려 보게 됩니다.
모든 사랑이 금지된 성적 욕망 위에 서 있기 때문에
그토록 위태롭고, 복잡하고, 처치 곤란한 것인지도 모르겠습니다.

연인에게서 '이상적인 아버지'의 모습을 봅니다

한 남자에게 10년째 집착하고 있습니다

저는 삼십 대 중반을 막 넘겼습니다. 그동안 10년 정도 한 사람만 바라봤습니다. 처음 1년은 꿈같이 지나갔습니다. 그는 저보다 열 살 이상 나이가 많았지만 눈만 봐도 뜻이 통하고, 이 세상에 태어난 게 행복하다는 생각이 들게 해준 사람입니다. 이 남자와 제 아버지가 오버랩이 되는 부분이 있습니다. 사실 저는 아버지를 별로 좋아하지 않았습니다. 경제력도 없고, 가정에 대한 책임감도 부족하면서 권위 의식이 강해 자녀들을 엄하게만 대하셨습니다. 그러다가도 술을 드시면 볼을 마구 비비는 행동을 해서 놀란 적이 많습니다. 제가 생각하는 이상적인 아버지와는 거리가 먼 모습이었죠. 그래서인지 저는 남자를 불신했고, 대학 때도 다가오는 남자들로부터 저를 보호하기에 급급했습니다. 그렇게 연애 한 번 못해 보고 이십 대 후반이 되어서야 이 사람을 만났습니다. 그는 책임감이 강하고 믿음직스러우며, 세상에는 자녀를 사랑하는 남자가 많다는 사실을 알려 준 사람이었습니다. 남자들에 대한 제 편견을 부숴 준 그 사람은 아이러니하게도 유부남이었습니다.

그는 집에서 부인과 별거 중이라고 하면서도 이혼은 하지 않았습니다. 실제 연애라고 부를 만한 시간은 1년밖에 안 되고, 그 이후의 시간은 그에게서 벗어나기 위해, 그러나 마음대로 되지 않는 마음을 추스르기 위해 흘려보냈습니다. 끝냈다고 생각한 지 벌써 몇 년인데 아직도 마음속에는 뭔가가 남아 있는 것 같습니다. 왜 이렇게 한 남자에게 집착하는지 모르겠습니다. –방랑자

저는 안정된 직장에 다니고, 부모님으로부터 경제적으로 독립했고, 오래된 남자 친구도 있는, 겉보기에 아무 문제가 없는 사람입니다. 하지만 생각해 보면 저는 항상 남에게 도움을 청하지 못하고, 거절당할까 봐 전전긍긍하며, 변화가 개인의 성장을 도모한다는 것을 알면서도 변화를 향해 단 한 발자국도 움직이지 못합니다. 남자 친구는 그런 저의 모습을 어느 정도 알고 따뜻하게 감싸 주는 사람입니다. 그런데 오늘까지 사귀어 오면서 저는 남자 친구를 한 번도 공개적으로 누군가에게 소개한 적이 없습니다. 남자 친구를 소개하는

것이 마치 저의 내밀한 부분이 까발려지는 듯한 심한 부끄러움과 두려움으로 다가옵니다. 제가 왜 이러는지 해명하지 않고서는 제 자신이 납득되지 않아 아무것도 결정할 수 없습니다. –영주

그 사랑이 실현 불가능한 것임을 받아들입니다

그동안 오이디푸스 단계, 오이디푸스 삼각형 등에 대해서는 간간이 말씀드렸습니다. 우리 모두 '오이디푸스 콤플렉스'라는 용어도 알고 있습니다. 대여섯 살 무렵의 아이는 반대 성의 부모를 사랑의 대상으로 삼습니다. 그 대상에게 충분히 애착을 느끼고, 그것을 표현하고, 그러나 그 사랑이 이루어질 수 없는 것이라는 사실을 깨닫고 좌절하는 과정을 거치며 심리적으로 성장합니다.

그런데 그 시기에 사랑의 대상인 부모가 부재하거나, 존재하더라도 냉담하거나 엄격해서 애착 관계가 형성되지 않았거나, 혹은 애착 관계는 형성되었는데 그 다음에 따라야 하는 좌절이 제대로 이루어지지 않았을 때 아이의 내면에는 부모를 갈망하는 마음이 그대로 남게 됩니다. 그 갈망은 금지된 것이므로 의식되어서는 안 되는 내면 깊은 곳에 억압되고, 그렇게 무의식이 되어 성인이 된 이후의 삶을 지배합니다.

오이디푸스 단계를 제대로 이행하지 못한 사람들은 부모 대용

이 되어 줄 사람을 사랑의 대상으로 선택합니다. 방랑자 님의 경우처럼 외모가 아버지처럼 생긴 사람, 아버지처럼 나이가 많은 사람, 책임감 있는 보호자 역할을 해줄 사람을 사랑합니다. '자녀를 사랑하는 남자'라는 이유로 그를 좋아할 때 방랑자 님은 무의식적으로 그의 딸이 되고 싶었습니다.

그가 결혼한 사람이라는 사실 또한 방랑자 님을 매혹시키는 조건이었습니다. 무의식 속에 있는 그 갈망은 경쟁자(동성의 부모)가 있는 사람에게 매혹되었던 기억, 경쟁자를 제치고 사랑을 쟁취하고 싶은 소망을 여전히 가지고 있습니다. "술을 드시면 볼을 마구 비비는 행동을 해서 놀란 적이 많다."고 쓰셨는데, 그것은 애정을 표현하는 행위이며, 그리하여 방랑자 님의 의식에 특별하게 새겨져 있는 기억입니다.

방랑자 님이 10년 동안 끌어온 그 사랑은 본질적으로 자신의 내면세계에 존재하는 환상으로서의 사랑이었습니다. 외부 현실의 그 남자는 방랑자 님의 내면에 존재하는 '이상적인 아버지'에 대한 환상을 비춰 주는 거울 정도의 역할을 했을 뿐입니다. 의식적으로는 그 관계에서 벗어나고 싶어 하면서도 여전히 그에게 집착하는 마음이 바로 무의식에 깃든 오이디푸스적인 소망입니다.

이렇게 해보시면 어떨까 싶습니다. 우선 그동안의 사랑이 미성숙한 유년기의 사랑, 오이디푸스 단계의 연장이었음을 분명하게 인식하시는 겁니다. 그런 다음 그 사람이 그리워질 때마다 그의 얼굴 위에 아버지의 얼굴을 겹쳐 보세요. 아버지의 얼굴을 떠올릴 때마다 감정과 몸에 어떤 느낌이 올 겁니다. 그것은 분노이기도 하고, 죄의식이기도 하고, 몸이 뒤틀리는 것 같은 미묘한 감각이기도 할 겁니다. 그 감정과 감각을 외면하지 말고 찬찬히 느껴 보세요. 그 모든 느낌이 바로 억압해 둔 아버지에 대한 갈망, 아버지에게서 받고 싶어 했던 사랑, 10년이나 끌어온 환상으로서의 사랑의 원천이구나, 하는 사실을 충분히 받아들일 수 있을 때까지 그 일을 반복해 보세요.

그런 다음 그 사랑이 현실에서 실현 불가능한 것임을 인식하고 좌절하는 단계를 밟으시기 바랍니다. 그 감정은 삼십 대 중반의 방랑자 님의 것이 아니라, 내면에 존재하는 여섯 살짜리 아이의 감정입니다. 여섯 살짜리 아이가 마음으로부터 아버지를 포기하듯 진정으로 아버지에 대한 애증의 감정을 떠나보내셔야 합니다. 그 아이가 아버지를 엄마에게 양도하듯, 현실의 그 사람 역시 원래 있어야 할 자리로 돌아갔음을 받아들이셔야 합니다. 그런 종류의 좌절을 겪은 다음에야 멈췄던 성장을 향해 걸음을 내디딜 수 있습니다.

덧붙여, 어떤 이유로든 자신을 질책하지 마시기 바랍니다. 그 사랑이 옳고 그름을 따지기에 앞서 방랑자 님에게는 그와 같은 경험이 꼭 필요했습니다. 시기적으로 뒤늦은 점, 기간이 많이 소요된 점은 안타깝지만 그와 같은 심리적 단계를 밟을 수 있게 해준 그 사람에게 감사하고, 이제부터는 성인의 사랑법을 새롭게 배워 나가시기 바랍니다.

방랑자 님의 경우처럼 결혼한 사람과 사랑에 빠지는 독신 여성이나 남성의 사례를 자주 만납니다. 그런 이들은 그 관계가 몹시도 고통스럽다고 느끼면서도, 정말 벗어나고 싶다고 원하면서도 더욱 절박하게 그 감정에 매달립니다. 그와 같은 사랑을 유지하는 까닭에는 제대로 해결하지 못한 오이디푸스적인 감정 외에도 몇 가지 심리적 요소가 더 있습니다.

우선 그들은 전면적인 관계 맺기를 두려워합니다. 사랑의 달콤함만을 맛보려고 하고, 쌉싸래한 영역은 외면합니다. 사랑할 때 떠안아야 하는 책임감이나, 일상적으로 해결해야 하는 갈등으로부터 회피하고자 하는 무의식에 지배당합니다. 자주 만날 수 없는 사람, 공간적으로 멀리 있는 사람, 제도적으로 금지된 사람을 선택해서 자신만의 (신경증적인) 안정된 심리적 공간을 보호하고 싶어 합니다.

또한 그들의 내면에는 얼마간의 시기심이 존재합니다. 결혼한 사람은 누군가의 사랑을 받는 사람이며, 그리하여 틀림없이 그만한 가치를 지니고 있다고 믿습니다. 바로 그것, 타인이 가지고 있는 가치 있는 것을 빼앗고 싶어 하는 마음이 그들의 사랑에 깃든 요소이기도 합니다.

그런 이들은 내면 환상에 가득 차서 외부 현실을 바로 보지 못하는 측면도 있습니다. 상대방이 구조적으로 촘촘히 짜여 있는 한 가정의 가장이자 한 사람의 사회인이어서 그/그녀에게 연애는 그저 가벼운(혹은 무겁더라도) 일탈이나 위안거리에 불과하다는 사실을 보지 못합니다. 상대방이 배우자보다 자신을 더 많이 사랑한다고 믿으며("아빠는 엄마보다 나를 더 사랑해" 같은 감정의 연장입니다), 그/그녀가 사랑하지도 않는 배우자와 불가항력적인 결혼 관계에 억지로 매여 있다고 착각합니다. 그리하여 그/그녀가 충실한 가장, 좋은 부모라는 증거와 만날 때마다 충격적인 상실감과 맞닥뜨립니다. 그러면서도 언젠가는 그/그녀가 이혼한 후 자신과 결합할 거라는 환상에 빠져 있습니다.

무엇보다 중요한 진실은 그런 이들의 마음속에 고통과 소외감을 즐기는 피학적 성향이 있다는 점입니다. 그들은 자주 어두운 골목에 몸을 숨기고 불 켜진 연인의 집을 기웃거리는 환상을 갖습니다. 그럴 때마다 머리에 불이 붙는 듯하지만 그 환상도, 고통도 포기하지 못합니다. 안타까운 일은 그와 같은 감정이 생을 정체시킬 뿐 아니라, 정신을 갉아먹고 점진적으로 당사자를 파괴한다는 점입니다.

영주 님이 궁금해하신 마음 역시 오이디푸스 콤플렉스에 근거한 현상입니다. 아직도 내면 깊은 곳에서 아버지에 대한 사랑을 포기하지 못했기 때문에, 혹은 그 사랑을 경쟁자인 어머니에게 비밀로 해야 한다는 의식을 가지고 있기 때문에, 혹은 자기 자신에게조차 숨겨야 한다고 생각하는 마음이 존재하기 때문에 남자 친구를 외부에 소개하지 못합니다. 남자 친구를 타인에게 드러내는 일이 마치 근친상간을 공개하는 일처럼 '부끄러움과 두려움으로 다가오기' 때문입니다. 내면의 오이디푸스적인 욕망을 알아차리고, 남자 친구는 아버지가 아니라는 사실을 분명하게 인식하시는 과정을 거치면 쉽게 해결될 것으로 보입니다.

사랑할 때 비밀을 유지하려 하고, 사랑의 감정을 표현하는 데 어려움을 느끼고, 상대의 사랑의 감정을 알면서도 부적절하게 대응한 다음 후회하고……. 그런 종류의 감정 배경에 있는 것도 오이디푸스 콤플렉스입니다. 육체적으로 친밀한 사랑 행위를 나눌 때 누군가가 지켜보고 있는 듯한 시선이 느껴지는 것 역시 내면화된 오이디푸스적 금지의 시선입니다.

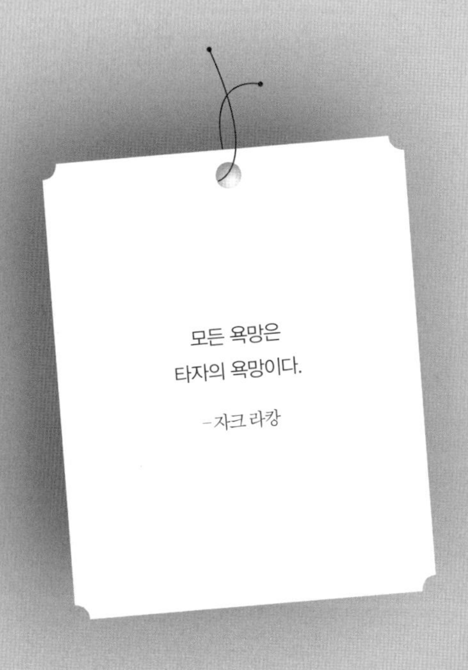

우리의 욕망은 틀림없이, 처음부터 타인의 욕망입니다.
오이디푸스 삼각형 속에서 우리는 엄마의 욕망의 대상이 되고 싶어 하고,
동시에 엄마가 욕망하는 대상을 욕망합니다.

피학적이고
고통스러운 것은
사랑이 아닙니다

나쁜 여자/나쁜 남자에게서 벗어날 수 없어요

제가 번 돈을 다 써 가면서도 그 사람을 만나면 행복했습니다. 번 돈도 모자라 남의 돈을 빌려 가면서까지 그 사람 생활에 보탬이 되고자 했습니다. 친구들은 저보고 미쳤답니다. 사랑 때문에 가족, 친구 다 버리고 목숨까지 바칠 거냐고 묻습니다. 그는 저와 사귀는 동안 잠시 다른 여자를 만난 적도 있습니다. 가끔 저만 그 사람을 사랑하는 건 아닌지, 그 사람이 저보다 제 돈을 더 좋아하는 건 아닌지 걱정이 되기는 합니다. 저의 연애 방식에 문제가 있나요? –걱정이 그는 화나면 말을 심하게 합니다. "사이코다, 나쁜 년이다" 등등. 처음엔 충격이 컸는데 요즘은 익숙해진 듯해요. 몇 번 길에서 화를 내며 저를 밀친 적도 있어요. 며칠 전 그 사람 집에서 싸웠는데, 그가 방에 있는 물건들을 발로 차고 던지고 그랬습니다. 많이 무서웠지요. 그럼에도 그를 사랑하는 저 자신을 이해할 수 없습니다. 그를 사랑하면서 저는 자존심을 버렸습니다. –필통

그는 헤어지자는 말을 자주 합니다. 작은 일만 생겨도 "내일부터 전화번호 바꿀 거고, 직장도 그만둘 거니까 서로 볼 일 없을 거다. 잘 살아라." 그런 행동이 제겐 충격 그 자체였습니다. 그가 헤어지자고 하는 말은 "너의 잘못은 네가 생각해도 분명할 것이니, 내가 화가 풀릴 때까지 몇 번이고 전화해서 용서를 빌어야 한다."는 뜻이라는 걸 나중에야 알았습니다. 그가 헤어지자고 할 때마다 저는 몇 번이고 전화해서 무조건 용서를 빕니다. 이런 관계를 지속해 나갈 수 없다는 걸 잘 알면서도 그를 마음속에서 밀어내기가 왜 이리 힘든지 모르겠습니다. –봄날

우연히 여자 친구의 이메일을 보게 되었습니다. 예전에 끝났다던 남자와 3년째 계속 사귀는 중이었고, 저와 매일 만나는 동안에도 그 남자와 일주일에 한 번씩 만나고 있었습니다. –가을

1년쯤 사귀었던 그녀는 말없이 떠났다가 돌아와 "지나고 보니 사

랑이더라."는 말로 저를 흔들었습니다. 그렇다고 다시 사귀지도 않은 채 몇 달이 지났습니다. 그녀는 "소홀한 듯, 무관심한 듯 1년만 곁에 있어 달라."고 합니다. 저를 붙잡은 후에 진짜 가슴 설레는 사람을 만나면 그때 후회하게 될까 봐 두렵다는 것입니다. –새벽

자신의 기질이 그런 사람을 부릅니다

우리 모두 동의하는 한 가지 사실은 사랑의 힘이 무한하고 위대하다는 것입니다. 사랑은 한없이 인내하고 포용하고 용서하면서, 상대방을 위해 헌신하고 배려하고 희생하는 것이라는 인식이 보편화되어 있습니다. 사랑에 대한 그 과장되고 부풀려진 개념이 어떻게 탄생했는지 알 수 없지만 우리 모두의 내면에는 보통 사람이 감히 실천할 수 없는 사랑의 신화가 깃들어 있습니다. 오늘도 소설이나 드라마는 사랑의 신화를 확대 재생산하고 있으며, 많은 이들은 환상인 사랑을 기대하거나 실천하면서 고통받습니다.

사랑의 이력에서 유난히 나쁜 여자/나쁜 남자를 많이 만나는 사람들은 우선 사랑의 환상에 지배당하고 있는 경우가 많습니다. 상대가 아무리 잔인하고 폭력적으로 대해도 사랑의 이름으로 모든 것을 포용하고 인내해야 한다고 생각합니다. 그것을 사랑이라고 착각하고 있기 때문입니다. 그런 이들의 내면에 있는 환상은

아주 폭넓어서, 사랑하는 사람도 그 실체가 아니라 상대에게 비친 자신의 환상을 보고 있을 가능성이 높습니다. '그가 언젠가는 나쁜 행동을 그만두고 멋진 왕자로 재탄생할 거야.' 그렇게 믿기도 합니다.

그런 이들은 우선 사랑의 환상을 인식한 다음 상대방의 실체를 제대로 보아야 합니다. 상대방을 한없이 이해하고 포용할 대상이 아니라 해결해야 하는 심리적 문제를 안고 있는 사람들이라는 사실을 알아차리셔야 합니다. 다소 거칠게 단순화시켜 말씀드리면, 양다리 걸치는 사람은 내면에 극단적인 불안감을 가지고 있어 마치 보험들 듯 또 한 사람을 준비해 놓는 것입니다(가을 님). 툭하면 헤어지자고 말하는 사람은 사랑의 긴장과 갈등을 조절하고 해결할 줄 몰라 자기 생을 구겨 버리는 듯한 태도를 취하는 것입니다(봄날 님).

여자 친구에게 경제적으로 의존하는 것을 당연시하는 사람은 주도적으로 생을 운영해 나갈 자신이 없는 나약한 사람입니다(걱정이 님). 여성에게 폭력을 행사하는 사람은 무의식의 분노를 자각하고 조절하지 못해 약한 상대에게 쏟아 내는 것입니다(필통 님). 거짓말쟁이는 상대방에게 사랑받지 못할까 봐, 혹은 자신을 보호하기 위해 '사실'이 아니라 상대방이 원할 것 같은 대답을 들려주는 사람입니다(새벽 님).

그렇다면 당신은 또 이렇게 생각할지도 모릅니다. '가슴 아프구나. 내면의 상처 때문에 그랬던 거지 본성이 나쁜 사람은 아니었어. 내 사랑의 힘으로 그를 바꾸어 줄 거야…….' 만약 그런 생각을 가지고 있다면 바로 그런 태도가 자신의 문제임을 인식하시기 바랍니다. 나를 만나면 그가 개선될 거라는 생각은 극단적 나르시시즘이거나, 사랑의 이름으로 상대를 지배하고 통제하려는 방어의식입니다. 폭력적이고 무자비한 관계 속에서 내밀한 만족과 안도감을 느끼는 자기 파괴적 성향 때문일 수도 있습니다.

어느 쪽이든, 나쁜 여자/나쁜 남자를 사랑하는 사람들은 반복적으로 비슷한 유형의 상대방을 만나는 경향이 있습니다. 그들의 콤플렉스가 왜곡된 신호를 보내어 저쪽의 콤플렉스를 끌어들이기 때문입니다. 거짓말쟁이는 의처(부)증 환자를 불러들이고, 가학적인 사람은 피학적인 사람을, 이기적인 사람은 희생양이 될 만한 사람을 기가 막히게 찾아냅니다. 그런 기질은 관계가 지속될수록 파괴적으로 반복되고 심화됩니다.

프로이트는 쾌락 원칙이라는 이론을 세울 때 인간이 불쾌한 감각은 밖으로 배출하고 쾌락만을 수용한다고 주장했습니다. 그 후 임상에서 많은 사람들이 자발적으로 고통에 빠지고, 자기 파괴적으로 행동을 하는 것을 보며 당황합니다. 그 의문을 더 깊이 연구해서 그는 인간에게 성욕과 함께 공격성이, 생존 욕망과 함께 죽음 욕망이 존재한다고 이론을 수정했습니다.

프로이트 이후로도 인간의 공격성과 피학성에 대한 다양한 논의가 이루어져 '공격자와의 동일시'라는 개념이 나왔습니다. 가학적인 부모에게 양육되는 아이는 부모와 같은 가학적 성정을 갖게 되거나, 부모가 자신에게 한 일과 같은 것을 해줄 사람을 찾게 된다고 합니다. 과학이 발달하면서 새로운 연구 결과도 나왔습니다. 아기는 부모와 접촉할 때마다 몸에서 엔도르핀이 생성되는데 불행한 일은, 양육 행태가 파괴적이고 가학적인 경우에도 아기의 몸에서 엔도르핀이 나온다는 점입니다. 그런 형태의 양육을 경험한 아기는 성인이 된 후에도 무의식적으로 은밀하게 파괴적이고 피학적인 관계를 찾아낸다는 것입니다.

파괴적이고 피학적인 사랑을 하는 여성들은 다음과 같은 행동 특성을 보인다고 합니다.

'남성의 보호자가 되고 싶어 한다, 냉담한 유형에 끌리며 자신의 애정으로 그를 바꾸고자 한다, 연인을 돕기 위해 돈과 시간과 열정을 아끼지 않는다, 관계를 유지하기 위해 무슨 일이든 한다, 어떤 관계에서든 적극적으로 더 많은 책임을 지려고 한다, 상대방을 관리하고 통제하려 한다, 남성이나 남성이 주는 고통 없이는 살지 못한다, 상대방의 실체가 아닌 이상적인 모습을 본다, 중독에 빠질 확률이 높고 자주 우울한 정서에 지배당한다, 자신에게 관심을 보이는 다정하고 안정되고 신뢰할 만한 남성에게는 매력을 못 느낀다, 그런 '바람직한 남성'은 따분하다고 생각한다.'

어떠신지요? 혹시 이와 같은 성향을 가지고 계시다면 자신이 잘못된 사랑을 하고 있다는 사실을 알아차리고 즉각 중단하시기 바랍니다. 문제를 근본적으로 해결하는 방법은 하나입니다. 나쁜 상대방을 바꾸려 할 게 아니라 그런 이들을 불러들이는 자신의 기질을 개선하는 것입니다. 주변 사람들에게 도움을 청하고, 자기중심성을 계발하고, 자신의 행복과 만족감을 사랑의 최우선 목표로 삼아야 합니다. 동시에 바람직한 사람, 사랑할 만한 가치가 있는 사람을 알아보는 눈도 키우시기 바랍니다.

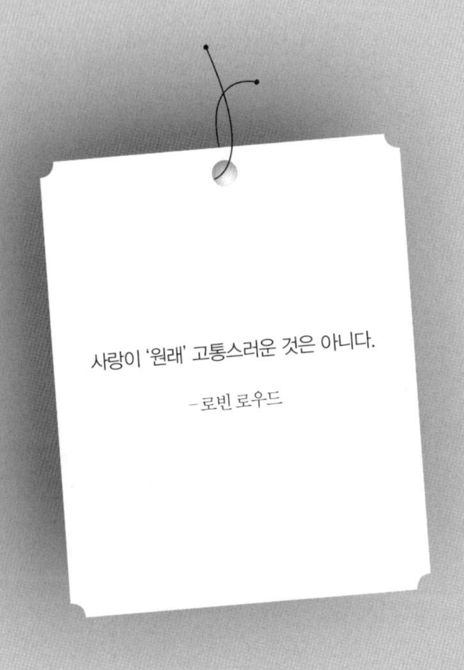

피학적 사랑을 하는 이들은
이처럼 단순하고 명료한 사실도 모르는 경우가 많습니다.
로빈 로우드의 《너무 사랑하는 여자》는 너무 많이,
지나치게, 병리적으로 사랑을 하는 이들에 대한 임상 연구서입니다.
그런 이들의 사례가 다양하게 제시되고,
스스로를 돌볼 수 있는 방법도 소개되어 있습니다.

가학적이고 잔인한 사랑은 자신을 파괴합니다

사랑할 때 잔인하고 파괴적으로 행동합니다

1년 4개월을 매달리며 붙잡았던 그녀를 어제 완전히 떠나보내야 했습니다. 그 기간 동안 무던히도 그녀에게 상처를 입혔지요. 힘들었던 연애 과정을 들먹이며 그녀에게 모든 잘못을 뒤집어씌우고, 스토커처럼 수시로 전화해 어디냐고 뭐하냐고 묻고, 전화를 받지 않으면 집이든 직장이든 찾아가고, 그녀의 차 창문을 깨고, 술에 취해 폭력적으로 몸을 만지고……. 그러면서 스스로에게 말했습니다. 더 많이 사랑하는 내가 약자라고, 그녀가 왜 피해자냐고. 그 폭력들은 모두 사랑해서 그런 거라고, 정말 미안하지만 어쩔 수 없었다고, 나도 너무나 상처 받고 힘들었다고.

그러다 문득 깨달은 바가 있어 한 4개월 그 감정들을 눌러 두고 있었습니다. 그 후 다시 연락했을 때 직감적으로 그녀에게 다른 사람이 생겼음을 느꼈죠. 궁금증을 풀려고 또 전화해대고 찾아가고 하다가 결국 그녀의 남자 친구와 함께 만났습니다. 그냥 평범하게 생긴 남자더군요. 그런데 그녀는 나와 연애하던 시절에는 보지 못했던 편안한 미소를 짓고 있더군요. 왜 나는 자격지심과 의심과 불안으로 가득 찬 연애를 했었는지 자책이 들었습니다. 그토록 쉽게 다른 사람을 만난 그녀에 대해 원망하는 마음도 들었고요. 그래서 그녀의 얼굴에 물을 끼얹어 버리고 나왔습니다. 끝까지 잔인했지요, 제가.

지금은 좀 차분해졌지만 내일은 또 어떤 하루를 보내게 될지, 되돌릴 수도 바꿀 수도 없는 삶이 계속된다는 것이 너무나 서럽고 주체할 수가 없습니다. 뭔가 도움이 될 만한 것이 있을까요? 저도 제대로 살고 싶은데……. –되돌아보기

먼저 자신을 사랑하고 내면을 보살핍니다

되돌아보기 님, 위에 기록된 파괴적이고 가학적인 행동들이 모두 자신의 것이고, 해결해야 하는 문제이며, 개선하고자 하는 의지를 갖고 계시다니 우선 다행입니다. 글을 읽는 동안 그 어마어마한 가학성과 집착이 모두 되돌아보기 님의 내

면에 있는 그만한 크기의 상처이고, 자기 파괴적 성향이라 짐작되어 염려스럽기도 했습니다. "제대로 살고 싶다"는 마지막 문장이 가슴에 울리는군요.

인간이 태생부터 성욕과 공격성, 사랑과 분노를 타고난다는 사실은 몇 차례 말씀드렸습니다. 아기 때 엄마가 부재하거나, 엄마가 있어도 엄격하거나 냉담하여 아기의 공격성을 흡수해 주지 못하면 성격 형성에 문제가 생깁니다. 엄마가 처리해 주지 못한 공격성을 아기는 미숙하지만 나름의 방식으로 해결합니다. 공격성을 모두 내면에 억눌러 위축되거나, 우울한 증상을 보이거나, 공격성을 모두 외부로 돌려 가학적 성격이나 피해망상('저 사람이 나를 미워해'라고 생각하는)을 갖게 됩니다. 앞 장에서 말씀드린 것처럼 여성의 사랑이 대체로 피학성을 띠는 것은 분노의 감정을 억누르기 때문이고, 되돌아보기 님의 경우처럼 가학성을 띠는 것은 분노가 외부로 표출되기 때문입니다.

발달 단계에서 3~4세 무렵은 아이가 엄마에게 특별히 요구하는 게 많아지면서 그것이 충족되지 않을 때 심하게 가학적 성향을 드러내는 시기입니다. 엄마 입장에서는 아기가 마치 엄마를 쥐어짜는 듯 느껴집니다. 그 시기에 아기의 요구가 충분히 보살펴지지 않으면 성격 내부에 파괴적 성향이 고착됩니다. 자신의 욕망밖에 볼 줄 모르고, 집요하면서도 잔인하고, 잠시의 분리에도 견디지 못하는 태도를 갖게 됩니다.

아마도 되돌아보기 님은 그 무렵에 심한 좌절을 경험한 게 아닌가 싫습니다. 그 시기를 무사히 넘겨 대여섯 살만 되어도 아이는 현실 원칙을 고려할 줄 알게 됩니다. 욕구 충족이 지연되어도 참을 수 있고, 타인을 배려해서 양보하고, 잠깐 엄마가 보이지 않아도 곧 돌아오리라는 믿음으로 부재를 견딜 수 있습니다. 분리 불안, 양가감정, 대상 항상성 등과도 관련된 문제입니다.

피학적인 사람에게 '과대한 자기'가 있어 상대의 모든 것을 감싸 주고 변화시킬 수 있을 거라 착각하듯이, 가학적인 사람에게는 과도한 피해의식이 있습니다. '내가 더 약자고 더 고통받는다.'고 인식하는 거지요. 그런 사고와 말투 역시 서너 살짜리 아기가 엄마에 대해 느꼈던 감정입니다. 그 시기의 아기는 엄마에 비해 형편없는 약자이고, 엄마의 부재나 엄마의 사랑 결핍으로 인해 고통받을 수밖에 없었습니다.

되돌아보기 님, 우선 어린 시절에 무슨 일이 있었는지 떠올려 보시기 바랍니다. 그 일은 틀림없이 아이에게 절망과 좌절을 줄 만큼 충격적인 사건이었을 것입니다. 그러나 지금 성인의 눈으로 보면 어처구니없이 사소한 일이거나, 아기의 환상이나 왜곡에 물든 기억일지도 모릅니다. 그때의 사건을 되살리시고, 그 사건 속에서 고통받고 있는 아이를 과거 속에서 꺼내시기 바랍니다. 그때 엄마가 되돌아보기 님을 두고 멀리 떠났다가 다시는 돌아오지 않았다고 해도, 그 시절 매일 부모에게 두들겨 맞았다고 해도, 이제 모두 과거의 일입니다. 그 사건, 그 감정이 과거의 것임을 분명히 인식하신 후 과거의 그 아기를 달래고 보살펴 주시기 바랍니다.

부모님이 살아 계시다면 자신이 두 분과 어떤 방식으로 관계 맺는지 주의 깊게 관찰해 보시기 바랍니다. 아마도 부모님께 얌전하고 순응적인 태도를 취하는 아들이 아닐까 싶습니다. 연인을 향해 퍼부었던 것과 같은 분노와 공격성이 성장기 동안 어머니를 향해 전혀 표출되지 않았기 때문에 문제가 그쪽으로 터진 것으로 보입니다. 그렇다고 이제 와서 노년의 부모에게 분노의 활화산을 뿜어낼 수는 없습니다.

이렇게 하면 어떨까 싶습니다. 어머니와 솔직하게 이야기를 나누어 보는 겁니다. 자신이 어린 시절에 어떤 아이였는지, 어머니의 양육 방식은 어땠는지, 아들을 얼마나 어떻게 사랑했는지 등등을 떠오르는 대로 물어보세요. 어리광을 부리면서, 서너 살짜리 아이의 말투로 이야기할 수 있으면 더 좋습니다. 그리고 어머니의 대답에 대해 자신이 느끼는 감정들을 세밀하게 경험해 보시는 겁니다. 앞서 말씀드린 '전이 행동화' 항목도 참조하세요.

그런 다음 되돌아보기 님의 내면에 살아 있는 그 아이를 사랑해 주세요. 화가 날 때마다 화를 내는 것은 서너 살짜리 아이의 방식입니다. 그 아이를 달래면서, 습관적으로 화를 내는 자신의 성향을 의식적으로 고쳐 나가려고 노력해야 합니다. 항상 자신의 언행을 주의 깊게 지켜보면서 파괴적인 행동이 나타날 때마다 숨을 들이쉬고 한 박자 쉬는 훈련을 해야 합니다. 화를 내고 폭력을 휘두르려고 할 때마다 '이건 내 안의 아기야.'라고 생각하면서 그 아기를 달래 주는 겁니다.

화가 날 때 상대방의 입장에 서 보는 것도 좋은 방법입니다. 이를테면 되돌아보기 님이 사랑하는 여성에게 했던 것과 같은 모든 행동을 누군가가 자신을 향해 한다고 상상해 보세요. 상상하는 것만으로도 벌써 진저리가 날 것입니다. 아마도 되돌아보기 님이 그런 일을 당했다면 벌써 상대방을 반쯤 죽여 놓지 않았을까 싶습니다. 상대의 입장에서 폭력의 파괴성이 얼마나 컸을지 진심으로 공감하실 수 있다면 다시는 그와 같은 일을 반복하지 않을 것입니다.

진화 심리학에서는 남성들이 여성들과 공모하여 폭력성을 키워 왔다고 주장합니다. 강하고 폭력적인 남성일수록 더 아름다운 여자를 더 많이 얻고, 더 강한 후손을 더 많이 남길 수 있기 때문입니다. 오늘날에도 남성의 물리적 힘은 사회적으로 수용되고 조장되는 측면이 있습니다. 되돌아보기 님의 폭력성 중에도 사회적 · 생물학적 요소가 존재할 것입니다.

더구나 현대 사회로 접어들면서 남성들은 더욱 폭력적으로 변해 간다고 합니다. 여성들의 가치관과 생활 방식이 달라지고, 여성들이 주체적이고 자율적으로 변하면서 남성과 동등한 관계 맺기를 요구하기 때문입니다. 여성들의 요구에 대해 남성들은 상실감과 혼란 등을 느끼며 감정적으로 어려움을 겪고 있습니다. 무엇보다 성적 능력을 발휘하는 영역에서 예민한 타격을 받습니다. 그리하여 제대로 해소되지 못한 성적 충동은 파트너에 대한 가학성으로 표출된다고 합니다.

되돌아보기 님, 폭력성에 대한 이와 같은 요소들을 두루 참고하셔서 자신의 기질을 순화시키도록 적극적으로 노력하시기 바랍니다. 가학적 충동은 곧 그만한 크기의 생의 에너지이기도 합니다. 그 에너지를 긍정적인 곳으로 전환시키고, 창조적인 측면으로 승화시킬 수 있는 구체적인 방법을 찾아보시는 것도 좋습니다.

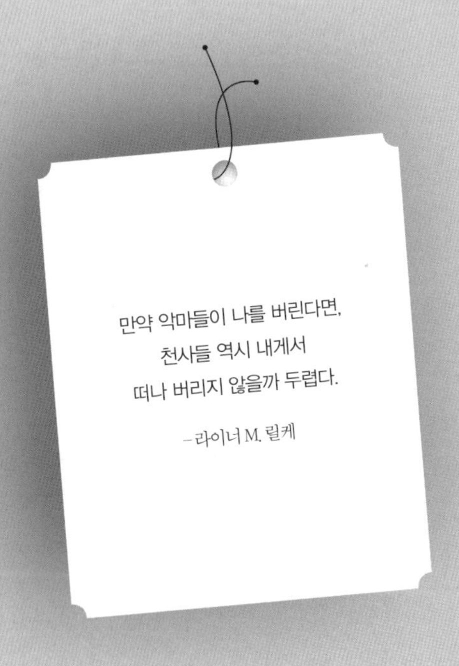

시인 릴케가 심리 치료를 받고 난 후에
쓴 편지의 한 구절이라고 합니다.
수신인이 누구인지는 밝혀지지 않은 채,
여러 정신분석 서적에서 인용되는 걸 봅니다.
분노가 큰 사람의 내면에는 그만한 크기의
사랑의 원석이 매장되어 있는 게 틀림없습니다.

이별해도 좋은 것은 모두 내면에 있습니다

이별의 후유증이 너무 오래갑니다

일주일 이상 연락이 없던 그로부터 일방적인 이별 통보를 받았습니다. 더 이상 사랑하지 않는다고, 더 좋은 사람 만나서 사랑하라고 합니다. 당면한 이별보다 이별을 말하는 그의 방식이 제 마음을 아프게 합니다. 그의 차가운 태도는 4년 넘게 함께해 온 추억마저 돌이키고 싶지 않은 악몽으로 만드는 것 같아서 죽이고 싶도록 그 사람이 미워지기도 합니다. 이 마음을 어떻게 추슬러야 할지 모르겠습니다. –아침빛 그는 이별을 말하면서 헤어져도 서로 연락은 하고 지내자고 하더군요. 마음이 변하는 것, 사랑이 또다시 찾아온다는 것은 이해해요. 하지만 그 많았던 약속, 추억은 어떻게 하죠? 미운 감정과 배신당한 기분에 미칠 거 같아요. –커플

헤어진 지금도 그는 제 주위를 맴돌며 저를 설레게 합니다. 제가 보내는 안부 메일이 그에게 웃음을 준다고 하더군요. 제가 어떻게 했으면 좋겠느냐는 질문에 그도 솔직히 잘 모르겠다고 하더군요. 제가 더 노력하면 그가 돌아올까요? –버드나무

이별의 후유증이 너무 오래 갑니다. 그와 헤어진 지 6개월이 지났는데 여전히 아무것도 즐거운 일이 없고 유쾌한 감정을 느낄 수 없습니다. 마음속에 복잡한 것들이 가득 차 있는데, 그게 뭔지 모르겠어요. 제가 다시 예전처럼 웃을 수 있을까요? –새소리

그/그녀가 떠난 것은 당신 때문이 아닙니다

우리는 사랑하는 방법을 잘 모르는 것처럼 이별에도 서툽니다. 세상에서 가장 친밀한 관계이고, 두 사람만의 내밀한 영역을 공유하며, 상대를 위해 모든 것을 해줄 듯 굴었던 사람들이 이별할 때면 언제 그랬느냐는 듯 잔인하고 파괴

적으로 행동합니다. 그 가학성의 정도가 마치 사랑의 크기에 비례하는 듯 공격성을 정당화합니다. 지난 시간과 추억들을 폐허로 만든 후 다시는 돌아보지도, 연락하지도, 만나지도 않는 것을 이별의 완성이라고 여깁니다.

사랑의 개념에 오류가 있듯이 이별의 개념도 잘못되어 있는 게 아닌가 싶습니다. 이별이란, 사랑이라는 이름으로 맺었던 특정인과의 특별한 관계를 피치 못할 사정 때문에 거두어들이는 일에 불과합니다. 물론 업무적 계약 관계와는 달리 감정적 잔해들을 남기기는 하지만, 그렇다고 해서 자신과 상대를 동시에 파괴해야만 결판나는 일은 아닙니다.

애착의 감정을 박탈당한 사람이 겪는 다섯 가지 감정 단계인 분노, 부정, 타협, 우울, 수용에 대해 말씀드린 바 있습니다. 그 이론에 따라 생각해 보면 아침빛 님은 애착을 박탈당한 직후의 분노 상태에, 버드나무 님은 상대가 떠난 사실을 인정하지 못하는 부정 단계에, 커플 님은 이별에 대해 부분적으로만 수용하는 타협과 부정 상태에, 새소리 님은 상실감을 인정하고 스스로를 애도하는 우울 단계에 있는 듯 보입니다. 그것은 모두 이별할 때 느끼는 정상적 감정이며, 반드시 겪고 넘어가야 하는 심리적 과정이기도 합니다. 우리가 선택할 수 있는 영역이 있다면 그 과정을 의식적으로 이행하는 것, 그 고통의 의미를 인식하고 성장의 계기로 삼는 것 정도일 것입니다.

우선 명심하실 점은 이별 통보를 받는다고 해서 존재 전체가 거절당하거나 존재 자체가 박살나지는 않는다는 사실입니다. 단지 하나의 관계가 끝났을 뿐이며, 당신은 여전히 사랑받을 만한 가치가 있는 소중한 사람입니다. 떠난 연인이 생애 전체를 책임지겠다고 해놓고 그 약속을 방기해 버린 듯 좌절하지는 마시기 바랍니다. 만약 그렇게 느끼신다면 그 감정이 바로 유아기의 의존성임을 알아차리시면 좋습니다.

둘째, 어떤 이별이든 그것은 당신 때문이 아닙니다. 당신이 무언가 잘못했기 때문에 그가 떠났으며, 당신이 더 잘하면 그가 돌아오지 않을까 하는 생각은 유아기의 아기가 냉담한 엄마에 대해 가졌던 감정의 잔해입니다. 설사 당신이 잘못했더라도 갈등을 조절하고 관계를 개선하려고 노력하지 않은 채 일방적으로 관계를 단절시켜 버린 것은 명백히 떠난 사람의 문제입니다. 아마도 그는 성숙한 관계를 맺을 줄 모르는 나약하고 불안한 사람이며, 배려나 책임에 대해서는 더더욱 모를 것입니다.

셋째, 애착을 박탈당하면 충격과 함께 분노가 솟구쳐 오릅니다. 그때 분노의 감정을 잘 조절하시기 바랍니다. 그 분노에는 당면한 이별에서 느끼는 감정보다 생애 초기부터 내면에 축적되어 온 모든 단절과 이별의 경험에 대한 감정이 더 많이 들어 있습니다. 그런 사실을 자각하지 못한 채 억눌려 있던 내면의 분노를 모두 꺼내 상대에게 퍼부으며 잔인하게 구는 경우가 많습니다. 오직 이 관계에서 느끼는 분노와 실망감만을 적대감 없이 상대에게 표현하도록 하세요.

넷째, 이별에 잘 대처한다는 것은 이별 후에 맞게 되는 감정을 충분히 체험하고 넘어간다는 뜻입니다. 아주 힘들고 고통스럽더라도, 아무리 시간이 오래 걸리더라도, 손쉬운 도피나 위안거리를 찾지 말고 그 감정들을 충분히 느껴 보세요. 파괴적인 분노, 숨 쉬기 힘든 우울, 환상 속에 그를 살려 두는 미련의 감정들과 직면하세요. 심지어 그가 벌써 다른 연인을 만들었을지도 모른다는 의심과 패배감, 그가 다른 연인과 있는 장면을 상상하며 스스로를 몰아가는 질투의 감정까지 낱낱이 체험해 보시는 겁니다.

바로 그런 부정적 감정들이 자신의 내면에 오래전부터 깃들어 있던 것이며, 그런 묵은 감정들이 불쑥불쑥 솟아올라 현재의 관계에 영향을 미쳤다는 사실을 알아차리시면 좋습니다. 그 모든 애도의 과정을 잘 이행하면 묵은 상처가 치유되고 정서가 풍요로워진다고 말씀드린 바 있습니다.

다섯째, 그가 떠나더라도 좋은 것은 내면에 그대로 있습니다. 이별할 때 우리가 염려하는 것 중 하나는 다시는 사랑을 못하게 되는 건 아닐까 하는 점입니다. 이번 연애에서 사랑이라는 감정을 죄다 소진해 버렸거나, 떠난 연인이 사랑을 모두 거두어 갔다고 생각합니다. 자신이 마치 메마른 우물이 되어 사막 한가운데 방치된 듯 느껴집니다. 그러나 기억해 두세요. 연인이 떠나더라도 모든 좋은 것은 여전히 우리의 내부에 있습니다. 생의 에너지로서 사랑의 역량, 고통으로부터의 회복력, 성장을 향한 잠재력……. 그 모든 것이 이제부터 더욱 활발하게 발현되기 시작할 것입니다.

여섯째, 그가 준 좋은 것들도 여전히 내부에 남아 있습니다. 그와 나누었던 아름다운 사랑, 풍요로운 기억, 황홀하거나 부드러운 감각, 기쁨과 충만함……. 그 모든 것이 이미 내면화되어 당신의 일부가 되었습니다. 그와 동일시한 많은 가치와 미덕들은 이미 당신의 성격과 정체성의 일부가 되었습니다. 당신은 그 사랑을 통해 정서의 사유지가 넓어지고, 정신의 키가 훌쩍 자라고, 심지어 외모도 아름답게 변했습니다. 그것은 틀림없이 당신 것입니다.

마지막으로, 사랑은 영원히 계속됩니다. 요람에서 무덤까지. 믿기 어렵다면 동네 노인 회관에 들러 보세요. 그곳에서 포켓볼을 하거나 포크 댄스를 배우는 할머니, 할아버지들이 어떻게 내밀하고도 수줍은 미소를 주고받는지 관찰해 보세요. 그분들의 사랑이 사춘기 소년소녀의 사랑보다 은밀하고 진지하다는 걸 목격하실 겁니다. 어르신들께는 죄송하지만, 이별의 후유증을 아물리고 생을 유쾌하게 인식하는 데는 효과적인 방법입니다.

천둥 치듯 이별을 통보받더라도, 번개처럼 연인이 떠나더라도 아무것도 걱정하실 것 없습니다. 이번 사랑을 통해 많은 것을 누렸고 큰 성장을 맛보았습니다. 사랑에서 이별까지, 그 모든 과정의 행복감과 불행감을 풀코스 정식으로 골고루 섭취하게 해준 연인에게 감사하고, 그의 행운을 빌어 주세요. 그런 다음 한층 업그레이드된 마음으로 새로운 사랑을 맞으시면 됩니다. 다음 사랑은 더 충만하고 안정될 것입니다.

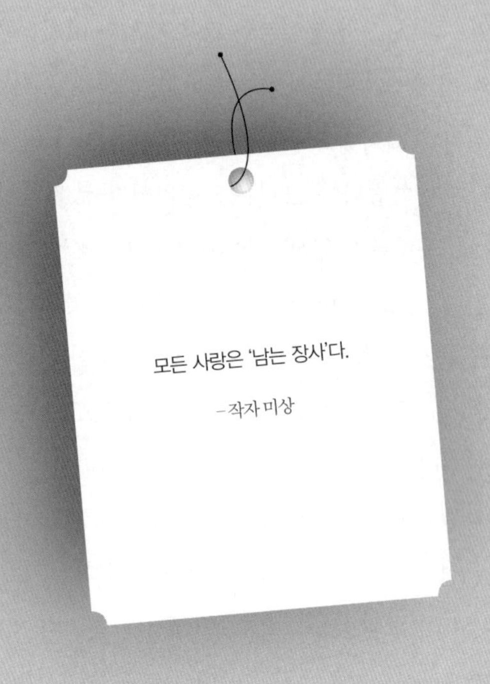

사랑은 끝나는 순간까지 우리에게 많은 것을 줍니다.
그것을 충분히 인식한 상태에서 의식적으로
사랑과 이별의 과정을 경험해 보시면 좋습니다.
장사처럼, 사랑도 업종을 자주 바꾸기보다는 특정 분야에서 전문성을 쌓아 가며
집중적으로, 오래 파고드는 게 더 좋습니다.

이별할 때 상대방의 자기애를 존중합니다

자주 화를 내며 헤어질 이유를 찾는 거 같아요

제 마음을 제가 모르겠어요. 남자 친구와의 관계가 두근거림도 없고 그냥 친구 같아요. 제가 그동안 상처를 많이 줘서 헤어지자고는 못하겠는데, 좋아하는 것 같지도 않아서 어떻게 해야 할지 모르겠어요. 자꾸 마음이 바뀌는 자신을 미워하고 있고요. 그는 정말 제게 잘해주고 제 모난 성격도 다 받아 주는 착한 사람이어서 상처 주기 싫거든요. 그동안에도 비슷한 일이 있어서 헤어졌다가 다시 만났는데, 그때 그를 많이 힘들게 했어요. 그래서 이번에는 그러지 않으려고 하는데도, 속으로는 헤어질 이유를 찾는 거 같아요. 전화 오면 화를

내거나 막 따지거나 그러고……. 아직 용기도 부족하고, 어떻게 해야 할지 모르겠어요. -보라

얼굴을 마주 보고 솔직하게 이별을 말합니다

살다 보면 누구나 한 번쯤은 상대방에게 이별을 통보해야 하는 입장에 처하게 됩니다. 멀쩡했던 마음이 변하기도 하고, 외적 환경이 바뀌기도 하고, 질문하신 보라 님처럼 자신의 마음을 잘 몰라서 그렇게 하기도 합니다.

많은 사람들이 사용하는 이별의 방식은 천천히 조금씩 연락을 끊는 방법 같습니다. 만나는 횟수를 줄이고 간간이 전화를 받지 않는 것으로 마음이 바뀌었다는 의사를 표현합니다. 또 다른 방식으로는 단칼에 일방적으로 모든 소통 수단을 끊어 버리는 경우도 있습니다. 문자 메시지를 '씹고', 계속 전화를 받지 않고, 심지어 전화번호를 바꾸어 버리기도 합니다. 더 마음이 약한 부류들은 상대가 제 풀에 떨어져 나가기를 바라며 온갖 추악한 모습을 연출하고, 이별의 책임을 상대에게 뒤집어씌울 만한 꼬투리를 찾습니다.

예전에 그런 광고가 있었습니다. 한 남자가 연인의 얼굴을 향해 낙엽을 흩뿌리면서 소리치지요. "가, 가란 말이야! 널 만난 후로 되는 일이 하나도 없었어!" 그 광고는 '가장 나쁜 이별의 방식'을 보여 주는 사례로 기억에 남아 있습니다. 상대에 대한 배려가 없

고, 이별에 대한 책임을 상대에게 덤터기 씌우며, 심지어 폭력적이기까지 합니다. 심리적인 측면에서 그다지 바람직한 이별의 태도가 아닙니다. 상대를 위해서 뿐 아니라 자신을 위해서도 마찬가지입니다.

우선, 이별을 통보할 때는 상대방을 만나 얼굴을 보면서 이별의 뜻을 전하세요. 그것이 상대방을 위해 할 수 있는 가장 기본적인 배려이며 마음을 정리하기 쉽도록 도와주는 일입니다. 위에 나열한 간접적 방식들은 자신의 용기 부족 때문에 상대방을 더 깊은 지옥으로 밀어 넣는 행위입니다. 아무 설명도 듣지 못한 채 애착을 박탈당한 사람은 추측과 미련, 자책과 절망 속에서 긴 지옥의 시간을 보내야 합니다. 보라 님도 짜증과 변덕으로 상대를 고통스럽게 하지 말고, 용기를 내어 헤어지자고 말하는 게 낫지 않을까 싶습니다.

이별을 이야기할 때는 또한 상대방의 자기애를 존중해 주세요. 사실 이별 앞에서 더 많은 심리적 책임을 져야 하는 사람은 대체로 이별을 통보하는 쪽입니다. 지금 당신이 이별을 고하려는 사람은 불과 얼마 전까지 당신이 미치도록 사랑했던 바로 그 사람입니다. 동일한 사람에 대해 그토록 상반된 마음을 품게 되었다면 바로 그 영역에 자신의 생의 문제가 숨어 있을 수 있습니다. 그러니 이별의 원인이 자신에게 있다는 태도를 보여 주세요. 비록 그것이 사실이 아니라고 생각하더라도 "내가 부족해서……"라는 식으로 이유를 말해야 합니다.

이별한 후에는 당신이 준 상처에 대해 보상해 주세요. 부모가 자녀를 야단친 다음에 안아 주듯, 아기가 떼를 쓴 다음 엄마에게 다가가 볼을 쓰다듬듯 우리는 '보상' 행동을 합니다. 이별을 통보한 후에도 상대방이 애착을 거두어들이는 시간 동안 심리적으로 지켜봐 주는 일이 필요합니다. 상대의 분노를 받아 주고, 고통을 위로해 주고, 우울의 상태를 지켜봐 주세요. 전화를 받아 주고 술자리를 지켜봐 주기도 하면서 상대방이 비통의 감정에서 벗어나기를 바라는 진심 어린 노력을 보여 주세요.

그 모든 과정이 끝나면 좋은 인연으로 남도록 하세요. 한때 가장 내밀한 관계를 맺었던 사람이고, 여전히 서로에 대해 가장 많이 알고 있는 사람입니다. 좋은 친구뿐 아니라 서로의 생에 대한 지지자가 되어 줄 수도 있는 관계입니다. 이 단계에 도달한다면 저 남용되는 유행어의 진정한 의미에 가까운 '쿨한' 관계라고 할 수 있을 겁니다. 혹시 눈치채셨는지 모르겠지만 위 항목들은 연애의 프로페셔널들이 사용하는 방법입니다. 진정한 '선수'들이 과거의 모든 연인으로부터 변함없이 칭송받는 비밀이기도 합니다.

한 가지 덧붙일 말씀은 이별을 통보한 사람도 자신의 내면을 한번쯤 짚어 보시라는 겁니다. 상대가 신뢰를 주지 못한다, 너무 집착한다, 권위적이다 등의 이유를 들어 관계를 정리할 때 혹시 자신이 모든 연인에 대해 늘 같은 감정을 느끼면서 불편해하고, 똑같은 언어를 동원하여 그/그녀를 떠나보낸 건 아닌지 돌이켜 보십시오. 만약 그렇게 했다면 그 언어 속에 자신의 문제가 있음을 알아차리시고 꼭 내면을 보살피는 기회를 갖기 바랍니다.

보라 님 역시 마찬가지입니다. 먼저 자신의 마음을 돌보지 않으면 앞으로 누구를 만나더라도 "제 마음을 제가 모르겠어요."라는 식의 태도를 취하게 됩니다. 지금 보라 님께 가장 중요하고도 시급한 것은 자기 정체성과 생의 자율성을 성취하는 일인 듯합니다. 자신에게 잘해 준다는 이유로 사랑을 시작하거나(의존성), 화를 내고 따지면서 그를 힘들게 하거나(가학성), 자신이 원하는 것이 무엇인지 모른다는 것(이런 혼란은 생의 총체성에도 영향을 미칩니다)은 실존에 대한 위험 요소입니다.

사랑과 미움을 교대로 체험하는 것은 양가감정이 통합되지 않아서이고, 휘몰아치듯 강렬한 두근거림이 없다는 것은 신경증적으로 만나지 않은 상대이기 때문일지도 모릅니다. 혹은 사랑의 황홀기가 지나가고 다음 단계로 접어들면서 불안감과 갈등을 성숙하게 처리하고 대상 항상성을 성취해야 하는 과제 앞에 서 있는지도 모르겠습니다. 자신의 모난 성격을 다 받아준다는 그는 어쩌면 안정적인 사람, 인내심과 큰사랑을 가지고 있는 '바람직한 사람'일지도 모릅니다. 어느 쪽이든 내면을 잘 짚어 보고 성장을 향해 노력해야 하는 사람은 보라 님 자신입니다.

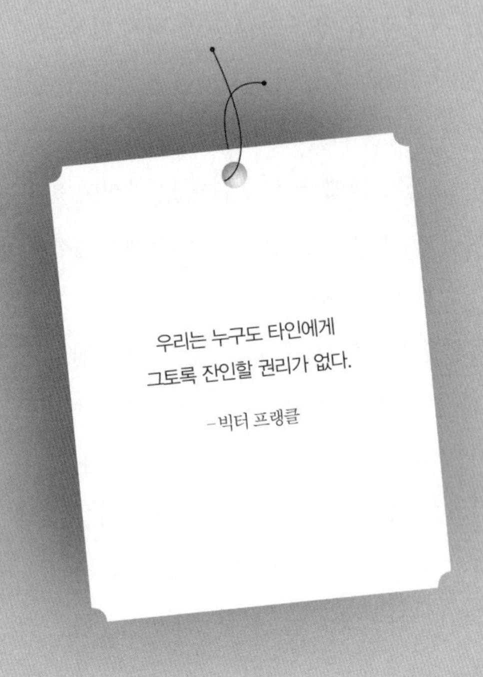

정신분석학은 제2차 세계대전을 겪으며 크게 발전했습니다.
에리히 프롬은 고국 독일이 가학성의 광기로 휘말려 들어가는 것을 보면서,
유대인 수용소에서 살아남은 빅터 프랭클 같은 학자는
박해와 극한의 경험 속에서 인간 정신을 연구했습니다.
우리는 타인에게 잔인하게 굴 권리는 물론,
타인을 판단하거나 평가할 자격도 없습니다.

성 불능은 정체성의 빈틈과 관련됩니다

성욕이 없는 것도 마음의 문제인가요?

저는 올해 서른다섯 살의 직장 여성입니다. 아무래도 제가 어디에 문제가 있는 게 아닌가 싶어 상담을 청합니다. 이런 말 하기 어렵지만, 사실 저는 아직까지 제대로 된 사랑을 해본 적이 없습니다. 사랑을 하지 않았으니 섹스도 하지 않았고, 더 솔직히 말하면 키스도 해보지 못했습니다. 그렇다고 해서 제가 형편없는 외모나 나쁜 성격을 가지고 있는 것도 아니고, 직장에서도 나름대로 능력을 인정받고 있습니다. 늘 일이 바빠서 사랑을 하지 못한다고 생각했지만 사실 별로 사랑을 하고 싶은 마음도 없었고, 그것 때문에 불편하다거나 결펍되었다고 느끼지도 않았습니다. 그런데 오늘 처음으로 그것이 이상하다는 생각이 듭니다. 자연스럽지 않은 것 같기도 합니다. 제게 문제가 있는 걸까요? –청산

혹시 성욕이나 성적 흥분을 느끼지 못하는 것도 마음의 문제인가요? 그렇다고 해서 사랑과 섹스를 하지 않는 것은 아닙니다. 사랑하는 사람도 있고 그와 섹스도 합니다. 그러나 한 번도 먼저 섹스를 하고 싶다는 마음이 든 적이 없고, 성적 흥분감이 어떤 상태인지도 모르겠습니다. 그를 사랑하기 때문에, 계속 거부하면 그가 떠날까 봐 두려워 섹스를 하지만 정작 아무 느낌이 없습니다. 아니, 막막하고 슬프고 얼마간 모욕적인 느낌이 있습니다. 스물여덟 살이면 무얼 모를 만큼 어린 나이도 아닌데 왜 그런지요? 건강이 나쁘거나 몸에 다른 문제가 있는 것도 아닙니다. –산성비

성 불능도 먼저 마음을 치료해야 합니다

정신분석은 '사랑 앞에서 좌절하는 사람들을 위한 학문'이라는 말씀을 드린 바 있습니다. 그 사랑에는 애착의 감정뿐 아니라 성적 욕망이라는 요소도 포함되어 있습니다. 인간은 태생부터 성적 욕망과 공격성을 타고나는 존재이며, 두 가지는 서로 한몸입니다. 프로이트가 처음으로 '유아기 성욕에 대한

연구'를 발표했을 때 세상 사람들은 그 내용을 받아들이지 못했고 심지어 그를 비난했습니다. 그러나 지금은 모든 사람이 "아기도 성욕을 갖고 있고 쾌감을 느끼기 위해 활동한다."는 사실을 인정합니다.

아기들의 성욕은 젖을 먹거나 손가락을 빠는 행위에서 쾌감을 느끼는 구강기, 배변 활동에서 쾌감을 느끼는 항문기를 거쳐 성기에 성감대가 모이는 성기기의 단계로 발달합니다. 그 발달 단계에 두 가지 넘기 어려운 문턱이 있다고 합니다. 엄마와의 일대일 공생 관계에서 독립해 분리 개별화를 이뤄야 하는 단계와, 아버지와의 경쟁과 금지의 시선을 잘 넘겨야 하는 오이디푸스 단계가 그것입니다. 이 두 발달 단계가 정신 형성의 중요한 지점이라는 사실은 앞서 말씀드렸습니다. 이처럼 성적 욕망과 인간 정신은 동일한 노선 위에서 긴밀하고도 미묘한 영향을 주고받으며 발달합니다.

삼십 대의 독신 여성들 중에 아예 성욕을 느끼지 않는 상태로 편안하게 지내는 이를 많이 봅니다. 그런 이들은 성적 욕망의 부재 상태가 몸과 마음의 문제일지도 모른다는 사실조차 생각해 본 적 없는 듯 태평스러워 보입니다. 성욕 부재가 생을 정체시키고 있으며, 조만간 폭발할 수 있는 잠복된 문제라는 사실을 알려 하지 않습니다. 그에 비해 청산 님이나 산성비 님은 자신들의 문제를 짐작하고 있어 다행스럽습니다. 사실 성욕은 식욕, 수면욕과 함께 인간의 기본적인 욕구입니다. 성욕이 없는 사람은 없습니다. 성욕을 너무 깊이 억압해 두어 의식의 차원에서 느끼지 못하는 사람들이 있을 뿐입니다.

현대 정신분석학자 오토 컨버그는 성 불능과 발달 장애가 어떻게 서로 맞물려 있는가를 잘 규명해 냈습니다. 그에 의하면 전혀 성적 관계를 맺지 못하는 무능력의 단계(청산 님의 경우)는 심각한 상태의 자기애적 성격장애라고 합니다. 성적 문란이나 도착 성향을 보이는 단계는 중간 정도의 자기애적 성격장애이며, 애정 대상을 이상화하고 의존하면서 성기적 만족을 느낄 수 없는 단계는 경계선 장애라고 합니다. 완전한 성적 만족을 경험할 수는 없으나 안정적이고 깊은 대상관계를 맺을 수 있는 단계(산성비 님의 경우)는 신경증의 증상입니다. 그가 규정하는 발달의 최종 단계는 안정적이고 깊이 있는 대상관계와 만족스러운 성기적 성이 정상적으로 통합된 상태입니다.

심리 치료를 받는 이들은 무력감과 우울증, 과도한 폭력성, 관계의 갈등을 풀지 못하는 무능력 등의 심리적 문제를 가지고 있습니다. 그러나 그들은 더 깊은 내면에서 다들 성 불능의 문제를 안고 있습니다. 오토 컨버그는 심리 치료가 진행되고 각 발달 단계를 이행하면서 성적 능력이 자연스럽게 회복되는 현상을 여러 임상 사례를 통해 보여 줍니다. 《대상관계 이론과 임상적 정신분석》이라는 책을 참고하시기 바랍니다. 이처럼 성 불능을 개선하기 위해서는 먼저 마음을 치유해야 합니다.

청산 님, 그리고 산성비 님, 성 불능에 대한 개인적 문제를 점검하시면서 동시에 사회적 · 문화적 맥락 속에서 자신만의 성 의식을 정립해야 합니다. 사회적으로 이루어지고 있는 성의 규제, 문화적으로 부풀려지는 성의 남용을 눈여겨보세요. 특히 여성의 경우, 어떻게 사회가 여성성을 제도적으로 억압하고 통제해 왔는가를 잘 인식하는 일이 성 의식 형성에 중요한 참고 사항이 됩니다.

정신분석이 처음 탄생한 프로이트 시대에는 책상 다리에도 양말을 신겼을 만큼 성적 억압이 심했고 그것이 개인의 심리에 문제를 일으키는 주요 원인이었습니다. 빌헬름 라이히는 성의 억압이 개인의 신경증뿐 아니라 파시즘과 같은 사회 문제의 근원이라는 이론을 발표했습니다. 그 후 헤르베르트 마르쿠제는 성의 적절한 승화가 문명을 발달시킨다는 이론을, 미셸 푸코는 성의 사용이 곧 권력과 지배의 문제와 직결된다는 이론을 내놓았습니다.

그러나 현대 사회에서는 성의 억압이나 성의 권력이 그다지 문제가 되는 것 같지는 않습니다. 이제는 누구도 성적 본능을 꿈에서조차 억압(상징화)하지 않으며, 권력을 최음제로 여기지도 않습니다. 권력이 개입되지 않은 동성애나 변형된 성이 널리 정당하게 향유됩니다. 여성들은 남성을 선택하는 기준으로 돈이나 권력보다는 '꽃미남', 유머 감각, 백치미 등을 꼽습니다. 영국의 사회학자 앤서니 기든스는 현대 사회의 모든 문제는 성의 과잉, 성의 중독, 그리고 성 불능에서 비롯되며 그것은 현대인의 정체성 혼돈과 관련이 있다고 주장합니다. 《현대사회의 성·사랑·에로티시즘》을 참고하실 수 있습니다.

청산 님, 산성비 님, 이런 진실을 참고하시면서 자기만의 성 의식을 정립할 때는 다음 몇 가지 사항을 염두에 두시기 바랍니다. 우선 여성 개인의 성은 가부장적 사회의 특정 제도나 조직에 소속된 물건이 아닙니다. 또한 성은 먼 훗날 안정된 생존을 보장받기 위해 잘 보존해야 하는 것도, 한 남성과 친밀감을 나누는 조건으로 그에게 독점 사용권을 허용하는 것도 아닙니다.

여성의 성은 우리에게 속한 고유한 것이며, 그 사용권이나 사용법은 전적으로 우리의 자유의지에 달려 있습니다. 우리는 그것을 사용하여 친밀감을 나누는 능력을 증대시키고, 자신에 대해 더 깊이 알게 되고, 창조성과 더 잘 닿을 수 있습니다. 그것을 통해 궁극적으로 정체성을 형성한다는 점을 기억하시기 바랍니다.

마음을 치유하고 성 의식을 정립한 후에는 몸을 사랑하고 보살펴야 합니다. 무엇보다 몸의 건강을 일정한 수준으로 유지하도록 노력하시기 바랍니다. 오직 생물학적 측면에서만 말씀드리면 성욕이나 성적 능력은 신체의 건강 상태와도 밀접한 관계가 있습니다. 몸의 건강이 확보되면 그 다음에는 몸의 감각을 발달시킵니다.

성적 욕망이 자각되었다고 해도 한순간에 몸이 성적 감각을 느끼고 절정감에 도달하지는 않습니다. 가만히 누워서 파트너가 성적 만족감을 가져다주기를 바라는 것은 감나무 밑에 입을 벌리고 누워 있는 태도입니다. 모든 일에는 자발적인 노력이 따라야 하며, 성적 만족감을 얻는 일 역시 마찬가지입니다. 몸의 감각을 발달시키고, 자신의 몸이 어디서 어떻게 반응하는지 알아차리고, 성적 감각에 몸이 익숙해지도록 노력하는 과정이 필요합니다.

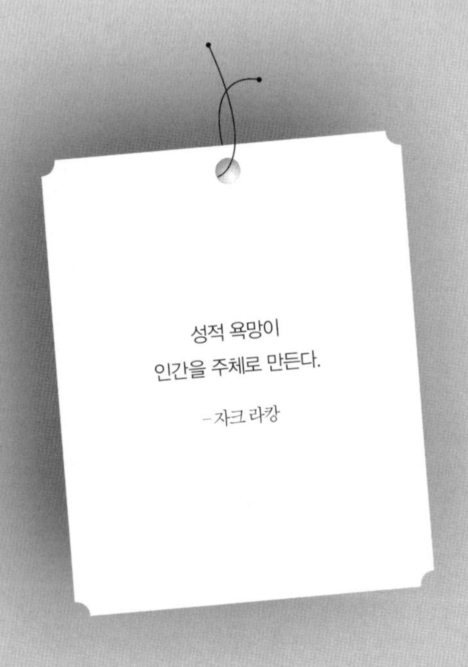

주체란 '자율적으로 기능할 수 있는
개별화된 개인' 이라는 의미 정도가 될 것입니다.
아기는 성욕을 인식하고 처리하는 과정에서 '자기' 라는 개념을 갖게 됩니다.
유아 성욕이 다시 활성화되는 사춘기에 이르면 성과 사랑의 감정을 통해
자신을 알아 가면서 정체성을 형성하기 시작합니다.
성적 활동이 없다는 것은 주체나 정체성과 관련된
개념에 빈틈이 있다는 뜻과도 같습니다.

욕망은
본질적으로
충족될 수 없습니다

마음속에 늘 다른 사람이 있습니다

저는 항상 누군가가 마음속에 있습니다. 결혼은 했습니다. 그런데 끌리는 사람을 발견하면 어쩔 수 없이 마음은 온통 그곳으로 가 버립니다. 곁에 있는 남편은 눈치채는지 모르겠지만 제가 평소보다 더 활기차게 행동하는 나날이 길어지면 딱 그 시기죠. 더 웃기는 노릇은 대체로 짝사랑이라는 거죠. 그 사람이 절 좋아해 주는 것보다 제가 누군가를 좋아해 에너지가 넘치게 되는 편이 더 행복한 것 같아요. 도대체 왜 이러는 거죠? 덧붙여, 저는 남편을 좋아하고 존중합니다. 그것도 아주 많이. 남편에게 이 문제를 얘기한 적은 없고 앞으로도 할 생각은 없어요. 머릿속에서만 이루어지는 일이기에 죄책감이 없고, 이혼 같은 것도 생각한 적 없지요. 그저 사람들의 마음이 궁금할 따름입니다. 결혼과 동시에 연애 감정은 끝인가요? –W

남편은 신혼 초에도 채팅 사이트를 드나들며 낯선 여자들의 사진을 다운받곤 했습니다. 그의 일기장에서 그가 찾은 사창가 여자들 수가 세 자리 단위라는 것을 알고는 많이 실망했습니다. 그런데 지금도 여전히 남편이 인터넷으로 야한 동영상을 다운받은 흔적을 발견합니다. 청소년의 호기심도 아니고 이제 삼십 대 중반, 수차례 대화하며 내가 아닌 다른 방법으로 성적 욕구를 해결하는 당신이 싫다, 야동을 보려면 같이 보자고도 해보았으나 그건 싫다고 하네요. 그저 다신 안 그러겠다는 말뿐. 대체 남편의 행동을 어떻게 이해해야 할지요. 겉으로 보기엔 안정되고 사이좋은 부부의 모습을 하고 있지만, 남편에 대한 저의 신뢰는 예전 같지 않고 남편도 제 눈치를 봅니다. 아이 때문에 서둘러 남편을 이해하고 용서하려 노력하지만 몇 달째 속병을 앓고 있습니다. –반쪽보기

건강하고 자연스러운 '환상'입니다

두 질문을 나란히 놓아 보았습니다. 남성과 여성이 사랑의 이름으로 서로 소통하거나 공유할 수 없는 저마다의 환

상을 어떤 식으로 간직하고 있는가에 대한 이야기입니다. 우리의 내면에 생의 여러 국면에 대한 환상이 존재한다는 점은 이미 몇 차례 말씀드렸습니다. 성과 사랑의 영역에서도 마찬가지입니다. 우리가 생애 최초로 품는 욕망부터 현실에서 용인되지 않는 것입니다. 성장하면서 더욱 부적절하고 기이한 사랑, 규범과 관습에 위배되는 사랑, 언어로 표현할 수조차 없는 사랑을 내면에서 꿈꿉니다. 그것들은 사회적 법과 제도 아래서 금지되거나 억압됩니다.

욕망이 본질적으로 충족될 수 없는 것이라고 주장하는 정신분석학자도 있습니다. 아기가 요구하는 것(사랑, 보살핌)과 충족되는 것(젖, 기저귀) 사이에는 어쩔 수 없이 틈이 생기는데, 그 결핍과 불만족의 느낌이 '욕망'이 된다는 주장입니다. 성인인 우리의 내면에도 유아기부터 만들어진 욕망이 들어 있습니다. 그 욕망은 "헤어지면 보고 싶고, 만나 보면 시들하고"라고 노래하게 하고, "그대가 곁에 있어도 나는 그대가 그립다."고 말하게 하고, 섹스 후에 파도처럼 밀려오는 허탈감의 원인이 되기도 합니다.

충족될 수 없는 욕망의 본질을 모른 채 우리는 브레이크 없이 달리는 위험을 무릅씁니다. 욕망의 충족될 수 없는 속성을 알고 그것을 처리하는 방법으로는 '승화'라는 개념이 있습니다. 리비도를 좀 더 가치 있는 사회적 · 문화적 행위로 전환시키는 일입니다. 승화 이외에 또 한 가지 욕망을 조절하는 방법이 '환상'일 것입니다.

성장하면서 우리는 저마다 사랑에 대한 환상을 갖게 됩니다. 사랑에 대한 관심이 폭발적으로 늘어나는 사춘기가 되면 사랑을 인식하는 방법에서 남성과 여성이 확연한 차이를 보입니다. 여학생들은 사랑의 이름으로 하이틴 로맨스 류의 소설을 읽고, 남학생들은 포르노 잡지나 비디오테이프를 돌려 봅니다. 그렇게 경험된 사랑의 개념은 현실과 조응하여 현실의 사랑을 성취하는 기능을 하지만, 현실과 별개로 환상의 영역에 자리 잡기도 합니다. 그리하여 포르노 잡지를 보던 소년은 포르노 사이트를 뒤적이는 '남편'이 되고, 로맨스 소설을 읽던 소녀는 멜로드라마를 보는 '아내'가 됩니다. 그들에게 포르노그래피나 멜로드라마는 사랑의 환상을 충족시키면서 그 욕망을 조절하고 보살피는 수단인 것입니다.

W 님은 잘하고 계시는 것 같습니다. "결혼과 동시에 연애 감정은 끝인가요?"라고 질문하셨는데, 물론 아닙니다. 내면에서 솟구치는 에로스의 열정은 생의 에너지와 동일한 것이어서 생이 끝나는 순간까지 지속됩니다. 에로스의 열정과 함께, 관계를 맺고자 하는 욕구도 평생 지속된다고 합니다. 죽는 순간까지 우리는 내면에 에로스의 열정을 가득 채운 채 그것을 투사할 누군가를 찾는 '사랑의 5분 대기조'와 같은 존재입니다. 다만, W 님은 내면의 판타지 영역을 잘 관리하셔서 반쪽보기 님이 느끼는 것과 같은 고통을 남편에게 안기지 않도록 주의하시기 바랍니다. 현실의 사랑에는 책임과 의무가 따릅니다.

반쪽보기 님은 남성의 성적 환상에 대한 이해가 없어 당황하고 계시는 것 같습니다. 새롭게 알게 된 남편의 내적 판타지 영역을 제외한다면 현실의 그는 여전히 반쪽보기 님이 좋아했던 바로 그 사람입니다. W 님의 저 글들이 마음으로 공감되신다면 남편의 상태도 꼭 그럴 뿐이라고 수용하시면 좋을 것입니다.

만약 남편의 동영상 즐기기가 일상생활을 망치고 아내와의 섹스를 거부할 정도로 심각하다면 그것은 치료를 요하는 '중독' 수준입니다. 그러나 질문을 보면 남편은 가장으로서의 역할에 충실해 보이고, 심지어 아내의 눈치를 보면서까지 가정을 지키고 싶어하며, 오직 환상을 충족시키기 위한 방편으로 포르노그래피를 사용하는 것으로 보입니다. 환상을 충족시키는 행위는 나이와 아무 관련이 없습니다. 아니, 나이가 들수록, 현실적으로 성을 향유할 능력이 떨어질수록 환상의 필요성은 더 높아집니다.

간혹 포르노그래피가 여성을 물화시키거나 굴복시키는 내용을 담고 있어 모욕감을 느낀다는 여성을 만납니다. 그것 역시 남성의 환상 때문입니다. 남성들은 여성을 힘으로 지배할 수 있어야만 섹스가 가능하다고 믿는 측면이 있습니다. 그러므로 포르노그래피의 환상 속에서나마 성적 자신감을 고취시키고 페니스를 안심시키기 위한 장치라고 보시면 됩니다. 반대로 남성들은 멜로드라마가 만들어 내는 '백마 탄 왕자'를 부담스러워합니다. 양쪽 성은 서로에게 실현 불가능한 판타지를 품고 있다는 뜻입니다.

반쪽보기 님은 남편이 수많은 매춘 여성과 관계했었다는 사실에 충격을 받으신 것 같은데, 그것이 그다지 특별한 일이 아니라는 점을 말씀드리고 싶습니다. 요즈음 젊은 세대는 달라졌는지 모르지만, 여성들이 학습된 순결 의식에 의해 '혼전 관계'를 기피하고, 매매춘 문화가 법적 단속의 대상이 되기 전까지 남성들은 대체로 '첫 딱지'를 매매춘 여성들에게서 떼곤 했습니다. 군대 가는 친구에게 '딱지 떼기'를 선물하기도 하고, 성인식의 일환으로 무리 지어 매매춘 거리를 찾기도 했습니다. 심지어 연인의 '순결'을 보호해 주기 위해, 데이트는 연인과 한 후 곧바로 업소로 달려가 본능적 욕구를 해소하는 경우도 있었습니다. 물론 저 역시 매매춘을 금지하는 제도에는 동의하는 입장입니다.

무엇보다도 반쪽보기 님, 그 모든 일은 결혼 전에 일어난 것입니다. 결혼 전의 일을 끄집어내어 남편의 코앞에 들이미는 것은 수풀을 뒤져 뱀이 튀어나오게 하는 것처럼 위험한 일입니다. 그보다는 반쪽보기 님이 꼭 기억하셨으면 하는 사실이 있습니다. "부부 사이에는 국경보다 더 무서운 경계가 존재한다."는 말이 있습니다. 판타지 영역을 포함하여, 남편의 지극히 사적이고 내밀한 공간을 침범하지 마시라는 겁니다.

남편이 가정과 직장에서의 책임과 의무를 잊고 잠시나마 편안하게 쉴 수 있는 심리적 공간을 배려해 주세요. 남편의 일기를 살펴보고, 인터넷 서핑 흔적을 추적하고, 성적 환상조차 자신과 나누기를 바라는 독점욕, 그것은 사랑이 아닙니다. 남편을 통제하고 관리하고자 하는 불안감입니다. 끊임없이 남편을 지켜보고 관찰하던 시선을 거두어들이고, 이제부터는 자신의 불안감과 의존성을 먼저 보살펴야 합니다.

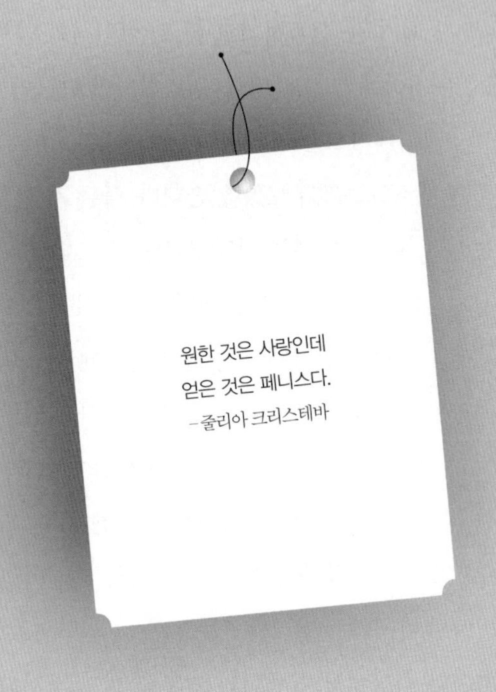

욕망의 충족될 수 없는 속성에 대한 이야기입니다.
'욕망=사랑-페니스' 라는 공식이 성립되는군요.
욕망이 결코, 절대로, 어떤 일이 있어도 충족될 수 없다는 사실을
받아들이는 것이 성숙을 향한 첫걸음이라고 합니다.

남녀의 성적 욕망은 성격이 다릅니다

남편이 여자 서비스를 받은 거 같아요

저는 결혼한 지 1년 조금 넘은 새댁이고, 남편은 대기업에 다니는 엘리트 직장인에 외모도 훌륭합니다. 그런데 남편이 회사를 다니기 시작하면서 거의 매일 술을 마시고 새벽 두세 시가 되어야 귀가합니다. 가끔 외박할 때도 있고요. 모든 게 비즈니스의 연장이라기에 해장국 끓이고, 보약 해 먹이고, 위로해 줬어요. 남편이 내 손아귀에 있다고 믿었으며, 죽도록 사랑하고 이해해 주고 왕처럼 떠받들었죠. 세상 모든 남자가 외도를 해도 내 남편만은 깨끗하고 순수하고 완벽하다고 믿었어요. 그러나 착각이고 망상이었나 봅니다.

그날 남편은 새벽 네 시가 넘어서 들어왔어요. 회사 문제로 괴로워해서 한 시간 동안 위로해 줬고요. 그런데 잠든 남편의 온몸 구석구석에 반짝거리는 화장품 가루가 묻어 있는 거예요. 출근할 때 그냥 보내고 퇴근 후 네 시간이 넘는 집요한 추궁 끝에 진실을 들었죠. 룸살롱 여성에게 당했다고 하더군요. 울면서 용서를 구했습니다. 저도 울고 남편도 울고, 서로 비참하고……. 며칠이 지났는데도 그 생각만 하면 돌 것 같습니다. 술집 여자인데 어떠랴 싶다가도 그녀들의 서비스를 받으며 즐겼을 남편을 생각하면 숨이 멎을 것 같아요. 남편은 그게 처음이자 마지막이라고 하지만 오히려 그동안의 늦은 귀가가 모두 의심스러워졌어요. 뭐가 뭔지 헷갈리고 하루에도 수십 번씩 마음이 소용돌이칩니다. –감식초

순진하고 순수한 것이 좋은 일만은 아닙니다

감식초 님, 깨끗하고 순수하며 완벽하다고 믿었던 남편이 그런 일을 하다니, 충격과 배신감이 크셨겠습니다. 그래도 남편과 그 사건에 대해 충분히 대화하고, 사과를 받고, 다시는 그러지 않겠다는 약속도 받아 내셨다니 잘하셨습니다. 그럼에도 내면에는 여전히 미진한 감정이 남아 있고, "그 생각만 하면 돌 것 같이" 모든 게 혼란스러우시군요.

우선, 그토록 "깨끗하고 순수하며 완벽하다"고 착각한, 내면에

이상화시켜 놓은 남편에 대한 환상이 깨어지고 있다는 사실을 알아차리시기 바랍니다. 감식초 님이 생각하는 것과 같은 사람은 이 세상에 없습니다. 모든 인간은 얼룩덜룩하고 울퉁불퉁한 내면을 가지고 있는 불안하고 부족한 존재입니다. 감식초 님이 인식하고 계신 것은 남편의 실제 모습이 아니라 자신이 내면에 만들어 가지고 있던 이상적인 남편에 대한 환상입니다. 이제 그 환상이 조금씩 깨지고 있으며, 그것은 결혼 생활 초기에 모든 부부들이 겪고 넘어가는 정상적인 갈등 단계입니다.

또 한 가지, "남편이 내 손아귀에 있다고 믿으며 왕처럼 떠받들었다."고 하셨는데, 감식초 님은 그것을 사랑이라고 생각하시는 것 같습니다. 그러나 그것은 남편을 지배하고 통제하고자 하는 불안감에 대한 정확한 표현입니다. 또한 감식초 님은 두 분이 완벽한 사랑을 나누는 한몸인 듯 인식하고 계십니다. 하지만 직접 말씀하신 대로 그것은 '착각이며 망상'입니다. '완벽하게 하나 되는 사랑'이란 엄마와 행복한 공생 관계를 유지했던 유아기의 체험에 근거를 두고 있습니다. 그 공생 관계가 충분히 만족스럽지 못했을 경우에 서로에게 완전하게 몰입하고자 하는 '하나 됨의 망상'이 생깁니다.

감식초 님은 또한 "세상 모든 남자가 외도를 해도 남편만은 깨끗하고 순수하다고 믿었다."고 말씀하십니다. 그 말 속에는 이상적 남편에 대한 환상 말고도 '나와 남편은 특별하다.'고 느끼는 나르시시즘도 들어 있습니다. '세상 남자가 다 외도를 하면 내 남편도 그럴 수 있다.'는 쪽으로 생각을 바꾸셔야 합니다. 그것이 나르시시즘과 환상을 벗는 성숙한 성인의 사고입니다.

감식초 님이 남편을 그토록 '떠받들고 이해하고 사랑하는' 마음의 이면에 있는 욕망도 잘 보시기 바랍니다. 그것은 남편으로부터 꼭 그만한 크기의 사랑이 되돌아오기를 바라는 마음입니다. 그렇지 않아도 원하는 만큼 사랑이 돌아오지 않을까 봐 초조하던 터에 남편의 늦은 귀가는 불안감을 가중시켰을 겁니다. 기어이 다른 여성의 흔적까지 묻혀 들어오니, 남편을 잃을지도 모른다는 불안감은 강박적인 수준까지 솟구쳐 올랐을 것입니다. 그와 같은 심리적 배경을 충분히 인식하고, 그것을 스스로 보살펴야 합니다. 내면으로부터 자신감을 갖는 일도 중요합니다. 그렇게까지 애쓰고 초조해하지 않아도 감식초 님은 충분히 사랑받을 만한 가치가 있는 사람입니다.

그런 다음, 남성과 여성이 성에 대해 인식하는 방식이 많이 다르다는 사실을 알아 두셨으면 합니다. 남성들은 사랑할 때 성적 욕망을 정서적 친밀감과 통합시키는 문제를 아주 어려워합니다. 그 말은 남성은 성욕을 먼저 느끼고, 성욕이 만족스러울 때 비로소 사랑의 감정을 느낀다는 뜻입니다. 그러나 여성은 반대입니다. 애착과 친밀감, 즉 사랑의 감정이 충분히 인식되고 믿어져야만 그다음 단계로 섹스가 가능합니다. 사랑의 감정은 느끼겠는데 어떻게 관계를 침대로 가져가야 할지 모르겠다고 말하는 여성을 만나기도 합니다.

남성과 여성은 사랑 행위를 인식하는 데 이처럼 차이가 납니다. 그리하여 남성의 삶은 성적 욕망에 고착되어 있는 듯 보이고, 여성의 삶은 로맨스에 고착되어 있는 듯 보입니다. 남성은 자주 성적 능력을 제대로 사용하지 못할까 봐 염려하는 거세 불안에 시달리고, 여성은 자주 애착의 감정을 박탈당할지도 모른다는 분리 불안에 시달립니다. 남성들이 룸살롱 같은 곳에서 에피소드적이고 일회적인 성 경험을 추구하는 이유는 자신들의 성적 능력이 안전하다는 것을 확인하기 위해서라는 해석도 있습니다.

진화 심리학에서는 인간의 성적 욕망에 대해 이렇게 설명하기도 합니다. "남성은 사회적 지위가 높을수록 더 많은 섹스 파트너를 가지고, 여성은 사회적 지위가 낮을수록 더 많은 섹스 파트너를 가진다." 인류사를 보면 남성들은 권력을 쥐면 그 힘으로 여자를 탐해 왔고, 더 많은 여자를 소유하는 것을 성공의 징표로 여겼습니다. 현대 남성들도 부와 권력을 획득하려는 이유는 더 많은 여자와 사랑을 나누기 위해서라고 공공연하게 말합니다. 사실 일부일처제는 권력, 경제력, 물리적 힘이 열등해서 여자를 차지하지 못하는 남성들을 위해, 남성들이 만든 제도입니다. 여자의 소유 문제를 놓고 남성들끼리 맺은 일종의 신사협정이지요. 물론 인간의 본성에 적합하지 않아 오늘날 거듭 도전을 받으며 붕괴 조짐을 보인다고 사회학자들은 진단합니다.

감식초 님, 순진하고 순수하다는 것이 반드시 좋은 일은 아닙니다. 지나치게 도덕적인 사람이 그 엄격한 잣대로 세상을 진단하면서 고통받듯이, 지나치게 순진한 사람도 그 환상이 현실 속에서 도전받을 때마다 고통스러운 시간을 보내야 합니다. 순진함으로 빚어낸 사랑, 결혼, 남편에 대한 환상을 알아차리시고 지금부터라도 현실을 제대로 보는 눈을 기르시기 바랍니다. 현실 속의 남성들은 성적 욕망이나 성행위에 대해 보통 위와 같은 생각을 가지고 있습니다. 남편 분도 다르지 않을 것입니다.

또 한 가지, 남성들의 직장 생활은 결코 쉽지 않습니다. 아무리 대기업이라고 해도, 아니 대기업일수록 샐러리맨들은 힘이 듭니다. 주의를 집중해야 하는 일거리와, 무수히 해결해야 하는 갈등과, 아슬아슬한 긴장의 연속입니다. 갓 입사했다면 낯선 조직에 적응하고 새로운 질서를 습득하는 동안 스트레스가 더 심합니다. 오늘날의 남성들은 '세계를 지배하고 여성을 보호하던', 역사 속에 미화된 그런 인물이 아닙니다. 오히려 나날의 노동에 시달리고, '남성답다'는 이데올로기에 짓눌리고, 주체적으로 변해 가는 여성들 사이에서 길을 잃는 느낌을 받습니다. 심지어 복제양이 탄생했을 때는 (정자를 가진) 남성들의 존재 자체가 불필요해졌다는 절망감을 느끼기도 했다고 들었습니다. 아마도 아내들이 남편의 직장 생활을 일주일만 체험해 보면 늦은 귀가나 깜빡 잊은 결혼기념일에 대해 불평하지 않을 거라 생각됩니다.

감식초 님, 제 위 세대 선배 중에는 남편이 출장 갈 때 콘돔을 챙겨 준다는 분이 있습니다. 어차피 외도할 건데, 안전하게 하는 게 낫다는 거지요. 같은 세대의 선배 한 사람은 남편에게 이렇게 다짐한답니다. "세 가지만 약속해. 내가 알지 못하도록 하는 것, 나한테 병을 옮기지 않는 것, 아이를 낳아서 데려오지 않는 것." 원만한 결혼 생활을 유지하는 제 친구 한 명은 이런 말을 했습니다. "남편이 대문 밖만 나서면 내 것이 아니라고 생각해. 집안에서 하는 일도 감당이 안 되는데 집 밖에서 하는 일까지 생각할 여력도 없고." 이 여성들의 공통점은 현실을 직시하는 눈을 가졌고, 그 현실에 적응하며 살기 위해 노력하며, 무엇보다 자신에 대한 자신감을 갖고 있다는 점입니다.

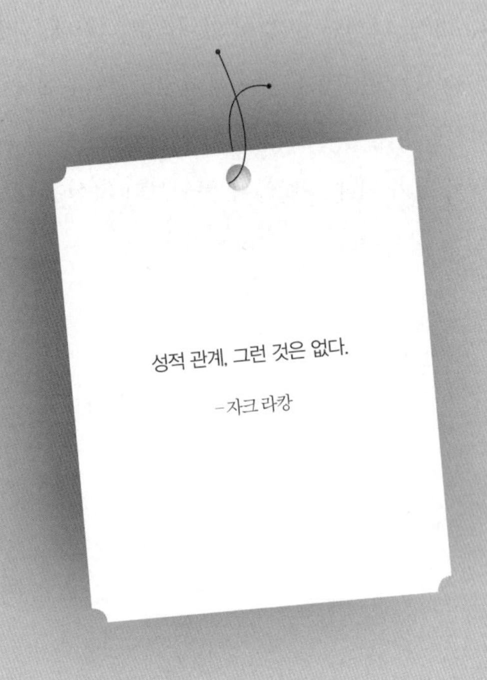

라캉은 남자와 여자 사이에는 그 어떤 직접적인 '관계' 도 없다고 말합니다.
둘이 아무리 섹스를 많이 한다 해도 '관계' 가 형성되지는 않는다는 겁니다.
남편의 외도가 마음의 이동을 의미할까 봐 염려하는 감식초 님이나,
남자 친구가 떠날까 봐 원치 않는 섹스에 응하는 여성들이 기억하시면 좋을 말입니다.

성폭행은 정체성 해체와 관련됩니다

성폭행 사건 이후 저를 놓아 버린 것 같습니다

아무에게도, 누구에게도 말할 수 없을 것 같던 얘기를 온라인상에 털어놓습니다. 대학 2학년 때 성폭행을 당한 경험이 있습니다. 과에서 엠티를 갔는데, 술을 마시고 한밤에 혼자 시골 강둑을 걷다가 고등학생쯤 되는 그 동네 아이들에게 당했습니다. 세 명이었죠. 무력하게 당하고 악에 받쳐 "너희들 잘못 걸렸어. 나 에이즈야."라고 말했다가 더 두들겨 맞았습니다.

그 사건 이후부터였습니다. 술을 마시면 항상 남자를 찾게 됩니다. 진짜로 에이즈라도 걸렸으면 싶은 마음으로 술자리에서 처음 만난 사람과 원나잇 스탠드를 가졌습니다. 졸업과 취업, 실업과 재취업의 과정에 끊이지 않고 밤의 술자리와 낯선 잠자리가 있었습니다. 황폐감, 참담함, 냉소적인 느낌이 남았고 더 이상 이렇게 살 수 없다고 느낄 때도 많지만 어떻게 해야 할지 알 수 없습니다. 사랑은 믿지 않은 지 오래되었는데, 아마도 사랑받지 못할 거라는 자격지심 때문에 지레 외면했던 게 아닌가 싶습니다. 그 사건 이후 진정한 저 자신을 잃은 거 같다고 느끼지만 어디서부터 어떻게 바로잡아야 할지 모르겠습니다. 정신과 의사를 찾아가서 털어놓는 거 말고, 피해자 그룹에서 얼싸안고 울부짖는 거 말고, 남성들을 박멸해야 한다고 피해의식에 가득 차서 소리치는 거 말고, 저를 다스릴 수 있는 방법이 없을까요? –자판기

자기 파괴적 행동의 고리를 끊으시기 바랍니다

자판기 님이 겪은 심리적 고통에 대해, 위의 글에 담지 못한 긴 불면의 밤과 자기 파괴적 행동에 대해 어떤 말로도 위로가 되지 못한다는 사실을 잘 알고 있습니다. 성폭행이 단순한 성의 문제나 폭력의 문제가 아니라 한 인간의 정체성과 관련되어 있기 때문입니다. 유아기 때부터 성적 욕망과 공격성을 어떻게 처리하느냐에 따라 성격과 정체성이 형성된다는 사실은 앞의 글에서 충분히 말씀 드렸습니다. 또한 그러한 의식이 평생을

두고 변화, 발달한다는 사실도 아셨을 것입니다.

성폭행을 당한다는 것은 정체성이 해체되는 것과 동일한 경험입니다. 특히 여성에게는 성이 남성 중심 사회에서 살아가는 중요한 생존 수단이기도 하기 때문에 그 경험은 한 여성의 생 전부를 무너뜨리는 것과 같은 효과를 일으킵니다. 분노가 내면화되는 깊은 우울증, 반복해서 다양하게 표출되는 자기 파괴적 행동, 자신을 세상으로부터 철수시키는 방어 행동 등으로 인해 생애 전체를 어둡고 후미진 곳으로 몰고 갑니다.

자판기 님, '애나벨 청 스토리'라는 영화를 보셨는지요? 한 싱가포르 여성이 열 시간 동안 215명의 남성들과 성행위를 하고 그것을 필름에 담은 내용입니다. 영화는 그녀가 싱가포르 중산층 출신이고, 영국 옥스퍼드대와 미국 USC(the University of Southern California)대학을 졸업한 여성학 석사라는 사실을 다큐멘터리 식으로 구성해 넣습니다. 건조한 낯빛, 기계적인 동작으로 남자를 한 명씩 치러 내는 영화 속 주인공을 보셨다면 의문을 품기도 했을 것입니다. 저 여성은 대체 왜 저런 행위를 하는가?

애나벨 청을 이해하는 열쇠는 그녀가 당한 성폭행 경험에 있지 않을까 싶습니다. 그녀는 영국에서 대학을 졸업하고 미국으로 건너간 직후 한밤의 지하철역에서 몇 명의 남성으로부터 집단 성폭행을 당했습니다. 의식의 차원에서 그녀는 여성이라는 억압적 조건에 구속당하지 않는 당당한 배우로서, 성적 결정권을 자신의 손에 쥐고 있다는 확고한 신념으로 그 영화를 찍었을 것입니다. 하지만 마음 깊은 곳에서는 아마도 자신을 파괴하고 싶은 욕망에 휘둘렸던 게 아닐까 짚어 봅니다. 자신의 성을, 몸을, 실존 전부를 한 방에 폭파해 버리고 싶었던 건 아닐까 하고요. 폭력 피해자의 심리 속에는 가해자가 자신에게 한 것과 똑같은 행위를 스스로에게 반복하는 성향(공격자와의 동일시)이 있습니다. 자판기 님께서 무차별적으로 남성과 잠자리를 한 그 행위 역시 저 영화 주인공과 동일한 심리적 배경에서 나온 것으로 보입니다.

애나벨 청은 자신이 당한 그 폭력에 어떻게 대처해야 하는지 알지 못했던 것 같습니다. 영화를 보면 그녀는 아무에게도 그 진실을 말하지 않았고, 누구에게도 위로나 도움을 요청하지 않았고, 되도록 빨리 그 일을 잊고 아무 일 없었던 듯 일상으로 복귀합니다. 그러면서 표면적으로는 씩씩하게 살아가지만 내면에서는 불안감, 죄의식, 모멸감, 자기 파괴 욕구 등에 시달립니다. 지금 우리 주변에서도 많은 여성이 애나벨 청과 같은 방식으로 성폭행 경험에 대처하고 있으며, 자판기 님도 마찬가지였을 거라 짐작됩니다.

제대로 처리하지 않고 넘어가는 상처는 늘 '현재의 사건'으로 삶을 지배하게 됩니다. 아주 오래된 경험이라도, 이제는 잊었다고 믿더라도, 그까짓 것 아무렇지도 않다고 자부하더라도 마찬가지입니다. 그 경험을 편안하게 기억하거나 말하지 못하고, 내면에서 죄의식, 모멸감, 자기 파괴 욕구 등 심리적 어려움을 겪으며, 점점 삶이 정체되거나 황폐해져 간다고 느끼신다면 지금이라도 예전의 그 일을 제대로 처리하고 넘어가야 합니다.

우선 그 사건을 대하는 내면의 감정들을 정리하시기 바랍니다. 자책감을 갖지 않는 게 무엇보다 중요합니다. 우리는 누구나 어떤 일이 발생하면 왜 그런 일이 생겼는지, 그때 조금만 다르게 행동했다면 좋았을 텐데, 다 내가 잘못해서 그런 거야, 하는 식으로 지난 일을 복기하면서 '만약에 게임'을 하게 됩니다. 후회하고 자책하는 것은 망상을 낳을 뿐, 건강에 전혀 도움이 되지 않습니다. 무엇보다 먼저, 자신은 그 일에 대해 전혀 잘못이 없다는 사실을 확고하게 인식하시기 바랍니다.

다음으로 그 일을 평범한 사고 정도로 인식하셔야 합니다. 성폭행 역시 길을 가다가 넘어져 무릎이 깨지거나, 개에게 물려 상처가 난 것과 조금도 다름없는 사고일 뿐입니다. 가부장적 사회가 여성의 성에 부여한 억압적 의미를 벗어 내고, 성 의식에서 주체성을 확립하는 것이 마음의 회복에 도움이 됩니다. 자판기 님의 성은 누군가가 훼손하거나 빼앗을 수 있는 것도 아니고, 미래의 누군가를 위해 잘 보존해야 하는 것도 아닙니다. 자신이 자율적으로 사용할 수 있는 신체의 일부분이며, 그 신체의 한 부위에 상처를 입었을 뿐입니다.

그런 인식이 확립되었으면 상처 입은 마음을 치료하시기 바랍니다. 내면을 치료하는 가장 좋은 방법은 그 경험과 직면하는 것입니다. 무조건 덮어둔 채 잊으려고 했던 그 사건을 기억의 지층에서 꺼내 햇빛 아래에서 바로 보시기 바랍니다. 죽을 만큼 힘들고 치욕스럽더라도 그 일을 기억해 내서 당신을 위로하고 지지해 줄 친구나 자매에게 털어놓으세요. 말할 때 몸과 마음에 떠오르는 굴욕감, 분노, 비통의 느낌들도 세밀히 체험하세요.

한 번만 해보시면 내면에 쌓여 있던 무거운 감정들이 어느 정도 가벼워지는 것을 느낄 수 있을 겁니다. 그 사실을 말해도 비난받거나 죽음에 이르지 않는다는 것도 알게 될 것입니다. 그 일이 당신 탓이 아니며, 수치스럽거나 비난받을 일도 아니며, 그저 평범한 기억의 하나로 여겨질 때까지 반복해서 그 경험을 보고 또 표현하시기 바랍니다. 그런 식으로 자신을 위로하고 애도하는 시간을 가질 필요가 있습니다.

물론 말처럼 실천이 쉽지는 않습니다. 특히 아동기나 사춘기에 성폭행을 당한 경험이 있는 사람들은 더 어렵습니다. 그 시기의 성폭행 경험은 막 형성되는 과정에 있는 정신의 예민하고 유연한 핵심에 쇠막대처럼 박히게 됩니다. 무력감, 우울증, 자기 파괴적 성향 등이 성격의 일부로 굳어져 성인이 된 후에도 자율적이고 건강한 사회인으로 기능하는 데 어려움을 겪습니다. 그런 분들은 전문가의 도움을 받으시길 간곡히 권해 드립니다.

마음과 동시에 몸도 돌보시기 바랍니다. 성폭행 피해자는 성에 대해 왜곡된 태도를 갖게 됩니다. 애나벨 청이나 자판기 님의 경우처럼 여러 남성과 방만하고 파괴적인 성관계를 맺거나, 반대로 자신의 여성성을 몰살시키고 성을 폐쇄해 버립니다. 양극단 모두 궁극적으로 몸과 삶을 파괴하는 행위입니다. 지금이라도 몸을 소중히 여기고, 여성성을 돌보고, 애착 관계를 맺은 사람과 친밀감을 나누는 방식으로서의 성을 실천하도록 노력하시기 바랍니다.

몸과 마음을 어느 정도 추스르더라도 여전히 의문이 남을 것입니다. 왜 하필 내게 이런 일이 일어났는가? 불가항력적인 재앙에 대해 어떤 과학이나 철학도 답해 주지 못한다는 사실은 억울한 감정에 막막함까지 얹어 줄 것입니다. 그런 종류의 답할 수 없는 질문 앞에서 인류는 종교를 만들었고, 종교는 다시 인간에게 사랑과 용서를 가르칩니다.

힘들겠지만 억지로라도 가해자를 용서하도록 노력하시기 바랍니다. 당신이 믿는 신에게 그를 용서해 달라고 기도해 보세요. 용서를 발음하는 순간 마음 깊은 곳에서부터 미미하게나마 용기와 관용이 올라오는 것을 느끼실 것입니다. 그 순간 자판기 님은 가해자보다 강한 사람이 됩니다. 스스로를 강하다고 느낄 수 있어야 불필요한 피해 의식에서 벗어날 수 있고, 그래야만 다른 심리적인 문제를 해결하기가 쉬워집니다. 내면에 쌓인 분노는 자신을 향한 칼날일 뿐입니다.

자판기 님, 지금까지 살면서 제가 만났던 여성들 가운데 많은 이가 성폭행의 경험을 가지고 있었습니다. 일상에서 불필요하게 남성을 경계하는 여성부터 사회 적응에 심각한 기능 장애를 겪는 여성들까지, 그들은 대체로 내면에 성폭행의 경험을 억누르고 있었습니다. 심지어 사회적으로 유능하고 자신감 넘쳐 보이는 아름다운 여성들도 불쑥 "저는 성폭행 피해자예요."라고 말을 건네는 경우가 있습니다. 제 생각에는, 가벼운 추행까지 포함하면 거의

90퍼센트의 여성들이 비슷한 경험을 가지고 있는 것으로 보입니다. 그러니 위로받으라는 의미가 아니라, 그런 사실을 안다면 고통 속에 주저앉아 있는 것이 어리석게 느껴지면서 무슨 행동이든 취하고 싶어지지 않을까 하는 생각입니다.

성폭행 피해자가 회복되었다는 의미는 '성행위를 할 수 있다'는 것이 아니라 '성에 대해 말할 수 있다'는 지점이라는 정의가 있습니다. 자신의 손상된 성뿐만 아니라 정체성의 일부로서의 성, 일상성의 한 요소인 성, 친밀감을 나누는 매개로서의 성에 대해 제대로 인식하고 편안하게 말할 수 있게 되시기 바랍니다.

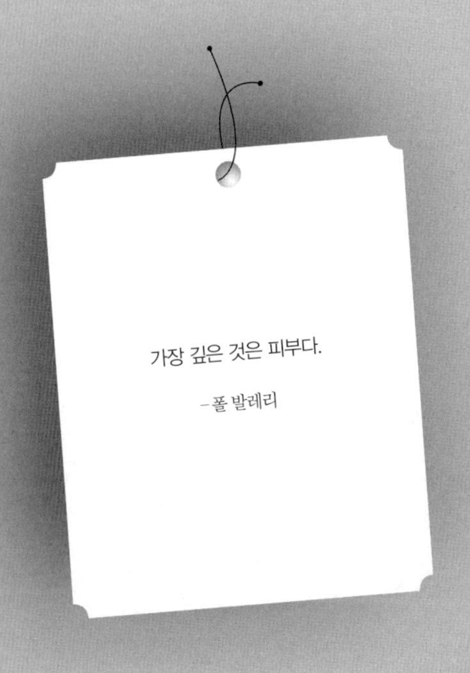

인간의 본질을 꿰뚫는 문장입니다.

피부에서 느끼는 감각이 존재의 깊은 곳에 닿아

정신의 일부를 형성합니다.

Chapter
4

관계 맺기

승-승의 관계는 이익과 즐거움을 공유합니다

자신의 못나고 부족한 면을 사랑합니다

자신을 사랑한다는 게 어떤 건가요?

삼십 대 중반의 직장 여성입니다. 요즘은 "자기 자신을 사랑하라"는 말을 참 많이 합니다. 리더십 책에서나 명상 수행 서적에서나 혹은 여성 문제를 다루는 책에서도 자기 자신을 사랑하는 게 무엇보다 필수라고 합니다. 그 말이 참 좋아서 매사 그렇게 하려고 마음을 다잡아 봅니다. 그런데 사실 굉장히 막연해요. 자신을 사랑하라는 것은 좋은데 어떻게 사랑하는 건가요? 구체적으로 어떤 모습으로 어떻게 행동하는 것이 자신을 사랑하는 모습이고 행동인가요? 게다가 남을 미워하고, 화를 내고, 공연히 억울한 사람에게 투정 부리는 나 자신도 사랑해야 하나요? 남보다 앞서려고 하고, 나의 이익을 먼저 챙기는 나를 사랑하라는 건가요? 아픈 아이를 두고 직장으로 향할 때 나를 사랑한다는 건 어떤 건가요? 내 자신이 너무 부끄러울 때 어떻게 스스로를 사랑할 수 있나요? 횡설수설하고 있네요. 아무튼 너무 크고 어려운 문제 같아요. -소울

'내가 나인 것이 좋다'고 마음에 새깁니다

소울 님, 좋은 질문을 하셨습니다. "자기를 사랑하라"는 말의 의미는 모호하고 추상적인 게 사실입니다. 우리 대부분은 '자기 사랑'의 진정한 개념에 대해 아는 바가 없고, 성장 과정에서도 배운 바가 없습니다. 오히려 우리는 성장기 내내 부모와 사회로부터 자기를 억압하고 비난하는 법을 먼저 배웠습니다.

우리는 태어난 직후부터 늘 무언가를 잘하기를 강요받습니다. 밥을 잘 먹어야 하고, 말을 잘 들어야 하고, 공부도 잘해야 했습니다. 옳고 바르고 선하고 이타적이고 관대하고 도덕적이며……. 셀 수 없을 정도로 많은 덕목들을 실천하기를 요구받습니다. 우리는 어떤 의문이나 저항도 하지 않은 채 그 요구들에 따랐습니다. 이유는 단 하나였습니다. 그래야만 칭찬받고 사랑받을 수 있고, 궁극적으로 생존에 유익했기 때문입니다. 물론 요구들을 어겼을 때

어김없이 돌아오는 비난이나 응징이 두렵기도 했습니다.

그 일을 오래 하다 보니 이제는 그 요구가 마음 깊이 내면화되었습니다. 누가 뭐라고 하지 않아도 자신에게 똑같은 기준을 적용하여 무엇 무엇을 잘하기를 강요합니다. 스스로를 통제하고 억압하면서 이제는 '알아서 기게' 된 것입니다. 또한 그들이 원하는 온순하고 선량하고 이타적인 자신만을 겉으로 드러내 보이며, 그것을 진정한 자기라고 믿게 되었습니다. 내면에서 감지되는 부정적인 모습은 외면하고 억누르고, 가능하다면 흔적조차 없애고 싶어 합니다. 그 기준에 미치지 못하는 자신에 대해 스스로 비난하고 벌을 줍니다.

그러나 소울 님, 우리 인간은 스스로 생각하는 것만큼 훌륭한 존재가 아닙니다. 우리가 사랑받기 위해 겉으로 드러내는 모습 뒤에는 그 반대 감정들이 억압되어 있다는 사실을 이미 말씀드렸습니다. "자기를 사랑하라"는 말은 그러므로 "자기의 긍정적인 면뿐 아니라 부정적인 면까지 모두 사랑하라."는 뜻입니다. 사실 긍정적인 속성들은 내가 사랑해 주지 않아도 남들이 이미 인정하고 사랑해 줍니다. 문제는 내면의 부정적인 면들, 남들에게 보여 주지 않으려 하는 '화를 내고 이기적이고 부끄러운' 자기의 모습을 사랑하라는 뜻입니다.

부정적인 면을 사랑하라고 해서 수단과 방법을 가리지 않고 남보다 앞서고, 공연히 억울한 사람에게 투정을 부리라는 뜻이 아닙니다. 내면에서 투정 부리는 어린 자아를 "왜 투정을 부리지?" 하고 궁금해하는 성숙한 자아가 돌보아 주라는 뜻입니다. 남이 가진 것을 시기하는 자기가 느껴질 때, 그것을 알아차리고 "아, 내가 시기하는구나. 그래도 괜찮아."라고 지지해 주는 겁니다. 내면에서 시기하고 분노하는 마음은 바로 성장기에 상처 입은 어린 자기입니다. 자기를 사랑한다는 뜻은, 이제는 성인이 된 소울 님께서 아직도 내면에서 투정 부리며 돌봐 주기를 바라는 어린 자기를 사랑한다는 뜻입니다.

내면에서 마음에 들지 않는 자기 모습이 나타날 때마다 속으로 이렇게 중얼거려 보세요. "내가 나인 것이 좋다." 그러면 속에서 메아리처럼 다른 목소리가 대답할 것입니다. "좋긴 뭐가 좋아, 성질도 더러운데…….", "좋긴 뭐가 좋아, 엄마 역할도 제대로 못하는데……." 이런 종류의 부정적인 반향이 돌아온다면 그것은 내면에 자기가 사랑하지 못하는 자신이 많이 있다는 뜻입니다.

집단 상담 워크숍 프로그램에 참가하고 온 지인이 이런 이야기를 들려주었습니다. 워크숍에서 맨 처음 한 일은 벽을 마주하고 앉아 큰소리로 "내가 나인 것이 좋다!"고 외치는 것이었다고 합니다. 그런 다음 내면에서 올라오는 목소리에 귀를 기울이는 방식이었는데, 지인 역시 한 수레는 될 만큼 자기 비하적이고 자기 부정적인 말이 많이 올라오더랍니다. 나중에는 '내 속이 이렇구나.' 하는 생각에 눈물이 흐르더라고 했습니다. 이 과정의 목표는 내면에서 올라오는 부정적인 반응들이 긍정적인 반향으로 바뀔 때까지 벽을 마주하고 앉아 큰소리로 "내가 나인 것이 좋다!"고 외치는 일이었다고 합니다.

평소 일상생활 속에서도 그렇게 해보시면 어떨까 합니다. 내면에서 자신을 질책하거나 비하하는 목소리가 올라올 때마다 얼른 생각을 바꾸어 보세요. "내가 나인 것이 좋다!"라고 말입니다. 타인에게 비난이나 비판을 들었을 때도 그렇게 중얼거리는 겁니다. 내가 나인 것이 좋다! 사실 남들이 하는 그런 종류의 이야기는 대체로 그들 내면이 투사된 현상이거나, 혹은 그들의 시기심일 뿐입니다.

특히 여성은 자기를 사랑하는 일이 더 어렵습니다. 여성에게는 더 많은 양보와 겸양, 인내 등의 미덕이 오래도록 요구되어 왔으며, 지금도 별반 달라지지 않았습니다. 그런 사실까지 염두에 두시고 더 자주 "이기적인 사람이 되어도 괜찮아.", "엄마 역할이 서툴어도 괜찮아.", "겸손하지 않아도 내가 나인 것이 좋아."라고 스스로에게 말해 주는 겁니다.

자기를 사랑하는 것에는 자신을 존중하는 일도 포함됩니다. 타인의 부당한 요구를 정당하게 거절하는 일, 타인의 무례한 태도로부터 자신을 지키는 일, 고통스럽거나 피학적인 관계 속에 자신을 방치하지 않는 일 등이 모두 자신을 존중하는 태도입니다. 더 나아가 자신에 대해 건강하고 성숙한 이미지를 내면에 정립하면 좋습니다. 그 이미지가 다시 자신을 만드는 것을 느끼실 겁니다. 무엇보다도 자신의 가치는 자신이 정한다는 사실을 꼭 명심하시기 바랍니다.

자신의 못나고 부정적인 면을 사랑하게 되면 좋은 일이 생깁니다. 우선 정신 에너지가 두 배로 강해집니다. 그동안 내면의 부정적인 영역을 억압하는 데 사용되던 정신 에너지가 창조적인 쪽으로 전환됩니다. 몸과 마음이 더욱 활기차게 되고, 업무에서도 더욱 뛰어난 역량을 발휘할 수 있습니다. 또한 진심으로 타인을 사랑할 수 있게 됩니다. 그동안은 당위적 덕목으로서 휴머니즘을 실천해 왔다면 이제는 공감적으로 타인을 이해하고 사랑할 수 있게 됩니다. 외부로 투사되어 타인을 사랑하지 못하게 했던 그 모든 부정적인 요소들이 실은 자신의 모습이었음을 알게 되기 때문입니다.

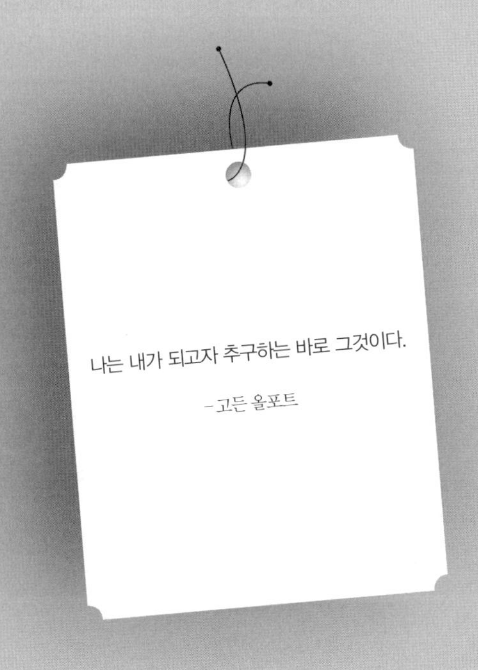

고든 올포트는 성숙하고 건강한 성격에 대해 연구했습니다.
그는 "확고한 자기 개념과 자기 정체감을 갖는 것, 자존감을 느끼는 것,
개방적이고 무조건적으로 사랑을 줄 수 있는 것, 정서적 안정을 느끼는 것,
삶의 의미와 방향감을 주는 목표를 갖는 것" 을 건강이라고 제안합니다.

내면의 분노는 삶을 정체시킵니다

화를 내거나 참는 일이 불편합니다

저는 삼십 대 후반의 직장인이자 두 아이의 엄마입니다. 저는 다른 사람이 저의 감정을 상하게 하는 말을 하면 속으로는 충격을 받고 화가 나지만 상대의 기분을 살펴서 말을 둘러대곤 합니다. 그러고 나서 며칠을 씩씩거리며 혼자서 분을 삭이고, 왜 그때 말하지 않았을까 후회합니다(예를 들어, 회사에서 저보다 직급이 높은 오십 대 초반의 상사가 평상시에 별로 친하지도 적대적이지도 않은 관계인데, 식사 중 갑자기 "아줌마, 이제 회사 그만 다녀. 아줌마가 언제까지 회사 다닐 거야, 욕심도 많아."라고 말할 때).

또 상대방이 말하는 내용이 제 생각과 달라도 그것을 표현하지 못합니다. 겉으로는 "그래……"라고 응수하지만 속으로는 "참 이상하다. 저렇게 무식한 말을 자랑이라고 늘어놓다니……."라는 생각이 들면서 애가 탑니다(예를 들어, 일요일에 계속 자느라고 하루 종일 굶다가 애가 배고프다고 해서 짜파게티를 끓여 줬는데, 컴퓨터 게임을 하면서 먹고 있으니까 애 아빠가 갑자기 애를 발로 걷어차서 애가 360도 빙그르르 돌아갔다는 얘기 같은 것).

결론적으로, 저도 누군가가 제 의도와 생각을 전혀 고려하지 않고 상처 주는 말을 내뱉었을 때 저의 감정이나 생각을 거침없이 표현하고 싶습니다. 왜 그게 안 되는 걸까요? —워킹맘

내 삶이 항상 정체되어 있고, 사소한 스트레스도 견딜 수 없어 하며, 기다려도 오지 않는 전화에 왜 이리 죽을 만큼 절망하는지…….

그게 어린 시절의 분노 때문이란 걸 알아낸 지금도 그걸 인식하게 되었다는 사실 이외에 제가 더 할 수 있는 일이 뭐가 있을까요? 만성적인 우울증, 아무것도 하고 싶지 않은 무력감 뒤에 분노가 이제 생생하게 느껴지는데, 속수무책입니다. 해묵은 분노를 해소하는 방법을 알려주세요. 상담 치료를 받을 만한 형편은 아직 안 되는데, 좋은 방법이 없을까요? 심장이 타들어 가는 것 같은 밤입니다. —속수무책

내면의 분노를 단계적으로 표현합니다

분노에 관한 두 질문을 나란히 놓아 보았습니다. 우리가 느끼는 분노의 감정에는 정당한 분노와 무의식에서 올라오는 분노, 두 가지가 있습니다. 부당한 모욕이나 폭력을 당했을 때(워킹맘 님의 첫 번째 사례) 화가 나는 것은 정당한 분노입니다. 그러나 상대가 나를 모욕한 것도 아니고, 내게 피해를 준 것도 아닌데 나와 무관한 이야기를 듣다가 속이 끓어오르는 것(워킹맘 님의 두 번째 사례)은 내면에 억압되어 있던 분노가 엉뚱한 얘기에 자극받아 터져 나오는 것입니다.

보통 사람이라면 두 번째 사례와 같은 이야기를 들을 때, 무지해서 폭력적인 부모가 있고 그런 부모를 둔 가여운 아이가 있구나 생각합니다. 안타깝고 가슴 아프기는 하지만 속이 끓을 정도로 감정을 자극 당하지는 않습니다. 워킹맘 님이 그 이야기를 듣고 속을 끓였던 이유는 내면에 아이의 입장에 공감하는 센서가 있었기 때문입니다. "일요일에 하루 종일 굶다가 겨우 짜파게티 한 그릇 얻어먹는데, 그나마 먹는 도중에 발로 걷어차인 아이"의 심정이 되어, 아이가 부모에게 느꼈을 법한 분노를 똑같이 느꼈기 때문입니다. 바로 그 센서가 '무의식에 억압되어 있는 분노' 입니다.

그 아이의 입장을 좀 더 생각해 보세요. 아이는 부모로부터 그토록 폭력적인 일을 당해도 분노를 표출하지 못합니다. 부모에게 생 전체를 의존하고 있으며, 그래서 부모를 사랑하기 때문입니다.

분노를 표현해 봤자 돌아오는 것이라곤 더 큰 폭력일 뿐이라는 사실도 알고 있겠지요. 아이는 분노를 참고, 마음 깊숙이 억누릅니다. 분노가 표출될까 봐 두려워 입을 굳게 다물고 몸조차 움직이지 않습니다. 분노를 품고 있기가 너무 고통스러우면 아예 분노가 있다는 사실조차 의식에서 지워 버립니다. 바로 그 아이가 성인이 되면 '충격을 받고 화가 나지만 분노를 표현하지 못하는 사람'이 됩니다. 정도의 차이가 있을 뿐 모든 사람의 내면에는 그런 분노가 존재합니다. 우리가 전적으로 무력하고 의존적이며 미숙한 생존법을 가진 성장기를 보내기 때문입니다.

내면의 분노는 당사자의 생의 에너지를 앗아 갑니다. 억압된 분노는 일하는 분야에서 능력만큼 성과를 내지 못하거나, 게으르고 무기력한 일상을 영위하거나, 타인을 의심하고 세상을 믿지 못하거나, 냉소적이고 신경질적인 말투를 갖거나, 자신과 무관한 일에서 이유 없이 화를 내는 이유가 됩니다. 무엇보다도 가장 믿을 만한 사람(연인이나 가족)에게 표출되어 친밀한 관계를 망가뜨립니다. 내면의 그 분노를 어떻게 처리하느냐에 따라 삶의 질이 달라집니다. 분석 치료가 역점을 두는 지점도 바로 거기입니다.

속수무책 님은 이와 같은 억압된 분노의 해독에 대해 잘 알고 계시는 것으로 보입니다. 내면에 억압된 분노가 존재한다는 사실을 인정하는 것만으로도 긍정적인 상태로 접어드셨는데, 그 분노를 심장이 타오르는 듯 몸과 마음으로 느끼신다니 더욱 희망적입니다. 바로 그렇게, 몸과 마음으로 분노의 감정을 체험하고 표현하는 것이 묵은 분노를 해소하는 방법입니다.

그와 같은 작업을 좀 더 의식적으로 행하시면 좋습니다. 우선 손쉽게 할 수 있는 일은 '자신에게 표현하기' 입니다. 그동안 외면하고 억누르기만 해온 지난 삶을 되살려 기록해 보세요. 떠오르는 모든 기억과 그때의 느낌들을 세세하게 적어 나가세요. 쓰고 싶은 대로, 잘 쓰고자 하는 욕망을 버리고, 편안한 마음으로 내면의 목소리를 따라 쓰시기 바랍니다. 내면의 목소리가 천재지변을 일으킬 만큼 불길한 것이든, 도덕과 양식을 뒤엎을 만큼 위험한 것이든 상관하지 마세요. 아니, 오히려 그런 내용일수록 좋습니다.

그렇게 기록하다 보면 예전의 감정들이 고스란히 되살아나면서 통곡처럼 눈물이 쏟아지거나, 숨도 못 쉴 만큼 고통스럽거나, 무너지게 몸이 아플지도 모릅니다. 그 모든 감정과 감각들이 예전에 회피한, 그리하여 내면에 억압되어 있는 감정이라는 것을 알아차리시고 더 오래 그것을 체험하시기 바랍니다. 어느 순간 까마득히 잊고 있었던 일이나, 의식에서는 인정할 수 없었던 감정들이 떠오르면 그것 역시 좋은 일입니다. 앞서 말씀드린 것처럼 주변 사람들에게 반복해서 편지 쓰기를 실천해 보셔도 좋습니다.

자신에게 표현하기의 단계가 지나면 '타인에게 표현하기' 의 단계로 접어들 수 있습니다. 아마도 속수무책 님은 지금까지 누군가에게 자신의 어린 시절이나 부모에 관한 이야기를 자세히 해본 적이 없으실 겁니다. 이제는 그 지점을 돌파해야 합니다. 텔레비전 토크쇼에 출연해 대중들에게 자신이 고통스러웠던 과거를 이야기하며 자연스럽게 눈물 흘리는 이들이 바로 건강한 사람입니다. 속수무책 님도 그 단계까지 가셔야 합니다.

우선 고통스러운 기억을 공유하는 형제나 자매와 이야기를 나누는 것이 가장 쉽습니다. 친밀하고 믿을 만한 친구와 정기적으로 만나 과거에 당했던 모욕이나 폭력의 기억에 대해 이야기하는 것도 좋습니다. 어리고 약해서 일방적으로 당하기만 했던 그 폭력의 부당함과, 그때 느꼈던 분노와 억울함을 표현하세요. 이야기하다 보면 글로 쓸 때처럼 예전의 감정이 되살아나실 겁니다. 연민이나 분노가 상대에게 투사되어 동생이 가엾거나 친구가 미워지기도 할 겁니다. 상대에게 느끼는 그 모든 감정이 바로 자신의 것임을 알아차리시고, 그것을 체험하면서 해소하시기 바랍니다.

그렇게 하다 보면 몇 가지 사실을 알게 됩니다. 그 일들이 현재의 고통도 아니고, 부끄러운 일도 아니고, 본인의 책임도 아닌, 그저 지나간 과거의 일일 뿐이라는 것입니다. 무엇보다 그것이 특별하거나 유난스러운 것이 아닌, 누구나 겪는 보편적 경험이라는 것을 알게 됩니다. 그렇게 과거의 경험들이 객관화, 보편화될 수 있어야 합니다.

다음 단계에서는 '현실에서 표현하기'라는 훈련을 해보시기 바랍니다. 그동안 부당한 일을 당해도 항의하지 못한 채 뒤돌아서서 속상해하거나, 자신의 욕망을 접은 채 관대한 사람인 척 양보하거나, 파렴치한 타인의 행위를 말없이 참아 넘기지는 않으셨는지요? 그때마다 내면에서는 분노를 참고 있었다는 사실을 이제는 아실 것입니다. 앞으로는 방법을 바꾸어 보세요. 부당한 일 앞에서 정당하게 항의하고, 타인들의 과도한 요구를 당당히 거절하고, 자신의 욕망을 돌보는 일을 최우선으로 삼으시기 바랍니다. 한 번쯤 부모님과 예전의 기억을 꺼내 이야기 나누는 것도 좋습니다.

그리하여 궁극적으로 '분노해도 괜찮다'는 단계에 도달하시기 바랍니다. 화를 내도 사랑이 거두어지지 않고, 분노해도 생존을 위협받지 않으며, 어떠한 경우에도 한 개인으로서 존엄하다는 내면의 자신감을 회복해야 합니다. 바로 그 지점부터 정체되어 있던 생이 앞으로 나아가기 시작하며(속수무책 님), 부당한 모욕이나 폭력에 대해 정당하게 대응할 수 있는 힘이 생깁니다(워킹맘 님). 이를테면 저 무례한 상사를 자판기 옆으로 초대하여 종이 커피를 건네며 적대감 없이 말할 수 있게 됩니다. "회사는 제게 소중한 직장입니다. 앞으로는 그런 말씀을 삼가 주세요."라고 말입니다.

위에 제시한 방법들은 결코 실천하기 쉽지 않습니다. 쉽지 않을 뿐 아니라 시간이 오래 걸리는 작업이기도 합니다. 내면의 분노는 단단한 물체처럼 응축되어 있어 의식할 수 있는 바깥에서부터 조금씩 물에 녹이듯 풀어내야 합니다. 그 기간이 1~2년이 아니라 5~6년쯤 걸릴지도 모르고, 그 기간 동안 삶의 방식이나 인간관계가 전면적으로 개편될 수도 있습니다. 그럼에도 오직 자기 자신을 믿고, 일정한 단계에 이를 때까지 분노를 체험하고 표현하는 일을 반복해야 합니다. 무엇보다 '좋은 사람'이라는 자기 이미지를 적극적으로 포기해야 합니다.

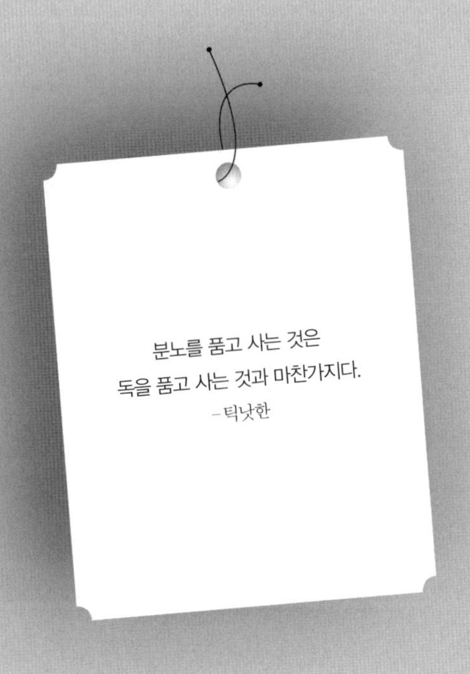

정말 그렇습니다.

부연이 필요 없는 진실입니다.

생존 욕망과 죽음 욕망은 한몸입니다

제가 자꾸 죽고 싶어 합니다

새해에 서른 살이 되며 대학원에서 공부하고 있습니다. 문제는 제가 자꾸 죽고 싶어 한다는 것입니다. 날짜를 정해 놓고 그때는 죽어야지 그럽니다. 이십 대 중반까지는 이런 생각을 거의 안 했는데 이제는 제가 정말 그런 일을 할 것 같아 무섭습니다. 벌써 세 차례나 그 날짜가 지났으니 우습기도 하지요. 하지만 그 날짜 즈음에는 높은 절벽 끄트머리에 선 듯 아찔합니다. 나약하고 어리석은 생각이겠지요. 현실의 문제를 회피하는 책임감 없는 생각이기도 하겠지요.

하지만 죽어 버릴 거라 자꾸 결심하게 됩니다. 타인과의 진지한 관계도 회피하게 되고 타인의 사랑을 완전히 받아 주지도 못하겠습니다. 너무 큰 상처를 줄까 두려워서이지요. 언제나 제게 기쁨을 줘왔던 공부도 도움이 안 되네요. 조그만 문제만 생겨도 크게 상심하고 곧장 죽고 싶다는 생각을 해버립니다. 보람찬 일을 해도, 힘든 일을 해도, 기쁜 일이 생겨도 결국 이런 생각으로 치닫습니다. 점점 더 심해지면서 생활에 더 많이 나쁜 영향을 미치고 있습니다. -다시

사랑을 하고,
그와 섹스를 나눕니다

다시 님, 날마다 저토록 크고 환한 태양이 떠오르는데 늘 그토록 어두운 상황에 계신다니 안타깝습니다. 아마도 일상의 기쁨이나 삶의 보상들을 뒤로 미뤄 둔 채 오직 공부에만 매진해온 긴장된 시간 끝에서 지치신 게 아닌가 싶습니다. 공부를 마친 후 맞닥뜨려야 하는 미래의 삶도 불안하실 테고, 서른 살이 된다는 사실 앞에서 어깨가 굽는 느낌도 드셨을 겁니다.

우선 만성 우울증 상태가 아닌가 짐작됩니다. 우리의 마음속에는 서로 대립되는 두 가지 감정이 반목하면서 공존한다는 사실을 여러 차례 말씀드렸습니다. 사랑과 미움, 분노와 용서, 적대감과 화해 등 밝고 긍정적인 마음과 그 반대의 마음이 함께 있습니다. 우울증 상태가 되면 두 가지 마음 중에서 어둡고 부정적인 쪽으로 급격하게 정서가 쏠리게 됩니다. '조그만 문제가 생겨도 크게 낙

담하고' 생각이 극단적인 곳으로 치닫습니다. '보람찬 일도 기쁜 일도' 소용이 없습니다.

다시 님은 우선 자신의 우울증 상태를 인식하시고 어둡고 부정적인 마음을 의도적으로 밝고 건강하게 유지하도록 노력하셔야 합니다. 우울한 상태가 찾아오면 운동을 하거나, 친구를 만나거나, 활기차게 몸을 움직여 그 상태에서 벗어나도록 노력하세요. 자신이 우울증 상태임을 인정하고 우울증 상태에서 느끼는 감정들이 망상이라는 사실을 인식함으로써 그 상태에서 벗어나려 노력하는 것을 '인지 요법'이라고 합니다.

또 한 가지 아셔야 할 것이 있습니다. 자신을 죽이고 싶어 하는 욕망이 실은 타인에 대한 지극한 적개심과 살해 욕망의 뒷면이라는 점입니다. 자신이 자각하지도 못하는 무의식 깊은 곳에서 누군가에 대해 죽이고 싶을 만큼 무거운 분노를 품고 있다는 뜻이기도 합니다. 외부로 표출하지 못한 분노는 내면으로 돌려져 천천히, 그러나 꾸준히 자기 자신을 죽입니다. 우울증이나 자살 욕망은 전형적으로 내면화된 분노입니다. 삶을 정체시키는 분노의 해소법에 대해서는 앞 장에서 말씀드렸습니다.

내면에 그동안 몰랐던 분노가 있음을 자각하고 그 사실을 인정하게 되면, 분노의 진정한 대상을 찾아보시기 바랍니다. 그 대상은 언젠가 상처를 주고 떠난 연인일 수도 있고, 냉담하거나 엄격했던 부모일 수도 있고, 주변의 또 다른 누구일 수도 있습니다. 그에게 본인의 속마음을 차근차근 꺼내 놓고, 그의 이야기도 들어 보세요. 본인이 안고 있는 부정적이고 망상에 가까운 생각과는 전혀 다른 상대방의 진실과 맞닥뜨릴 수도 있습니다. 그렇게 하는 것만으로도 내면의 분노를 상당 부분 해소할 수 있습니다.

무엇보다 중요한 것은 타나토스(죽음 충동)는 곧 에로스(생존 욕망)와 한몸이라는 점을 인식하시는 일입니다. 다시 님은 죽고 싶다고 느끼시는 바로 그만큼의 간절함으로 살고 싶어 하며, 그것도 제대로 잘 살고 싶은 욕망을 가지고 있습니다. 지금 당장 작은 것부터라도 그 욕망을 충족시켜 주시기 바랍니다. 일주일에 하루는 완전히 시간을 비워 자신을 즐겁게 하는 일, 스스로를 위로하는 일을 하시는 겁니다.

"날짜를 정해 놓고" 예전에는 죽음을 계획했다면 이제는 삶과 행복을 꿈꾸시기 바랍니다. 날짜를 정해 놓고 '그날은 관객이 많이 든다는 영화를 봐야지.', '그날은 나를 사랑한다는 그 사람과 서해 일몰을 보러 가야지.', '그날은 존경하는 선배를 만나 자살 충동을 느낀 적은 없는지 물어 봐야지.' 등의 계획을 세우는 겁니다. 그리고 그날이 오면 계획했던 대로 실천하는 거지요.

그중에서도 지금 다시 님에게 지금 가장 필요한 것은 사랑하고 사랑받는 일입니다. 타나토스는 곧 에로스의 뒷면이어서, 죽고 싶다는 욕망은 억압된 성욕과도 밀접한 관련이 있습니다. 이십 대 중반부터 자살 충동을 느끼기 시작했다는 것은 그때부터 제대로 처리하고 보살피지 못한 성적 욕망이 문제가 되었다는 뜻입니다. 몸이 느끼는 성욕을 무의식이 지나치게 억압하고 있어서 그것이 자기 파괴적 충동 쪽으로 불거져 나온 것으로 보입니다.

부디, 몸이 보내는 신호를 제대로 읽고 몸이 원하는 욕망을 충족시켜 주시기 바랍니다. 독신 여성이 성적인 의미에서까지 독신인 채로 삼십 대에 접어들면 호르몬의 부조화로 인한 건강 불균형이 표면화됩니다. 그 나이의 독신 여성이 심신의 고통을 호소하면 산부인과에서도, 한의원에서도, 심지어는 역술가조차 '음양의 부조화'라는 진단을 내립니다. 다시 님, 삶을 운용하는 기능에는 몸과 마음을 건강하게 관리하는 능력도 포함됩니다. 특정한 타인과 친밀한 관계를 맺고, 그것을 안정되게 지속적으로 이끌어 나갈 수 있는 능력도 포함됩니다. 그런 영역을 모두 억압해 둔 채로 생의 다른 측면에서 기쁨을 느끼고 창조성이 발휘되기를 바라는 것은 무리입니다. 친밀한 관계를 맺고, 사랑을 하고, 섹스를 하세요. 특히 섹스는 생물학적으로 건강의 균형을 잡아 줄 뿐만 아니라, 심리적으로 무의식에 억압된 분노를 해소하고 죽음 충동을 조절해 주는 긴밀한 수단입니다.

타나토스에 대한 에로스의 입장을 극명하게 드러내는 이 문장은
무라카미 류의 에세이 제목입니다.
자기 파괴적 욕망에 지배당할 때 주문처럼 떠올리면 효과가 있을지도 모르겠습니다.

받은 분노를 그대로 내면에 담아 둡니다

학생이 저를 비난하는 글을 보았습니다

중학교에 재직 중인 이십 대 후반의 미혼 남자 교사입니다. 저희 학급에 지속적인 관심을 쏟아야 하는 여학생이 있습니다. 초등학교 때 무용단 소속이었고, 예중에 진학했다가 적응하지 못해 우리 학교로 전학을 왔습니다. 친구들과 잘 어울리지 못하고 늘 한 아이와 함께 다닙니다. 방글방글 웃다가 갑작스레 하늘이 무너질 듯 우울한 표정을 짓는 등 감정의 변화가 심하고, 겉으로 말하는 것과 속마음이 다른 경우가 많아 믿을 수 없을 정도입니다. 몇 번 상담을 하면서 들은 건데, 아이는 무용단원으로 활동하던 시절 몇 년간 부모와 떨어져 할머니와 지냈다고 합니다. 그 얘기를 할 때 몹시 힘들어 보였고, “선생님은 나를 백만 분의 일도 이해하지 못할 것”이라고 말했습니다. 어제는 우연히 그 아이와 저희 반 다른 아이의 미니홈피에 갔다가 서로의 방명록에 적힌 저에 대한 비방의 글 수십 건을 보았습니다. 인신공격부터 제가 한 말에 대한 비방, 앞에서는 사랑하는 척하고 뒤에서는 제자 욕이나 하는 선생이라는 표현, 웃는 얼굴과 웃음소리에 대한 비방, 저를 이렇게 저렇게 해버렸으면 좋겠다는 아주 끔찍한 독설……. 그것들을 보는 순간 몸이 부들부들 떨렸습니다. 맹세컨대 저는 아이들에게 욕설이나 체벌을 한 일이 없습니다. 현재 그 글들을 모두 저장해 두고 어떻게 대응할지 생각 중입니다. 아이들을 처벌하는 것만이 문제를 해결하는 방법은 아닐 것입니다. 생각이 많습니다. –jen

분노가 믿을 만한 곳으로 옮겨졌습니다

jen 선생님, 제자가 쓴 비방의 글을 읽고 충격이 크셨으리라 짐작됩니다. 선생님께서 해석하신 대로 아이의 분노는 선생님을 향한 것이 아니라 더 근원적인 대상을 향한 것입니다. 내 편이고 나를 사랑하는 줄 알았던 선생님이 분노의 근원인 부모와 한통속이었구나, 하는 아이 수준의 판단이 선생님에게 분노를 옮겨 놓게 된 원인이라고 보시면 됩니다. 분노는 본래의 대상을 떠나 다른 곳으로 옮겨 표출되는 경향이 있다고 이미 말씀드렸습니다. 옮겨지는 대상은 상징적인 것이거나, 약한 상대이거나, 자신을 사랑하며 신뢰할 만하다고 생각되는 대상입니다.

아기가(울고 떼쓰기 같은) 분노를 표현할 때 엄마가 취할 수 있는 가장 좋은 대응 방법은 '담아 두기'입니다. 자녀가 쏟아 낸 분노에 대해 돌려주지 않고, 되갚지 않고, 다른 방법으로 보복하지 않고, 그냥 부모의 마음속에 담아 두는 것입니다. 부모가 반복적으로 아이의 분노를 담아 주면 아이는 비로소 분노해도 부모가 무사하다는 것, 자신도 무사하다는 사실을 믿게 됩니다. 내면의 불안감을 이겨 내고, 사랑에 대한 신뢰감을 갖고, 화를 낸 사실에 대해 미안한 마음을 품게 됩니다. 그 순간 아이의 내면에서 성장이 일어나며, 동시에 관계가 개선됩니다.

선생님께서는 이런저런 대응 방법에 대한 생각이 많으신 듯한데, 결정을 내리기 전에 아래에 덧붙이는 글을 읽고 참고해 주셨으면 합니다. 제가 어느 매체에 발표한 에세이인데, 선생님의 경험과 유사한 사례를 소재로 하여 쓴 글입니다. '행복한 사람은 일기를 쓰지 않는다'는 제목을 갖고 있습니다. 요즘 아이들에게는 블로그가 일기장 역할을 하는 모양입니다.

며칠 전 친구들과 만나는 자리에서 아이들의 일기장에 관한 얘기가 나왔다. 일찍 결혼한 친구에겐 이미 대학생이 된 아들이 있고, 늦게 결혼하여 늦게 아이를 낳은 친구는 이제 초등학생이 되는 딸을 두고 있는데, 친구들은 두 부류였다. 아이들의 일기장 같은 것은 모르는 척 그냥 내버려 둔다는 쪽과, 그래도 애가 무슨 생각을 하고 있는지는 알아야 하니까 몰래 체크한다는 쪽.

그들 중 올해 중학교에 들어간 딸을 둔 친구가 있었다. 그 딸은 중학생이 되면서 사춘기로 접어드는지 전에 없이 방에 들어가면 방문을 잠글 뿐 아니라 외출할 때는 책상 서랍을 자물쇠로 잠가 놓곤 했다. 친구는 '교양 있는 엄마로서' 딸의 책상 서랍 같은 것을 뒤져 볼 마음은 처음부터 없었다고 한다. 사춘기 딸이 개인적이고 비밀스러운 사생활 영역을 갖기 시작했구나 생각하면서 그저 모르는 척해 주는 게 상책이라고 믿었다. 그런데 딸아이의 실수인지, 의도적 행위인지 책상 서랍에 자물쇠가 잠겨 있지 않은 날이 있었다.

교양 있는 엄마로서 그것조차 못 본 척해야 한다는 걸 알았지만 열린 서랍 앞에서 호기심이 교양을 이기고 말았다. 딸의 책상 서랍을 열고, 그 안에 든 일기장을 발견하고, 그것을 한두 장씩 넘겨보기 시작했다. 그러나 몇 장 넘기지 못해 친구는 심장이 두근거리고 다리가 떨려 그 자리에 주저앉고 말았다. 그 상태로 딸의 일기장을 대충 훑어봤는데 공책에는 처음부터 끝까지 엄마에 대한 욕이 가득 적혀 있었다.

친구는 모든 것을 원 위치로 돌려놓고, 아무 일 없는 듯 집안일을 계속했지만 손이 떨려 무엇도 제대로 해낼 수 없었다. 딸아이가 괘씸하면서도 한편으로는 미안하고, 오면 호되게 야단쳐야지 싶다가도 그래선 안 되지 하는 마음이 들고, 나름대로 딸에게 잘 대해 주는 좋은 엄마라고 자부했는데 어디서부터 어긋난 걸까 되새겨 보기도 하면서 오후 내내 정신이 하나도 없었다. 표면적으로는 말 잘 듣고 공부 잘하는 모범생인 딸의 내면에 그토록 반항적이고 파괴적인 마음이 있었다는 사실이 가장 충격이었다. 그렇게 마음이 뒤죽박죽인 채로 저녁이 되었을 때 친구는 상 차리기를 포기하고 외출했다.

"그 길로 먼저 애들 키워 낸 선배를 찾아가 물어봤지. 그랬더니 선배가 웃으면서, 애들 키울 때 그런 일은 예사라면서, 그냥 모르는 척하는 게 최고라고 말하는 거야. 생각해 봐, 우리도 사춘기 때는 별의별 생각을 다 했잖아."

친구는 그 일을 절대 모르는 척하기로 하고 집으로 돌아왔고, 아무 일 없는 듯 딸을 대했지만, 실은 일주일 동안이나 딸의 눈을 똑바로 바라보지 못했다. 그러면서 그동안 아주 많은 것을 되새겨 보게 되었다.

"생각해 보니 내가 잘못한 게 많더라. 딸애가 태어났을 때 내가 어리기도 하고 뭘 모르기도 했어. 어릴 때 고집 꺾는다며 애를 상대로 자존심 싸움 같은 걸 했던 것 같아. 그때 애가 고집 부리고 엄마 이겨먹으려 할 때 다 받아 주고 포용해야 했는데, 너무 어려서 그걸 잘 몰랐어."

친구는 자신이 잘못한 사실 또 한 가지를 털어놓았다. 딸아이 밑으로 아들이 태어났는데, 아무래도 딸보나 아들이 태어났을 때 자신이 더 만족하고 행복해했던 게 틀림없다는 것이다. 동생 보는 아이한테 시샘하는 마음이 생겼을 텐데, 게다가 딸이라고 차별감까지 느끼게 했으니……. 친구는 딸의 마음속에 어떤 서운함이나 분노가 자리 잡고 있다면 아마도 거기서부터 잘못되었을 거라고 스스로를 진단했다. 더구나 딸 키우면서 겪은 시행착오를 바탕으로 아들은 한결 자연스럽고 능숙하게 키워 냈으니 아들은 여러 면에서 딸보다 편안한 유년기를 보냈을 거라는 얘기였다. 그런 남동생을 보면서 딸은 아마도 계속해서 어떤 차별감을 느끼게 되었을 거라고도 덧붙였다.

친구의 이야기를 듣고 있자니 내 어렸을 적 일기장이 생각났다. 초등학교 5~6학년 때의 일이다. 그때는 부모가 이혼한 후 처음으로 내가 하숙집에 맡겨진 때였다. 아무것도 모르는 채 삶의 터전이 와해된 상태에 처한 아이는 아마도 심리적 스트레스가 최고치에 닿아 있었을 것이다. 분노와 우울과 불안 같은 감정들이 마음속에서 뒤섞여 뭐가 뭔지 모르는 채 혼돈 상태로 지냈을 것이다. 그럼에도 그 마음들을 하소연하거나 투정할 대상도 없이, 내면의 모든 것을 억압한 상태로 학교생활을 하고 있었을 것이다. 그 시절의 나를 기억하는 초등학교 친구는 내가 말없이 온순하고 조용한 편이었다고 회상했다.

돌이켜 보면 그 시절, 거의 폭발 직전의 화약고 같았을 내면을 그나마 조절하고 해소할 수 있는 유일한 통로가 일기였던 것 같다. 물론 일기는 학교에서 내준 숙제의 일부였고, 선생님은 일주일에 한 번씩 일기장을 검사했다. 나는 일기 속에 내면의 모든 것을 쏟아 냈던 것 같다. 다른 친구들이 엄마에게 조잘거릴 그날 일과를 일기에 썼고, 친구들과 있었던 일이나 읽은 책에 대해서도 일기에 기록했다. 무엇보다 내면의 분노와 불안과 우울까지도 거름 장치 없이 일기장에 토로했을 것이다.

아니, 쉽고 솔직하게 말하면 내 일기장에는 부모와 선생님에 대한 욕이 70~80퍼센트를 차지하고 있었다. 그 욕은 지금도 입에 올릴 수조차 없을 정도로 험악한 내용들이었고, 도저히 아이가 사용할 만한 언어가 아니었고, 대체 어디서 그런 욕을 배웠을까 의심스러운 것들이었다. 그럼에도 나는 아무런 자의식이나 자각 없이 욕으로 점철된 일기를 쓰곤 했다. 일기장은 두 권, 세 권으로 늘어나 내 일기장 묶음이 반에서 가장 두터웠던 걸로 기억된다.

지금도 그 일기장을 기억하는 이유는 내가 그토록 욕으로 일관된 일기를 썼음에도 불구하고 당시 교대를 졸업하고 갓 부임한 담임선생님께서 그 일기장에 꼬박꼬박 상을 주셨기 때문이다. 심지어 상받은 일기장을 복도 난간에 표본처럼 전시해 두기도 했다. 한 번은 연세 많으신 교감선생님이 내 일기장을 들춰 보다가 "아니, 뭐 이런 학생이 다 있어?"라고 말씀하시며 놀라는 것을 바로 옆에서 복도 청소를 하다가 들은 일도 있다. 생각해 보면 아무래도 교감선생님보다는 담임선생님이 아이들의 심리에 대해 더 잘 알고 계셨던 게 아닌가 싶다.

엄마에 대한 욕으로 점철된 딸의 일기장을 보고 놀란 친구에게 내 어렸을 적 일기장에 대해 이야기해 주었다. 그때는 일기장에 욕을 쓰는 그 행위만이 유일하게 내가 심리적으로 살아남을 수 있는 길이었다는 것을 아주 나중에 깨달았다고 덧붙였다. 바로 그 일기장이 있었기 때문에 나는 그나마 조용하고 온순한 학생의 외양으로 무사히 학교를 졸업할 수 있었을 것이다. 또 한 가지 명백한 사실은 내가 적었던 그 모든 욕이 실은 '기대한 만큼 돌아오지 않은 사랑에 대한 분노'여서, 거칠게 단순화시켜 말하면 그 욕들은 "제발 나를 좀 사랑하고 보살펴 줘요."라는 외침이었다.

나중에 그 시절의 일기장을 떠올리다가 내가 소설가가 되는 데 가장 큰 도움을 주신 분이 계시다면 그때의 담임선생님이 아닐까 생각했던 적이 있다. 만약 그때 선생님께서 내가 쓴 일기에 대해, 일기 쓰는 방식에 대해 단 한 마디라도 야단을 치셨다면 소심하고 위축되어 있던 그 시절의 나는 그 후 단 한 줄도 일기를 쓰지 못했을지도 모른다. 일기를 쓰지 못했다면 내면에서 소용돌이치는 감정들을 쏟아 내는 길을 찾지 못해 반항된 행동이나 폭력으로 그 억압들을 분출했을지도 모른다. 험악한 욕으로 점철된 일기장을 묵묵히 지켜봐 주시는 선생님의 용인과 격려 속에서 나는 아마도 생각과 감정을 저어함 없이 표현하는 글쓰기 방식을 훈련하고 있었는지도 모른다. 뒤늦게 그 사실을 깨달았을 때, 그때 그 선생님이 가슴 저리도록 고맙게 느껴지던 순간이 있었다.

"행복한 사람은 일기를 쓰지 않는다."

이 명제가 얼마나 진실에 부합되는지 알 수 없으나 '사실'에는 어느 정도 근접하지 않을까 싶다. 우리가 기억할 만한 일기 문학들을 떠올려 보면 저자가 행복하고 충만한 시기에 쓴 것보다는 억압되고 고통스럽고 소외된 상태에서 쓴 것을 더 많이 발견할 수 있다. 안네 프랑크의 《안네의 일기》, 이순신의 《난중일기》, 헨리 데이비드 소로의 《소로의 일기》가 모두 그러한 배경을 가지고 있다.

몇 해 전 한 지방 도시에서 성매매 여성들이 비인간적인 주거지에서 화재를 당해 탈출도 못한 채 사망하는 사건이 있었다. 그 화재 사건을 계기로 그들의 열악한 생활환경과 근무 조건들이 세상에 알려지게 되었는데, 그때 사망한 성매매 여성이 꼬박꼬박 써 내려간 일기장이 사진과 함께 신문에 보도된 것을 본 일이 있다. 일기장의 글씨체는 마치 사춘기 소녀들의 그것처럼 도형적 이미지가 두드러지는 형태였고, 내용은 기도문의 간곡함을 담고 있었다.

그 일기장을 오래도록 들여다보았던 기억이 있다. 일기장을 보고 있는 동안 가슴이 두근거리는 정서적 반응이 내면 깊은 곳에서 올라왔다. 물론 도형적 글씨체나 간구하는 듯한 문장들 때문이 아니었다. 그 뒤편에 있는 것, 일기를 쓰면서 머뭇거리거나, 가슴을 움켜쥐거나, 맥없이 풀리기도 했을 어떤 여성의 손이 보이는 것 같았다. 모욕적이거나 파괴적이거나 절망적이었을 상황 앞에서 오직 일기 쓰기밖에 할 수 없는 한 여성의 얼굴도 그려질 듯 떠올랐다.

그 일기는 내 눈에, 그 여성이 유일하게 숨 쉴 수 있었던 심리적 산소마스크처럼 보였다. 오래전 한 초등학생을 심리적으로 살아남을 수 있게 배려해 주신 그 선생님 역시 이런 마음으로 일기장을 보고 계셨겠구나 싶어지기도 했다. 선생님은 지금도 교감선생님으로 교직에 계신다고 한다. 얼마 전 초등학교 동창이 전화해서 선생님을 찾아뵈었다는 이야기를 전해 주었다. 선생님이 의외로 나를 정확하게 기억하고 계시더라고 하면서, 한 번 찾아뵈면 반가워하실 거라고 덧붙였다.

나는 혼자 오래도록 고개를 끄덕였다. 선생님은 아마도 나보다는 나의 일기장을, 일기장 속의 욕들을 더 명확히 기억하고 계실지도 모르겠다는 생각이 들었다. 교직에 계시는 동안 그토록 살벌한 욕을, 공책 서너 권이 되도록 적어 나간 학생을 그 후 몇 명이나 만나셨을지 궁금하기도 했다. 언젠가 한번 찾아뵈어야겠다고 마음먹고 있지만 번다한 일상과 게으름 때문에 언제가 될지 막연하기만 하다.

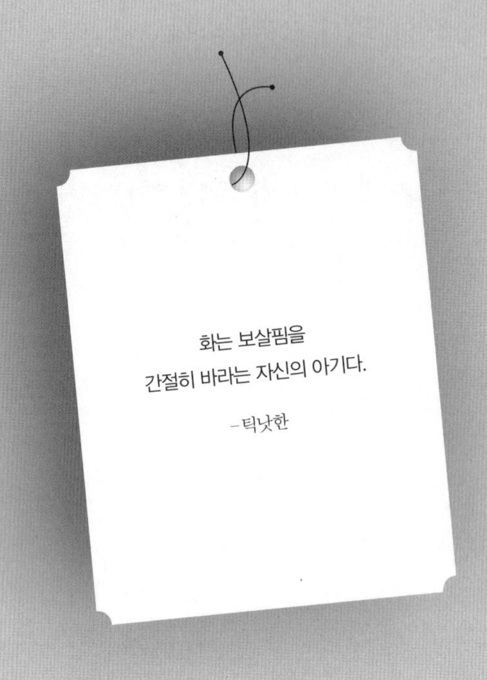

화가 날 때는 무조건 화를 억눌러서도 안 되고,
화를 준 상대에게 금방 돌려주어서도 안 되고,
화를 회피하면서 다른 즐거움을 찾아서도 안 되고,
주먹으로 샌드백을 치면서 엉뚱한 곳으로 화를 쏟아 내서도 안 됩니다.
화가 일어나면 우리는 그것을 맞이해 주어야 합니다.
타인의 분노를 담아 주기 위해서는 공감이 필요합니다.

누구의 내면에나 불안한 아이가 있습니다

마음이 항상 불안하고 긴장되어 있습니다

분노와 우울에 가득 차 있고 자존감이 부족한 이십 대 중반 여성입니다. 저희 집은 형제가 많고, 어린 시절은 참으로 불안했습니다. 밤이면 아빠가 엄마를 다그치는 고함 소리, 때론 폭력……. 공부에 대한 욕심이 있었으나 고등학교 때부터 소홀히 하기 시작했고 시험 때만 되면 망칠까 봐 불안해 울면서 공부했습니다. 대학 때 집안이 어려워져 부모님은 도피 생활을 하셨고, 지금은 나아져 저는 다시 공부를 하며 미래를 준비하고 있습니다. 하지만 항상 마음이 불안하고 가슴이 뛰웁니다.

두 명의 남자를 사귀었습니다. 화가 나면 불같이 화를 내고, 화를 표현하는 방법에 대해 사과를 반복하고, 그랬더니 남자 친구는 헤어지자고 하더군요. 울면서 매달렸지만 결국 두 사람 모두 떠났습니다. 그 후 책을 찾아보면서 내게 문제가 있다는 걸 알았고, 그 원인이 상당 부분 어린 시절 아빠의 고함과 폭력에 있지 않나 생각해 봅니다. 아빠와 대화를 하며 옛일에 대해 이야기할 때 눈물이 나와 말을 잘 못하겠습니다. 아빠가 어렵게 자라서 아픈 몸으로 우리를 키우신 걸 생각하면, 나중에 다시 태어날 수 있다면 아빠의 엄마로 태어나 따뜻하게 사랑해 주고 싶다는 생각도 합니다. 그 긴 세월을 참고 지낸 엄마에게도 말할 수 없는 분노가 생깁니다. 엄마 때문에 내가 자존감이 부족하고 사회생활을 못하게 될까 봐 걱정된다고 퍼부은 적도 있습니다. 그러고는 시간이 지나 죄송하다고 사과합니다. 항상 불안하고 가슴이 뛰는 저는 생각도 부정적입니다. –작은수첩

아빠에 대한 분노와 사랑이 뒤섞여 있습니다

작은수첩 님, 마음이 항상 불안하고 긴장되어 있다니 그 상태가 얼마나 불편할지 안타깝습니다. 그동안 몇 차례에 걸쳐 우리가 느끼는 불안감에 대해 말씀드렸습니다. 박해 불안, 분리 불안 등의 용어를 기억하실 겁니다.

불안감은 한 개인이 생애 초기부터 느끼는 감정이며, 정신적 성

장을 저해하는 중요한 요인입니다. 또한 불안감은 성인인 많은 이들이 그 불편함에 대해 호소하는 보편적인 감정이기도 합니다. 생을 유년의 창고에 처박아 놓고 앞으로 나아가지 못하게 하는 모든 방어기제는 자아가 불안으로부터 자신을 보호하기 위해 만들어 둔 미숙한 생존법입니다. 자아가 느끼는 불안을 제대로 인식하고 극복할 수만 있다면 방어기제들은 절로 해소되고, 생도 발달을 향해 나아갑니다.

작은수첩 님, 아기는 태어날 때부터 원초적 불안을 안고 있다는 이론이 있습니다. 이 원초적 불안의 핵심에는 엄마 배 속에 있을 때 알았던 평온한 세상이 갑자기 산산조각 났다는 사실과, 그것을 파괴하는 데 자신이 어떤 역할(아마도 발로 차며 자궁 밖으로 나오려고 발버둥 침으로써)을 했다는 신생아의 초기 자각이 자리 잡고 있다고 합니다. 아기는 자기의 파괴적 능력에 대한 자각과 그것에 수반되는 불안을 감지하면서 세상과 만납니다. 시간이 흐름에 따라 이런 감정은 공포, 죄의식, 거짓말, 전능감 등으로 나타난다고 합니다.

탄생 후 아기가 느끼는 불안감은 또한 내적 욕구에 대한 아무것도 할 수 없는 무력감에 대한 반응입니다. 아기는 자신의 욕구를 제대로 충족시켜 주지 못하는 엄마에 대해, 자신과 동떨어져 친밀감을 주고받는 부모에 대해 공격성을 보냅니다. 그러고는 공격을 받은 부모가 자신에게 보복을 가할 것이라고 생각하며 두려움을 느낍니다. 이것을 '박해 불안'이라 한다고 말씀드렸습니다. 아기의 이런 불안감과 폭력성을 엄마가 어떻게 처리해 주느냐에 따라 정신 건강이 좌우된다는 사실도 아실 것입니다.

그 후 발달 단계마다 다른 불안감이 일깨워집니다. 엄마라는 사랑의 대상을 잃을까 봐 두려워하는 분리 불안, 자신의 본능적 욕구를 압도당할까 봐 두려워하는 거세 불안, 초자아의 공격에 직면해서 무력감을 느끼는 초자아 불안 등이 있습니다.

작은수첩 님, 성인이 되어서도 남보다 많은 불안감을 가지고 계시다는 건 유아기의 불안감이 적절히 보살펴지고 해소되지 않았다는 뜻입니다. 그 사실을 잘 인식하시고 불안감이 느껴질 때마다 아기였을 때의 모습을 떠올려 보세요. 그러면서 그 감각이 아기의 것이라는 사실을 몸으로 느끼려고 시도해 보시기 바랍니다. 그것이 아기 때 만들어진 감정일 뿐 아니라 아기 때 만들어진 환상이나 착오이며, 실제로 존재하지 않는 대상에 대해 느끼는 미숙한 감정이라는 것을 알아차리셔야 합니다. 이제는 "괜찮아, 괜찮아……"라고 성인이 된 작은수첩 님이 스스로를 달래며, 내면에 존재하는 불안한 아기를 돌봐야 합니다.

그 모든 것보다 먼저 작은수첩 님이 알아차리셔야 할 사실이 있습니다. 아시다시피 엄마를 다그치고 폭력과 고함으로 가정을 불안하게 만든 사람은 아빠입니다. 자신도 아빠 때문에 불안한 마음을 가지게 되었다고 인식하고 있습니다. 그런데 위 글을 읽어 보면 아빠를 대하는 작은수첩 님의 마음에는 오직 사랑만이 가득합니다. "나중에 다시 태어날 수 있다면 아빠의 엄마로 태어나 따뜻하게 사랑해 주고 싶다."고까지 말씀하십니다. 이 세상의 누구와도 감히 견줄 수 없을 정도로 어마어마한 사랑입니다.

작은수첩 님이 말씀하신 것처럼 엄마는 아빠의 폭력에 대한 피해자입니다. 같은 여성으로서의 동류의식이나 연민을 느끼실 법도 합니다. 그러나 위 글에는 "그 긴 세월을 참고 지낸 엄마에게도 말할 수 없는 분노가 생긴다."고 쓰고 계십니다. "엄마 때문에 내가 자존감이 부족하고 사회생활을 못하게 될까 봐 걱정된다."고 퍼붓기도 하셨습니다. 어딘가 이상하다고 생각되지 않으시는지요? 보통의 경우라면 위와 같은 상황에서 엄마에게는 연민을, 아빠에게는 분노를 느끼는 게 옳지 않을까요?

작은수첩 님, 위와 같은 감정과 사고의 착종 현상이 바로 오이디푸스 콤플렉스입니다. 작은수첩 님의 내면에 있는 대여섯 살짜리 아이는 아직도 아빠에 대한 사랑과 욕망을 품고 있고, 그것을 내면 깊이 억압하고 있습니다. 바로 그 금지된 욕망 때문에 항상 마음이 불안하고 혼돈스럽습니다. 그런 종류의 불안감이 바로 '초자아 불안'입니다. 금지된 욕망을 향해 달려가고 싶어 하는 '원본능'을 제대로 통제하고 처리하지 못하는 '자아'에 대해 '초자아'가 눈을 부릅뜨고 감시하고 있기 때문에 불안감을 느끼게 됩니다. 그런 까닭에 아직도 양쪽 부모 모두에 대해 정리되지 않은 혼란스러운 양가감정을 느끼고 있습니다.

우선 오이디푸스 단계를 넘어서는 일이 중요합니다. 마음 깊은 곳에 억압되어 있는 아빠에 대한 욕망을 인식하고, 그것을 포기하고 좌절하는 단계를 밟으셔야 합니다. 그런 다음 아빠에 대한 실망과 분노의 감정을 마주 보시기 바랍니다. 아빠에 대한 분노를 인식하지도, 표현하지도 못하기 때문에 그 모든 감정을 남자 친구에게 돌려 그들에게 '불같이 화를 내고' 관계를 망가뜨리게 되는 것입니다. 마음으로부터 아빠를 포기해야만 진정한 외부의 사랑을 받아들일 수 있습니다.

다행히 부모님과 함께 사신다니 평소에 두 분을 대하는 자신의 태도를 잘 관찰해 보시기 바랍니다. 아빠의 폭력성에 대한 자신의 태도, 엄마의 인내와 헌신에 대한 자신의 감정이 어떤지를 잘 살펴보세요. 폭력적인 아빠에 대해서는 사랑을, 가련한 엄마에 대해서는 분노를 품고 있는 자신을 발견할 때마다 그런 자신을 더 많이 느껴 보는 겁니다. 그리고 마음 깊은 곳으로부터 엄마와 아빠가 부부이고, 두 분이 더 친밀한 사이이며, 자신의 연인은 외부에서 찾아야 한다는 여섯 살짜리 아이와 같은 좌절감을 받아들이셔야 합니다. 지금이라도 오이디푸스 단계를 넘어서야 초자아 불안을 극복할 수 있습니다. 그 불안과 긴장이 해소되어야 비로소 남자 친구와의 사랑을 성숙하게 이끌어 가고, 성장을 향해 나아갈 수 있습니다.

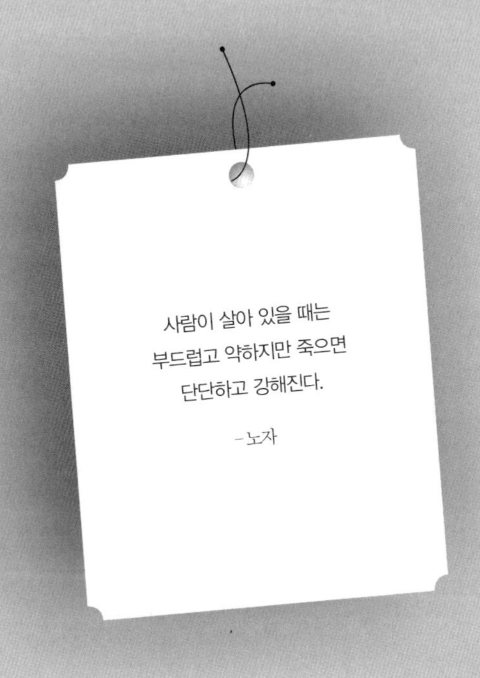

사실 약한 것, 부드러운 것, 불안하게 떨리는 것,
이 모든 것이 자연스러운 삶의 조건입니다.
그 사실을 수용하고 받아들일 수 있어야만 그것들과 친구가 될 수 있고,
그것들을 친구처럼 보살필 수 있습니다.

감사하는 마음이 시기심을 치료합니다

최고가 되어야 한다는 생각 때문에 괴롭습니다

저보다 잘되는 주변 사람을 심하게 질투합니다. 심지어는 친한 친구가 저보다 조금이라도 상황이 나아질 기미가 보이면 너무나 불안하고 조마조마합니다. 얼마 전에는 운세 사이트에서 주변 사람들의 운세를 봐 가며 그들이 앞설까 봐 미리 두려워하기도 했습니다. 이런 제 자신이 너무나 피곤합니다.

제가 최고가 되어야 한다는 생각이 머릿속에 가득합니다. 하지만 현실은 그렇게 만만치 않아서 저는 항상 최고가 되지 못하고, 모든 분야에서 최고가 될 수 없다는 것도 잘 알고 있습니다. 그럼에도 마음은 최고가 되지 못하는 것에 대해 불안해하고, 남들이 앞서 나가는 것을 두려워합니다. 이런 불안감 때문에 현실에서는 저를 위해 투자할 시간을 허비하고 있는 실정입니다. 누군가가 앞선다는 생각을 하면 공부도 일도 제대로 되지 않아 몇 시간씩 흘려보내기 일쑤입니다. 피곤하고 힘이 듭니다. –질투

시기심은 성취할 수 없는 것을 목표로 합니다

'아마데우스'라는 영화가 있습니다. 작곡가 모차르트의 일대기를 그의 천재성에 초점을 맞추어 그린 영화입니다. 영화에는 모차르트의 천재성을 시기하는 궁정 악사 우두머리 살리에르가 등장합니다. 그는 모차르트에 미치지 못하는 자신의 재능에 절망하다가, 폭풍우 치는 밤에 검은 망토를 입고 저승사자처럼 꾸며 모차르트를 괴롭히러 갑니다. 몇 번이나 그 일을 반복해서 결국 모차르트가 신경쇠약에 걸려 죽기를 바랍니다. 이 영화는 모차르트의 천재성에 관한 이야기이지만 그보다 더 인상적인 것은 살리에르의 시기심에 관한 대목입니다. 살리에르는 자기 삶의 중심에 모차르트를 모셔 놓고, 그를 시기하고 괴롭히는 데 모든 시간과 열정과 지혜를 쏟습니다.

질투님이 '질투'라고 표현하신 감정은 정확히 말하면 '시기심'입니다. 시기심은 "가장 원시적이고 근원적인 정서 가운데 하나

로, 생애 초기부터 작용하는 유아의 파괴적 충동을 가리키는 용어"라고 정의됩니다. 본래 시기심은 엄마(의 젖가슴)에게서 비롯되고, 형제자매(남근 선망을 포함하여)와의 물질적 소유에 대한 비교에서 발현되는 감정이기 때문에 외부로 투사될 때에는 가장 가까운 친구를 향해 표출되는 게 당연합니다.

시기심도 공격성이나 불안감처럼 성장하는 과정에서 보살펴져야 하는 감정입니다. 우리는 성장하는 동안 반복적으로 시기심과 만나면서, 좌절을 맛보면서 그 감정이 완화되는 경험을 합니다. 이를테면 한 학급 학생이 50명이면 그중 49명은 살리에르가 됩니다. 반에서 한 명인 모차르트 역시 전교생 사이에 섞여 다시 살리에르가 됩니다. 그런 식의 '살리에르 되기' 체험은 자신이 최고라는 환상을 깨고 현실의 삶을 수용하는 데 도움이 됩니다.

질투 님, 자기가 최고가 되어야 한다는 생각에는 시기심뿐 아니라 거대한 나르시시즘이 들어 있습니다. 우리 모두는 얼마간 나르시시스트여서 저마다 자신이 옳고 선하고 정당하며 특별하다고 생각합니다. '비록 지금은 이런 모습으로 살고 있지만 이것이 내 삶의 전부는 아닐 것이다. 언젠가 내 삶에도 쨍하고 해 뜰 날 돌아올 것이다.'라고 생각하면서 현실의 불만을 디뎌 나가는 것이 사실입니다. 하지만 자신이 모든 분야에서 최고가 되어야 한다는 생각은 비현실적인 강박관념입니다.

최고가 되어야 한다는 생각에 대해서, 왜 그런 강박관념을 갖게 되었는지 유추할 수 있는 가장 위층의 사실부터 하나씩 인식해 보세요. 1등 했을 때 부모로부터 받았던 인정과 보상을 그리워하는 건 아닌지요? 그리하여 최고가 되어야만 사랑받을 수 있다고 생각하는 건 아닌지요? 혹은 1등을 하는 것만이 다른 열등한 조건들을 보상받을 수 있는 방법이라고 생각했던 건 아닌지요? '내가 최고다'라는 자기 이미지를 유지하는 것으로 자존감을 지키려 했던 건 아닌지요? '최고가 되어 나를 모욕하고 무시했던 사람들에게 복수해 줄 테다.'라는 마음을 지금도 가지고 있는 건 아닌지요?

위에 나열한 것과 같은 마음이 내면에서 발견된다면 그 실체를 잘 살펴보시기 바랍니다. 그런 인식은 성인으로서의 현실적 삶의 조건과 아무 관계없는 성장기의 미숙하고 상처 입은 자아가 만들어 낸 생각입니다. 어떤 이들이 꿈꾸는 유토피아나 연인들이 갈망하는 완전한 일체감처럼, 최고가 되어야겠다는 생각 역시 유아적 상실감에서 비롯된 환상일 뿐입니다.

현실의 삶에는 '최고'가 없습니다. 우리는 저마다의 삶의 분야에서 각기 다른 소명에 따라 살아갈 뿐입니다. 주변을 잘 둘러보세요. 서로 다른 소명과 역량을 가진 사람들이 어울려 유기체처럼 세상을 돌아가게 하고 있습니다. 혹시 조직의 우두머리나 권력자를 최고라고 생각하신다면 또 잘 살펴보시기 바랍니다. 그 사람이 최고가 아니라, 그가 맡은 일이 좀 더 책임감 무거운 일일 뿐입니다. 그의 지위는 그저 직업의 한 영역일 뿐, 그 사람의 실체는 아닙니다. 자신의 직책과 정체성을 동등한 것이라 믿는 미숙한 사람은 그 자리에서 내려올 때 불행감을 겪으며 고통받습니다. 그래도 특정 분야의 일인자는 있지 않느냐 반문하신다면 화무십일홍(花無十日紅)이나 권불십년(權不十年) 같은 말씀을 전해 드리겠습니다.

나르시시즘에 대해서는 다음 장에서 말씀드리고, 여기서는 우선 시기심에 초점을 맞추어 보겠습니다. 앞서 '욕망'이 결코, 절대로, 어떤 일이 있어도 충족될 수 없는 것이라는 사실을 말씀드렸습니다. 마찬가지로 시기심 역시 결코 성취될 수 없는 것을 목표로 하는 감정입니다. 그것 역시 욕망처럼 유아기에 현실에 존재하지 않는 것을 향해 품은 감정이기 때문입니다. 시기심의 문제를 해결하는 첫 번째 방법은 그 감정이 근본적으로 존재하지 않는 대상을 향한 욕망임을 알아차리고, 그 소망을 포기하는 것이라고 합니다.

또 한 가지, 사람마다 타고난 얼굴이나 성격이 다르듯 삶의 조건과 삶의 몫이 다르다는 사실도 마음으로부터 받아들이셔야 합니다. "지금 내가 살고 있는 이 모습이 바로 내 삶의 몫이구나." 하는 사실을 인정하는 일은 날개가 꺾이는 것과 같은 낙담감을 안겨줄 것입니다. 그 낙담 속에서 서너 달쯤 머물더라도 자신의 삶과 자신의 실체를 환상 없이 수용하셔야 합니다. 그런 다음 현실에서 질투님의 시기심을 유발시키는 사람들을 잘 보시기 바랍니다. 그 친구들은 자신이 성취한 그것을 얻기 위해 어려운 시간을 통과하면서 힘들게 자신과 싸웠습니다. 그들이 이겨 냈을 고난과 인내의 시간에 대해 공감하는 마음을 가질 수 있다면 그들을 시기의 대상으로만 보지 않을 수 있을 것입니다.

우리는 동일시를 통해 성장한다고 말씀드린 바 있습니다. 그러나 시기심을 가지고 있으면 타인의 성취를 인정하고 그 가치와 동일시하기보다는 그것을 폄하하고 훼손하려 합니다. "저 포도 실 거야."라고 말하는 《이솝 우화》 속 여우처럼 타인의 성취나 소유를 평가 절하합니다. "저 포도 맛있게 생겼구나. 그렇지만 내게는 나만의 포도가 있지."라고 말할 수 있으면 시기심이 극복된 상태입니다. "저 포도 맛있게 생겼구나. 어떻게 저런 포도를 키웠는지 농장 주인에게 배워야지."라고 말할 수 있다면 시기심을 넘어 타인의 지혜를 받아들이는 성장의 단계로 접어들었다는 뜻입니다. 만약 살리에르가 모차르트를 시기하고 괴롭히는 대신 적극적으로 그를 후원했더라면 어땠을까요? 그와 공동 작업을 하면서 그에게서 음악적 영감을 얻고, 그와 함께 성장하는 방법을 택했다면 그의 삶과 음악사가 어떻게 달라졌을까요?

멜라니 클라인은 생의 마지막 시기에 시기심을 주요한 연구 대상으로 삼은 정신분석학자입니다. 그는 정신분석적 심리 치료가 실패하는 주요 원인도 피분석자의 시기심 때문이라는 것을 밝혀냈습니다. 지나치게 강한 시기심이 치료자가 주는 통찰, 지혜, 인내, 관용 등을 받아들이지 못하고 오히려 그것을 파괴하기 때문입니다. 그는 또한 시기심을 극복하는 방법으로 '감사하는 마음 갖기'를 권합니다.

실제로 결핍과 시기심에 시달리는 사람들을 보면 이미 많은 것을 소유하고도 단 한 가지 부족함 때문에 그토록 고통받는 것을 목격하곤 합니다. 질투 님 역시 마찬가지일지도 모릅니다. 늘 시기하는 외부 대상만을 바라보던 눈을 내부로 돌려 자신이 가지고 있는 자산을 꼽아 보세요. 아마도 질투 님은 누구보다 치열한 열정, 명석한 두뇌, 진실한 마음을 가지고 계실 것입니다. 바로 그것, 자신이 소유한 것들에 대해 감사하는 마음을 갖는 데서 시기심이 극복됩니다. 나아가 곁에 있는 가족, 친구, 지인들이 얼마나 소중하고 고마운 사람들인지 마음으로 느낄 수 있다면 시기심도 잦아들 것입니다.

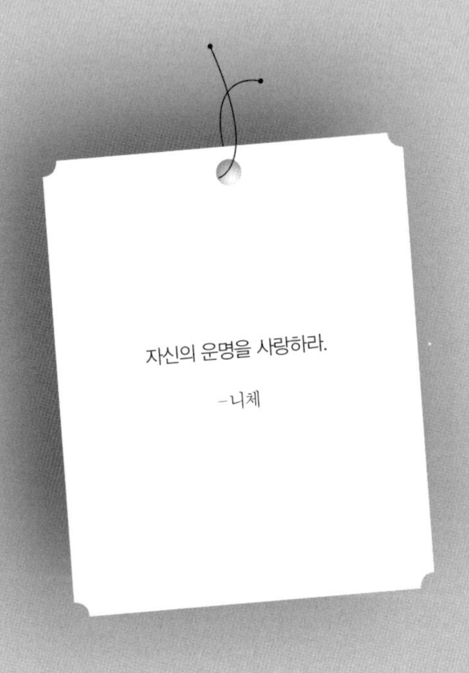

다른 누구도 아닌, 신과 인간을 그토록 조롱한 니체가
저런 말을 했다는 게 뜻밖입니다.
생에 대한 환상, 타인에 대한 시기심, 근거 없는
나르시시즘을 한꺼번에 보살필 수 있는 명언이 아닐까 싶습니다.

나르시시즘은 유아적 전능감의 연장입니다

나르시시즘 때문에 사회생활이 불편합니다

모든 사람들이 나름대로의 나르시시즘에 빠져 산다고 생각합니다. 어떤 형태가 되든지, 크고 작은 여러 부분에서 남들보다 잘났다고 생각하는 요소들이 자신을 존중할 수 있게 해주는 원동력이 되는 것이 아닌지요. 동시에 남들이 자신보다 잘났다는 것을 아는 겸손함이 다른 이들을 존중케 하고, 이 두 가지 요소가 함께 인간관계라는 거래의 기본 틀을 형성하는 게 아닌가 싶습니다.

저의 경우에는 두 가지 나르시시즘이 존재한다고 생각됩니다. 남들보다 똑똑하다는 것과 도덕적 우월감입니다. 객관적으로도 아이큐가 높고 엘리트 코스의 교육을 받은 것은 사실입니다. 어릴 적에 형성된 이상적 도덕관에 기대어 옳고 그름에 대한 분명한 잣대를 가지고 지금까지 거의 타협하지 않고 살아왔습니다. 문제는 이런 이유 때문인지 남들에 대해 매우 비판적이라는 겁니다. 타인의 도덕 불감증에 예민하며, 그런 성향이 인간관계에 부정적 영향을 미칩니다.

게다가 어릴 적부터 일대일 관계에만 익숙해져 있어서 세 명 이상 모이면 대화하는 것 자체가 불편해집니다. 이유는 잘 모르겠습니다만, 어릴 적부터 평등 의식이 몸에 배어서 사람 간에 상하 관계가 생기는 걸 무척이나 싫어하는 편이었습니다. 어쩌면 그게 이유인지도 모르겠습니다. 대학 졸업 후 한 중소기업에서 근무하고 있는데 저의 엘리티즘, 평등주의, 도덕적 결벽증 등이 뒤섞여 인생에서 가장 힘든 경험을 하고 있는 듯합니다. 이런 제게 혹시 조언해 주실 만한 내용이 없을까 싶습니다. –황야

반복적으로 자신을 세상에 맞추어 나갑니다

자신이 '옳고 선하고 정당하며 특별하다'고 느끼는 나르시시즘은 인간 정신의 아주 깊은 곳에 뿌리를 두고 있습니다. 아기는 가만히 누워 무언가를 욕망하기만 하면 그것이 충족되기 때문에 '마술적 사고'를 갖게 된다고 합니다. 조금 더 큰 아기는 무슨 일이든 척척 해내는 엄마를 전지전능한 존재로

믿게 되고, 그 엄마와 자신을 동일시하면서 '유아적 전능감'을 갖게 됩니다. 이처럼 초기에 형성된 미숙한 인식들은 엄마와 정서적 교감을 나누며 성장하는 과정에서 자연스럽게 해체됩니다.

그러나 엄마의 정서적 보살핌이 결핍된 아기는 확장되는 환상의 영역에서 그것을 충족시키며 점점 마술적 사고와 전능감을 강화시키게 됩니다. 이런 성향이 정신의 깊은 곳에 뿌리내려 자기 확장증, 자기 비대증이라 불리는 나르시시즘적 성격을 형성합니다. 엄마의 보살핌이 결핍된 아기는 자신이 사랑받을 가치가 없는 불필요한 존재라는 생각도 함께 갖게 되는데, 그런 까닭에 자기 확장증은 자기 비하감과 동전의 양면처럼 동일한 질량으로 나란히 형성됩니다.

나르시시즘적인 요소는 성장하면서 대인관계나 사회 조직 속에서 반복적으로 깨집니다. 고대 사회에 존재했던 혹독한 성인식은 유아적 세계관을 총체적으로 넘어서게 하는 관문이었을 겁니다. 현대에도 나르시시즘을 깰 수 있는 사회적 장치가 많습니다. 군복무를 마친 남성들이 "남자는 군대 갔다 와야 사람이 된다."고 말할 때 그 말의 핵심에는 나르시시즘을 극복하고 심리적 성장을 이룬 경험이 있지 않을까 짐작됩니다. 군 복무를 하지 않은 남성들은 직장 생활 초기에 남들보다 더 큰 어려움을 겪는데, 그 시점에서 뒤늦게 나르시시즘이 깨지는 경험을 하는 것으로 보입니다.

여성들에게는 결혼 생활이 나르시시즘을 깨는 경험을 제공하는 것 같습니다. 결혼 후 시댁이라는 새로운 조직 속에서 시집살이라는 일종의 사회생활을 경험하면서 심리적 성장을 이룬 여성들은 '여자는 결혼해야 어른이 된다'는 명제를 만들어 내기도 합니다. 그 경험들의 핵심에 있는 것은 '극기'의 경험이며, 이때 '내가 극복한 또 다른 나'란 바로 유아적으로 확장되고 이상화된 자기일 것입니다.

황야 님, 인간이 성장한다는 것은 "반복적으로 자신을 세상에 맞추어 나가는 일"이라는 말이 있습니다. 황야 님은 그런 행위를 '타협'이라는 부정적인 의미로 이해하고 계신 듯합니다. 하지만 부당하다고 느껴지는 대접을 수용하면서 자신을 낮추고, 부정하다고 여겨지는 조직의 논리에 자신을 맞추고, 도덕이나 정의조차 입장에 따라 상대적이라는 사실을 받아들이는 것이 세상과 어울려 사는 성숙한 태도입니다. 이상적인 자기 이미지, 이상화된 도덕관이란 유아기에 만들어진 환상일 뿐입니다. 혹시라도 세상이 나의 논리나 도덕에 맞추어 주기를 바란다면 그것이 곧 병리적 나르시시즘일 것입니다.

나르시시즘적 성격뿐 아니라 권위에 복종하기 어려워하는 마음, 일대일 관계에 고착하기, 세 사람 이상의 관계를 불편해하는 마음 등은 오이디푸스 단계를 자연스럽게 이행하지 못한 심리 상태를 반영합니다. 오이디푸스 단계를 넘어선다는 것은 비단 아버지의 거세 위협이 두려워 어머니에 대한 욕망을 포기한다는 뜻만이 아닙니다. 오이디푸스 단계를 넘어선다는 것은 아버지의 권위를 인정하고, '아버지의 이름'으로 상징되는 사회적 법과 질서에 복종한다는 뜻입니다. 공동체의 언어를 습득하고, 성 역할을 알아차리며, 그 사회에 수용될 수 있는 사람이 되어 간다는 의미입니다. 자신의 욕망을 사회적으로 좀 더 안전하게 성취할 수 있는 은유와 상징의 역량을 획득한다는 뜻이기도 합니다.

황야 님은 지금 사회생활 초기에 맞게 되는, 나르시시즘이 깨지는 바로 그 경험을 하고 계신 듯합니다. 더불어 뒤늦게 오이디푸스적 단계를 밟고 있다는 사실도 알아 두시기 바랍니다. 조직 속에서 '사회적 아버지'를 인정하고, 아버지의 법과 질서를 수용하면서, 그 조직에 적합한 사람이 되어 가는 경험을 하고 계십니다. 그 사실을 알아차리고 소중한 성장의 기회로 삼으시면 좋습니다. 똑같은 경험을 한다고 해서 모두가 동일한 수준의 성장을 이루는 건 아닙니다. 자신의 경험을 의식화하고, 문제점과 해결책을 내부에서 찾아내고, 그것을 현실에서 반복해서 실천함으로써 체화하는 과정이 필요합니다.

인간은 동일시를 통해 성장한다고 몇 차례 말씀드린 바 있습니다. 타인의 선함과 지혜뿐 아니라 조직의 가치나 질서 역시 내부로 받아들여 그것을 자신의 일부로 만들면서 정신을 성숙시킵니다. 자신만이 '옳고 선하고 정당하다'는 관념에 갇혀 있으면 외부의 지혜나 새로운 가치를 받아들일 수 없습니다. 불안, 시기심과 함께 나르시시즘은 인간의 성장을 저해하는 고질 삼총사로 분류됩니다. 세 가지 감정의 공통점은 동일시를 방해하는 기능을 갖고 있다는 것입니다.

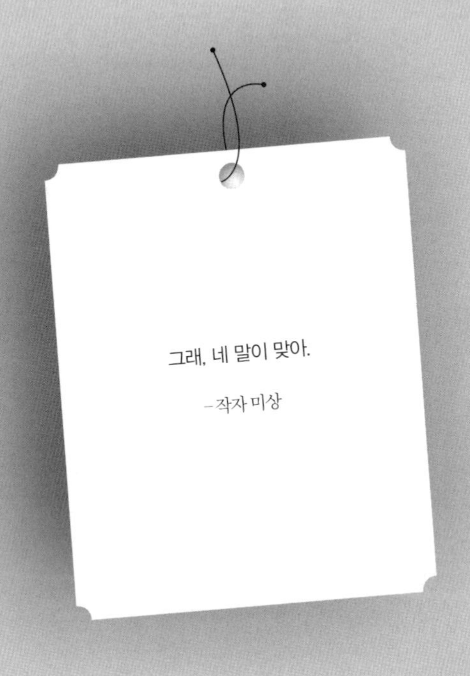

상사가 말도 안 되는 일을 시킬 때,

동료가 자신과 다른 의견을 내세울 때,

남들이 잘 알지도 못하면서 함부로 자신을 평가한다고 생각될 때,

그리하여 내면에서 저항감이 일 때

"그래, 네 말이 맞아."라고 중얼거려 보세요.

나르시시즘을 격파하고 오이디푸스적 복종을 연습하여

타인의 지혜를 내 것으로 만들 수 있는 기회가 됩니다.

여성도 '아버지의 이름'에 복종합니다

직장 생활이 치사하고 지저분해요

저는 이십 대 후반의 사회 초년생입니다. 공부하느라 취업이 늦어졌는데, 나이 들어 직장 생활을 하기가 참 어렵습니다. 상사는 아주 작은 일까지 일일이 간섭하고, 보고하기를 원하고, 그러면서도 위쪽 간부들과의 통로는 자기만 독차지하려 합니다. 제가 한 일을 가지고 사장에게는 자기가 다한 것처럼 보고합니다. 그러고는 사장에게 지시받은 업무는 또 제게 떠넘깁니다. 틀림없이 그 상사와 저는 서로 업무 영역이 다른데도 말입니다.

저는 거절하지도 못하고, 화를 참지도 못한 채 공연히 책상을 쿵

쾅거리면서 오후를 보냈습니다. 그 상사가 무슨 안 좋은 일이 있느냐고 물었는데 그냥 아니라고만 대답했습니다. 사회생활을 하다가 이처럼 부당한 일을 당할 때는 어떻게 해야 하나요? -가방끈

저는 현재 학원에서 임시직으로 일하고 있어요. 부부가 운영하는 학원인데 부부 사이에 트러블이 생긴다거나 여자 원장이 신경질이 나거나 하면 저에게 화살이 돌아옵니다. 얼마 전에는 방학 때 수업 시수가 줄면 급여 문제를 어떻게 할 것인지 얘기를 꺼냈더니 제게 화를 냈습니다. 그런 문제는 당신이 먼저 얘기해야 하는 게 아니냐고요.

아무래도 그만둬야겠다 싶어 다음 날 얘기했더니 제게 일방적으로 마구 퍼붓더군요. 직장 생활에 대한 개념이 없다는 둥, 사회생활을 그런 식으로 하면 안 된다는 둥. 일한 지 8개월인데 안 좋은 일이 생기면 일방적으로 책임을 제게 돌리고 제 의견은 전혀 들으려 하지 않습니다. 일을 잘못 처리한 건 제 실수라고 인정하겠지만 어떻게 남의 얘기는 전혀 들으려 하지 않는지요?

학부모들과는 잘 지내고, 전화 통화를 할 때 보면 그렇게 나쁜 사람 같지는 않은데 고용인인 제게만 유독 그러는 것도 이해되지 않고요. 직장 생활이라는 게 원래 그런 건가요? 정말 치사하고 지저분해요. -파이팅

조직 내에서 수직적 관계 맺기를 배웁니다

파이팅 님과 가방끈 님, 직장 생활의 초입에서 여러 가지 갈등과 혼란을 겪고 계시는군요. 두 분 모두 상사에 대해 느끼는 감정이 본질적으로는 투사적 동일시 현상이라는 걸 짐작하실 것입니다. 남의 얘기를 전혀 들으려 하지 않는 원장님의 태도도, 부하 직원의 공로를 가로채는 상사의 태도도 두 분이 부모님에 대해 평소에 품고 있던 불만을 비추는 거울이었을 겁니다. 그리고 아마 두 분의 내면에도 그와 비슷한 성향이 억눌려 있을 거라는 사실을 짐작하시기 바랍니다. 그 모든 점을 감안하더라도 직장 생활이 '치사하고 지저분하다'고 느껴지는 때가 많은 건 사실입니다.

앞 장에서 조직 생활에 적응하기 어려워하는 남성분의 사례에 대해 말씀드렸습니다. 그것이 오이디푸스 단계와 나르시시즘의 문제여서 사회적 질서를 받아들이고 유아적 과대 자기를 극복하는 데서 해결책을 찾아야 한다고 말씀드렸습니다. 그와 같은 역량들은 사회생활 초기에 힘들게 획득해야 하는 삶의 기능들입니다.

보편적으로 여성은 남성보다 조직 생활에 더 서투르고, 더 많이 불편해합니다. 여성이 현대 사회와 같은 조직에서 남성과 동등한 기회를 부여받으며 사회생활을 해온 기간이 얼마 되지 않아서 유전자에 축적된 기량이 없기 때문만은 아닙니다. 여성과 남성은 사회적 법과 질서를 수용하는 오이디푸스 단계에서 조금 다른 발달 과정을 밟습니다.

앞 장에서 말씀드린 것처럼 남성에게 오이디푸스 단계는 거세 위협을 느끼며 아버지에게 복종하는 과정입니다. 남성들은 사회적 권위에 잘 복종하는 역량을 갖고 있는 만큼 그 행위에 대해 부담감도 느끼고 있습니다. 남성들은 대체로 낯선 이에게 길을 물어보는 것을 좋아하지 않습니다. 조금 과장되게 표현하면 그들은 길을 물을 때조차 내면에서 복종의 감정과 함께 거세 불안을 느낍니다. 여성들은 길을 물어보는 일이 남성에게 왜 그토록 어려운지 도저히 이해할 수 없습니다. 일단 물어보기만 하면 길도 알게 되고 친구도 사귀게 되고 더 좋은 정보를 얻을 수도 있는데 말입니다.

두 성이 넘어서는 오이디푸스 단계의 심리는 그토록 다릅니다. 남아에게 아버지는 권위에 복종하는 대상이지만 여아에게 아버지는 애착의 대상입니다. 여성은 오이디푸스 단계에서 권위에 복종하기보다는 권력자를 유혹하고자 합니다. 그리하여 여성은 길을 물어볼 때조차 상대방에게 한껏 미소를 지으며 매혹적인 사람으로 보이고 싶어 합니다.

문제는 여성들이 성장 과정에서 사회적 복종에 대한 개념을 내면에 정립하지 못했다는 점입니다. 나아가 '아버지의 이름'으로 상징되는 사회적 법과 질서에 순응하면서 성장하는 길도 발견하지 못했습니다. 여성에게는 사회적 성장을 이루기 위해 동일시할 '아버지'와 같은 존재가 없었습니다. 어머니와 동일시할 수는 있지만 어머니는 아버지와 같은 사회적 법과 질서를 상징하지 않으며, 사회적 보호자나 안내자가 되어 주지도 못합니다. 인류사에도 여성이 동일시할 만한 역할 모델이 많지 않습니다. 역사 속에서 만나는 대표적인 여성은 어머니나 마리아, 악녀나 마녀 정도였습니다. 신화는 데메테르나 헤라처럼 살지 않으면 카산드라나 메데이아처럼 될 것이라고 협박합니다. 여성들의 욕망이 한층 다양해진 오늘날에도 그 욕망을 비춰 볼 모델이 없습니다.

그리하여 여성은 사회적 권위에 복종하고, 사회적 위계질서 속에 스며들어 수직적 관계를 맺는 일에 서툽니다. 일부 페미니스트들은 남성의 언어나 질서에 순응할 게 아니라 여성만의 언어와 여성만의 질서를 확립해야 한다고 주장합니다. 원칙적으로는 옳은 얘기입니다. 그러나 문제는 이 세상이 이미 완강하게 남성 중심으로 편성되어 있다는 점입니다. 아마존 같은 부족으로 살지 않는 한, 남성 사회에서 남성과 함께 사회생활을 하려면 기존의 사회적 법과 질서를 이해하고 습득해야 합니다.

파이팅 님, 그리고 가방끈 님, 여성에게는 직장 생활을 할 때 위와 같은 어려움이 있다는 사실을 먼저 참고하시기 바랍니다. 가방끈 님의 상사가 하는 행동은 위계질서를 중시하는 조직 생활에서 전혀 문제될 게 없는, 오히려 옳은 행동입니다. 파이팅 님의 원장님 역시 조금 감정적이긴 해도 부하 직원의 복종을 바라는 건 잘못된 태도가 아닙니다. "직장 생활에 대한 개념이 없다."는 원장님의 말씀도 옳아 보입니다. 실제로 파이팅 님은 직장 생활에 필요한 기량이나 태도를 배우기 위해 노력해 본 적이 없어 보입니다.

그 사실을 냉정하게 인식하시고 이제부터는 사회적 권위에 복종하고, 위계질서 속에 자신을 맞추면서, 수직적으로 관계 맺는 방법을 습득해 나가시기 바랍니다.

또한 직장이라는 사회 조직에서는 비감정적인 태도로 의사를 전해야 한다는 사실도 기억하시기 바랍니다. 서운한 일이 있었다고 금세 직장을 그만두겠다고 하거나, 책상을 쿵쾅거리면서 화를 내는 것은 성숙한 직장인의 태도가 아닙니다. 불편하고 불만스러운 점이 있다면 뒤에서 투덜거리거나 동료들과 뒷담화를 나눌 게 아니라 상사에게 직접 서운함을 전하세요. 차 마시는 자리를 마련하여 부드럽게, 그러나 명확하게 의사를 전달할 수 있어야 합니다.

더불어 조직 내에서 자신의 욕구도 분명하게 인식하고, 직접적으로 전달해야 합니다. 만약 파리 특파원으로 가고 싶으면 여성은 일단 프랑스 어학원에 등록하고 주변 사람들에게 자신이 프랑스어를 웬만큼 할 줄 안다는 사실을 흘린다고 합니다. 그러나 남성은 직접 상사를 찾아가 "제가 프랑스 특파원으로 가고 싶습니다. 지금은 프랑스어를 못하지만 보내 주시면 3개월 안에 마스터하겠습니다."라고 말합니다. 파이팅 님이 상사라면 누구를 선택하겠습니까?

우리 여성들은 오래도록 물리적 · 사회적 약자로 살아오면서 알게 모르게 약자의 생존법을 많이 갖게 되었습니다. 의사를 솔직하게 표현하지 않고 암시하기, 핑계 대거나 둘러대기, 자신의 욕구를 간접적으로 말하기 등은 여성들이 더 많이 가지고 있는 약자의 생존법입니다. 거짓말하기, 아첨하기, 지나친 겸양과 양보를 몸에 두르고 소극적으로 행동하는 것도 마찬가지입니다. 그런 소통 방식을 버리고 당당하고 직접적으로, 그러면서도 정중하게 자신의 의사를 표현하는 방법을 습득하시기 바랍니다.

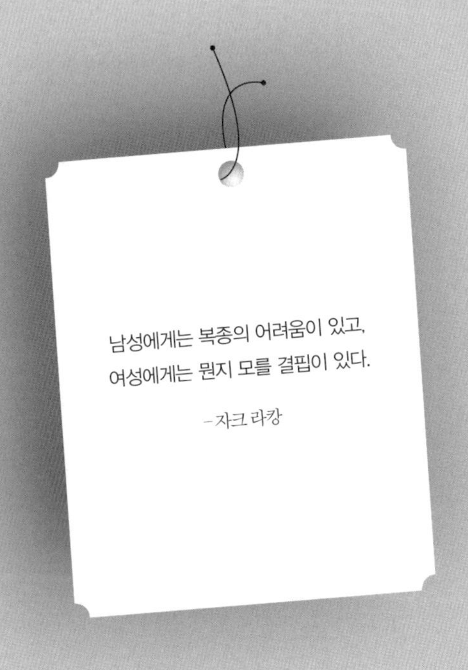

복종도, 결핍도 페니스와 관련된 감정입니다.
남성은 거세 위협 때문에 권위적인 대상에 복종하는 일이 그토록 힘들고,
여성은 거세되어 있다는 느낌 때문에 남근 선망을 비롯한 시기심에 취약합니다.
그리하여 남성은 종교를 갖는 일조차 어려워하고,
여성은 쉽게 쇼핑 중독에 노출됩니다.

작은 성취감이 쌓여 자신감이 커집니다

내적, 외적으로 자신감이 부족합니다

항상 외적인 면, 내적인 면에서 자신감이 부족합니다. 모든 것에 소극적이고 처음 보는 사람과 대화도 나누지 못하고, 회사에서도 대화를 거의 하지 못합니다. 어떻게 해야 하나요? –한여름

낯선 사람에게 웃으며 말을 건넵니다

한여름 님, 질문하신 방식만 봐도 자신감 부족

의 단면이 짐작됩니다. 조금만 더 자신에 대한 정보를 제공해 주셨다면 개별적이고 구체적인 원인을 추정하여 좀 더 적절한 말씀을 드릴 수 있었을 텐데요. 자신감 부족이 수줍음과 죄의식 때문인지, 자기 이미지에 대한 긍정성을 갖지 못한 비하감 때문인지, 거절당하고 상처 입을 것을 두려워하는 방어 의식 때문인지, 어떤 일에 도전했다가 크게 좌절한 경험 탓인지……. 심리적 배경을 추정할 수 없어 그 모든 것을 아우르는 일반적인 원인과 대처법을 말씀드리겠습니다.

심리적으로 자신감이 형성되는 자양분은 '충분히 받은 사랑'입니다. 유아기에 엄마의 사랑이 왜곡되거나 거부되지 않고 일관되게 제공되고, 아기가 아무리 적개심이나 분노를 표현해도 엄마의 사랑이 철수되지 않을 때 아기의 마음속에 안정감이 생기고 그것을 바탕으로 자신감과 자발성이 발현됩니다.

더 성장해서는 '쟁취한 사랑'이 자신감을 키우는 영양소가 됩니다. 동성의 부모를 제치고 반대 성의 부모를 사랑의 대상으로 쟁취했다고 느낄 때 아이의 자신감이 높아집니다. 여아의 경우라면 '엄마를 제치고 아빠를 독점했다'는 성취감, 남아의 경우라면 "세상에서 엄마가 가장 사랑하는 사람은 바로 나야."라는 만족감을 맛보면서 자신감이 증폭됩니다. 아버지의 전폭적인 지지를 받은 딸, 어머니의 맹목적인 사랑을 받은 아들들이 얼마나 찬란한 자신감으로 무장되어 있는지 흔하게 목격할 수 있습니다.

반대로 부부 사이가 지나치게 밀착되어 있어('금슬이 좋다'고 표현합니다만) 자녀가 오이디푸스적인 승리감을 맛볼 수 없을 경우에 자녀들의 발달에 문제가 생깁니다. 심하면 학습 장애나 사회 부적응 현상을 보이는 경우도 있습니다. 물론 오이디푸스적인 승리감은 그 다음 단계로 넘어가면서 좌절되지만, 그래도 자신감은 내면에 남습니다. 자신감은 또한 인정과 지지를 받으면서 어떤 일을 성취해 나가는 과정에서 성장기 내내 꾸준히 향상됩니다.

자신감의 심리적 근원을 염두에 두면 해결책은 간단합니다. 지금이라도 사랑을 받고, 또 주는 겁니다. 제가 사용하는 관용구 중에 '사랑받는 사람의 자신감'이라는 표현이 있습니다. 어떤 사람이 문득 낯선 자신감과 활기를 보일 때면 그가 틀림없이 사랑에 빠져 있음을 확인하곤 합니다. 사랑에 빠진 사람들이 유독 아름다워지는 이유는 생물학적으로 호르몬의 영향 때문이기도 하지만, 심리적으로 그들이 맛보는 안정감, 충만감, 자신감이 얼굴에 배어나기 때문입니다. 그 자신감이 일시적인 것이 아니라 정신 전체를 업그레이드시키는 효과를 가진다는 사실도 목격하곤 합니다.

한여름 님, 자신감을 갖고 싶다면 지금 당장 가슴속에 품고 있는 짝사랑을 고백해 보세요. 그의 사랑을 얻는다면 좋겠지만 뭐, 서너 번쯤 거절당한다 한들 또 어떻습니까. 사랑하는 방법을 배워야 하듯이 거절당하는 법도, 이별하는 법도 경험을 통해 배워야 합니나. 아무리 거절당해도 하늘이 무너지지 않고, 숨이 막혀 쓰러지지도 않으며 그저 견딜 수 있을 만큼 고통스럽다는 것을 경험하세요. 그 과정에서 마음이 튼실해지는 것을 느끼게 될 겁니다.

단, 서너 번쯤 거절당하면 더 이상은 매달리지 마세요. 그것은 스스로를 존중하는 태도가 아닙니다.

자신감을 회복하는 또 한 가지 방법은 어떤 일에 도전하여 성취감을 맛보는 것입니다. 낯선 도시를 여행하는 것, 수영을 배우거나 마라톤 코스를 완주하는 것, 자격증을 따는 것 등 무엇이든 좋습니다. 열정과 시간을 투자해 어떤 목표에 도전하고 그것을 완수하는 일을 반복해 보세요. 주저앉고 싶을 만큼 힘든 고비를 넘어서는 과정에서 용기가 생기고, 결국 그 일을 해냈을 때 자신감이 커집니다. 혼자 하기보다는 좋은 친구와 함께하거나 동호회에 가입해서 여러 사람과 함께 활동하는 것이 좋습니다. 지속적으로, 그리고 진심으로 서로 격려하고 지지해 줄 사람이 꼭 필요하기 때문입니다.

사랑하고 성취감을 맛보면서 내적 자신감을 키우는 한편, 외적으로는 타인과 소통하는 훈련을 합니다. 타인과 대화를 못하는 이유에는 낯선 사람에 대한 공포심, 자신을 드러내지 않으려는 방어의식, 생각을 정리해서 언어로 표현하는 훈련 부족 등의 원인이 있을 겁니다. 다음 두 가지 방법을 실천해 보세요.

우선 일상에서 마주치는 사람에게 인사를 건네 보세요. 회사 동료나 거래처 직원, 직업상 인사를 건네는 서비스업 종사자들에게 웃음 띤 얼굴로 먼저 인사하는 겁니다. 큰 소리로 인사하기를 실천해 보면 아주 다양한 반응들을 얻게 되고, 많은 것을 느낄 것입니다. 그중에서 가장 중요한 것은 한여름 님이 인사를 건넸을 때 모든 이들이 환하게 마주 인사한다는 사실입니다. 그 사실이 몸에 밸 정도로 반복해 보세요.

다음으로는 낯선 사람에게 말 걸기를 시도해 보세요. 슈퍼마켓이나 목욕탕 같은 곳에서 만나는 낯선 사람에게 먼저 말을 걸어 봅니다. 날씨, 스포츠, 드라마 등 어떤 내용이든 좋습니다. 상황에 맞는 대화 소재를 찾아서 이야기를 건네고, 대응하는 상대방의 말을 세심히 듣고, 그에 대한 자신의 의견을 말하는 과정을 의식적으로 실천해 보세요. 상대방이 입고 있는 옷이나 들고 있는 책, 혹은 안고 있는 애견 등 그의 관심을 더욱 잘 끌 수 있는 소재를 이용해도 좋습니다. 연애의 '선수'인 여성들은 남자가 쉽게 말을 걸 수 있도록 항상 어떤 꼬투리를 준비하고 다닌다는 말이 있습니다.

심리적인 저항감을 이겨 내면서 몇 번만 시도하면 금방 알 수 있습니다. 먼저 인사를 건네면 사람들이 얼마나 기뻐하고 친절해지는지, 일단 말을 걸기만 하면 얼마나 많은 이야기가 절로 풀려나오는지, 그런 일이 반복되는 사이에 중요한 사실을 깨닫게 될 것입니다. 한여름 님이 소통을 원해서 타인에게 손을 내밀 때 아무도 당신에게 화를 내거나, 당신의 말을 무시하거나, 당신의 존재를 거절하지 않는다는 것을요. 오히려 대화가 길어져 언제 어디서 말을 잘라야 할지 고민스러워질지도 모릅니다. 경험을 통해 그런 사실을 체득하는 일이 소통 능력과 자신감 회복의 핵심입니다.

에베레스트를 정복한 위대한 산악인도, 억대 연봉의 프로야구 선수도 순간순간 두려움과 자신감 없음을 경험한다고 합니다. 우리가 그들을 존경하는 이유는 바로 그런 절망감을 안고도 꾸준히 앞으로 나아가기 때문입니다. 영화나 소설에 나오는 거대하고 거침없는 용기란 또 하나의 환상일 것입니다. 우리에게 필요한 것은 자신감 없음을 인정할 수 있는 용기, 망설임과 갈등을 엮어 일상을 이끌어 가는 용기뿐입니다.

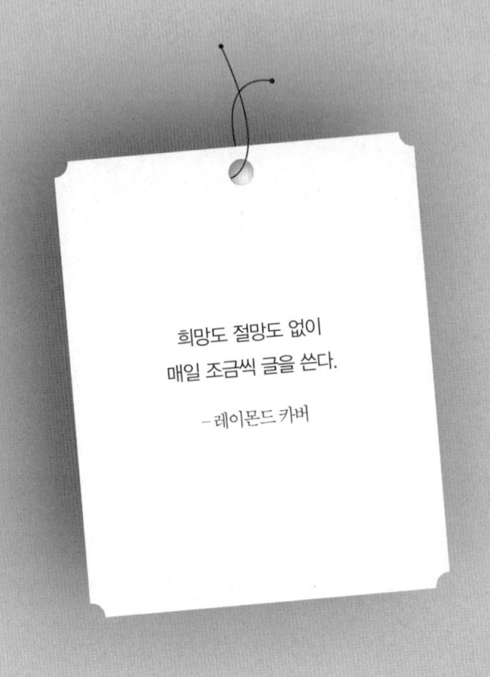

저는 이 구절을 레이몬드 카버의 책에서 읽었지만,

그는 이 문장을 미국 작가 이삭 데니슨에게서 인용했다고 합니다.

카버는 책에 위 구절을 인용해 놓고

"언젠가 나는 조그만 카드에 그 말을 적어서 내 책상 옆 벽에 붙여 놓을 생각이다.

지금도 벽에는 그런 카드들이 몇 장 붙어 있다."

라고 쓰고 있습니다.

거절해도 사랑받을 수 있는 존재입니다

직장에서 "아니오"라고 말하지 못합니다

직장 동료가 있습니다. 그는 제가 맡은 분야와 별로 관련이 없는데도 제가 하는 프로젝트에 관심을 갖습니다. 자주 일의 진행 상황을 묻고, 자료 조사를 어느 정도 했는지 체크하곤 해서 짜증이 납니다. 그는 그런 정보를 상사에게 보고해서 좋은 이미지를 만들려고 합니다. 제 정보를 노출하지 않으려고 다짐하고 있지만, 어처구니없게도 그 사람이 제게 조금만 칭찬을 해주면 그만 마음이 풀려서 중요한 정보를 술술 털어놓고 맙니다. 그렇게 되면 보고서 내용이 중복되어 제가 불이익을 당할 수 있는데도 말입니다.

남이 칭찬하거나 착하다고 말하면 사족을 못 쓰는 '착한 여자' 콤플렉스가 저한테 있는 게 아닌가 싶습니다. 사실 누가 제 욕을 하거나 못마땅해하면 겉으론 평온한 척해도 마음은 부글부글 끓어오릅니다. 무조건 남한테 좋은 소리를 듣고 싶어 하는 것 같아요. 모든 것이 이런 식이어서인지, 일상생활에서도 스트레스를 엄청 많이 받는 편이에요. 어떤 사람이 절 못마땅하게 생각하는 것 같으면 두고두고 맘이 편치 않은데다, 위의 경우와 같은 일이 생기면 "알아서 찾아보세요"라고 직접적으로 말하지 못하고 어떻게 회피할까 궁리합니다. 그런 생각을 하느라 피곤합니다. 자기가 싫은 점에 대해 그냥 싫다고 말하는 사람이 정말 부럽습니다. –순진?

중립적인 말투로 처음에 거절합니다

순진이라는 닉네임 뒤에 물음표를 붙이셨군요. 본인이 순진한 건지 아닌지 잘 모르겠다는 뜻으로 읽힙니다. 순진 님, 우리는 지금까지 이 책에서 '자기가 어떤 사람인지 아는 것이 문제의 핵심'이라는 점을 검토해 왔습니다. 이제는 자신이 순진한지 아닌지 스스로 짐작하시리라 생각됩니다.

우리는 성인이 되어 생을 주도적으로 영위해 나갈 수 있을 때까지 참으로 오랜 기간을 부모에게 의존하여 살아갑니다. 그 긴 성장기 동안 우리가 터득하는 가장 중요한 생존법은 얼마나 잘 의존할 수 있는가 하는 점입니다. 잘 의존하기 위해서 우리는 부모의 말을 잘 듣고, 착하게 행동하고, 열심히 공부합니다. 그래야만 부모와 주변 어른들의 사랑과 지지를 받을 수 있고, 그들을 우리의 생존에 유익하게 사용할 수 있기 때문입니다.

그러나 아이 입장에서 충분히 노력을 기울였는데도 기대했던 사랑이나 지지가 돌아오지 않으면 내면에 그것에 대한 갈증이 남습니다. 그런 이들은 성인이 된 후에도 모든 사람으로부터 사랑받고 인정받고자 하는 욕망을 과도하게 내면에 간직하게 됩니다. 모든 이로부터 '착한 여자/좋은 사람'이라는 말을 듣고 싶어서 몸이 부서지도록, 몸속에 종양이 생기도록 참고 헌신합니다. 심한 경우에는 경쟁자나 적에게까지 사랑받고 싶어 합니다.

특히 생애 초기에 심각한 분리 불안을 겪은 사람은 모든 인간관계를 '전이'로 경험합니다. 부모의 감정에 예민하게 반응하던 유아적 태도를 그대로 간직한 채 주변 사람들이 자신을 좋아하는지 싫어하는지에 온 신경을 쏟습니다. 주변 사람들조차 '자신을 좋아하는 사람과 싫어하는 시람' 두 부류로 나누어 인식하기 때문에 상대방이 작은 좌절이나 실망만 주어도 자기를 미워한다고 생각합니다. 작은 일에도 상처받으며 타인의 실수를 용서할 줄도 모릅니다. 남성의 경우에는 모든 여성을 성적 대상으로만 보게 되고 사랑이 거절당하면 무섭게 공격성을 드러냅니다.

순진 님이 잠정적인 경쟁자로 느끼는 동료에게 "싫다"고 말하지 못하는 것은 이와 같은 유아적 생존법의 흔적입니다. 지금 성인으로서 순진 님이 살아가는 세상은 착하고 말 잘 들으면 절로 사랑과 보호가 주어지던 가족 공동체가 아닙니다. 직장 동료들과 화기애애하게 지내는 것은 중요하지만, 모든 사람의 사랑을 받을 수는 없습니다. 순진 님 역시 타인에 대해 못마땅한 감정을 느끼듯이 다른 누군가가 순진 님에 대해 욕하거나 못마땅해하는 사실을 참아 낼 수 있어야 합니다. 자신의 정보를 보호하기 위해 경쟁자의 요청을 거절하고, 그에 따른 분노를 감수해야 합니다. 무엇보다, 실망과 좌절을 주고받기는 해도 우리는 그것을 넘어 서로 협력하고 존중해야 하는 존재라는 것도 기억하시기 바랍니다.

이렇게 생각해 보세요. 순진 님의 내면에서 사랑과 인정에 대한 욕구, 사회적 성취에 대한 욕망, 더 많은 물질에 대한 소유욕 등이 짙어진다면 주위의 다른 사람들도 순진 님과 똑같을 거라고 말입니다. 사람들은 저마다 욕망으로 가득 찬 이기적인 존재가 틀림없습니다. 그 사실을 깊이 인식한다면 정보를 캐내려는 동료의 행동이나, 타인에 대해 이유 없이(실은 시기심이나 투사 때문이지만) 욕하는 사람이나, 상사에게 잘 보이고자 공적을 가로채는 사람에 대해 예측하고 이해할 수 있을 것입니다. 그런 행위에 대해 '마음이 부글부글 끓는' 불편한 감정을 갖기에 앞서 그들과 어떻게 적절한 관계를 맺으면서 스스로를 보호할지 먼저 생각하게 됩니다.

순진 님, 조직 내에서 가장 바람직한 인간관계는 서로의 욕망이 함께 충족되는 승-승(win-win)의 관계입니다. 사업상의 이익이든, 휴식과 즐거움이든, 감동과 지식이든 두 사람이 공평하게 누릴 수 있어야 관계가 건강하게 오래 지속됩니다. 직장에서뿐 아니라 모든 타인과 관계를 맺는 기준은 항상 승-승의 관계가 가능한가에 초점이 맞춰져야 합니다.

순진 님의 동료처럼 자신의 이익을 위해 타인에게 손해를 끼친다면 그것은 순진 님 입장에서 패-승의 관계라 할 수 있습니다. 병리적으로 의존만 하려는 친구, 필요할 때 찾아와서 필요한 것만 챙겨 떠나는 선후배, 애써 정리한 중요한 정보를 빼가려는 동료, 그런 사람들이 있는 게 사실입니다. 그들과의 관계가 승-승의 형태로 개선되지 않는다면 소극적이고 자기 보호적인 형태로 관계를 전환하셔야 합니다. 심한 경우에는 관계를 단절시키는 무거래의 법칙을 선택해도 무방합니다. 그러나 무거래의 관계를 유지하기 위해서는 가장 높은 수준의 노력, 용기, 주의가 필요합니다.

사실 우리는 관습적으로 패-승의 관계를 맺는 경우가 있습니다. 아내는 남편에 대해, 자식은 부모에 대해, 며느리는 시어머니에 대해 일방적으로 순종, 희생하는 관계를 맺게 됩니다. 그러나 가족 같은 친밀한 관계에서는 쉽게 무거래의 법칙을 사용해서는 안 됩니다. 그런 관계에서는 사랑이 분노보다 강하다는 믿음을 바탕으로 끝까지 갈등하여 승-승의 상태로 관계를 개선해야 합니다.

인간의 욕망과 관계 맺기의 본질을 분명하게 인식하면 상대의 부탁을 거절하기도 쉬워집니다. 부당하거나 부담스러운 요청을 받았을 때 사랑받지 못할까 봐, 혹은 상대를 배려해서 우물쭈물 회피하지 않고 정중하게 거절할 수 있게 됩니다. 부탁이나 요청을 받는 즉시, 그 자리에서 생각해 보고 거절하는 게 낫습니다. "일단 생각해 보겠습니다."라는 식으로 상황을 회피하면 상대방은 기대감을 갖게 되고, 기다리는 동안 기대감은 더욱 커져, 나중에 거절당할 때는 실망을 넘어 배신감마저 느끼게 됩니다.

거절할 때는 상대방의 자기애를 배려하면서 완곡한 표현을 사용하는 것도 중요합니다. "알아서 찾아보세요" 같은 공격이거나 감정적인 말투를 배제하고 "잘 모르겠습니다"라거나 "지금 조사 중이어서 확실한 결과는 나중에 알 수 있겠습니다."와 같은 중립적인 말투를 사용하시는 게 좋습니다. 타인의 제안을 거절할 때도 "싫다"고 딱 잘라 말하기보다는 "그런 일은 곤란하겠습니다."라거나, "제 역량이 아닌 것 같습니다." 등의 완곡한 표현을 사용할 수 있습니다.

또 한 가지 기억하실 게 있습니다. 부모가 그랬던 것처럼 상사나 동료가 자신의 공적을 알아주고 적절한 보상과 인정을 해주겠지 기대하는 마음을 버려야 합니다. 직장에서의 성취는 수치로 나타납니다. 그 외에 심리적 영역에서 타인의 인정과 지지를 기대한다면 그것이야말로 순진한 태도입니다. 순진 님 내면의 기대에 부응할 만한 인정과 지지를 줄 수 있는 사람은 존재하지 않습니다. 무엇보다 중요한 것은, 이제 순진 님은 타인의 사랑과 인정을 받기 위해 일하는 게 아니라는 사실입니다. 자신의 이익과 만족을 위해, 생의 성취감을 맛보기 위해, 사회적 소명을 따르기 위해 일한다는 사실을 염두에 두시기 바랍니다.

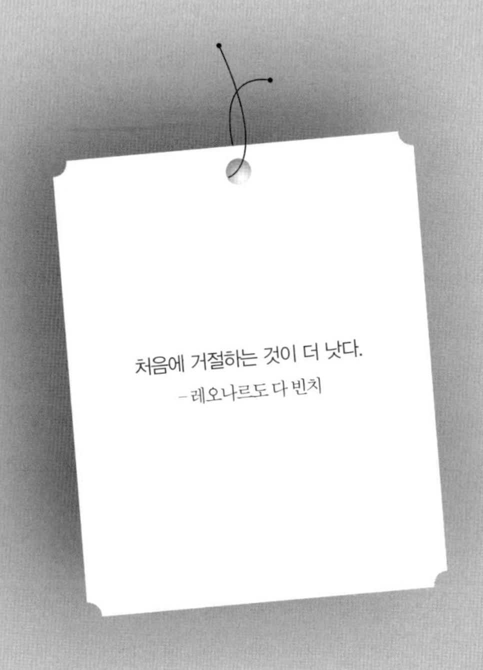

여러 분야에서 놀라운 천재성을 보였던 레오나르도 다 빈치는
평생 동안 다양한 청탁을 받았을 것으로 짐작됩니다.
저 문장은 그의 경험에서 나왔겠지요.
5백 년쯤 전의 천재가 정의하여 지금껏 전해지는 말이라면
왠지 '정답' 일 것 같습니다.

승-승 관계를 맺기 위해 노력합니다

직장인 왕따입니다

삼십 대 중반의 직장인입니다. 제가 어렸을 적만 해도 '왕따' 같은 것은 없었어요. 혹시 아시는지요. 이 애와 어울리지 않으면 저 애와는 잘 어울릴 수 있는 것이 인생이라고 생각합니다. 그런데 그렇던 세상이 많이 변한 듯합니다. 어쨌든 한 부류에 끼지 않으면 왕따가 되는 세상 같아요.

저는 결혼을 했고 아이가 있습니다. 그래서 직장인으로서 열심히 노력해서 승진의 기회를 잡으려고 무지 노력하죠. 직장인이라면 누구나 다 그럴 겁니다. 그런데 사람들의 시기와 질투 그리고 이기심이라는 것이 너무 무섭습니다. 사람들은 선의의 경쟁보다는 이런 것들에 너무 찌들어 있는 것 같습니다. 제가 직장인으로서 영어를 공부하고, 앞서 나가려는 모든 행위를 별로 안 좋게 보는 사람이 한 명 있었죠. 그런데 그 사람은 엄청난 파벌을 가지고 있습니다. 고등학교 동문들인데 우리 회사에서는 파워가 무지 세답니다. 예를 들어 우리 실의 임원 중 3분의 1이 그 학교 출신이거든요. 그리고 실 밑에 부가 있는데 우리 부서의 2분의 1이 같은 학교 출신입니다. 그들은 눈에 띄지 않게 자기들끼리 배려하고, 무슨 자리를 만들어 자기들끼리 칭찬하며 야단법석을 떨다가도 제가 있는 자리에서는 쉬쉬합니다. 자기 파벌이 아닌 사람에 대해 엄청난 경계를 합니다. 이런 조직에서 과연 저는 어떻게 해야 할지 너무 힘이 듭니다. 직장 생활이 꼭 자기 수양을 하는 기분입니다. –왕따

우리가 약하기 때문에 무리를 짓습니다

왕따 님, 현재 느끼는 소외감이 아프시리라 짐작됩니다. 하지만 우리 인간이 참으로 약한 존재라는 사실을 이해하시기 바랍니다. 우리가 혈연, 지연, 학연을 매개로 무리를 짓는 이유 역시 약한 존재이기 때문입니다. 무리를 지어 자연의 파괴적 힘과 맞서고, 다른 무리의 위협으로부터 스스로를 보호하기 위해서입니다. 인간의 무리 짓기가 제도화된 형태가 가정, 직장,

국가입니다. 직장 내에서 다시 무리를 지어 타인을 왕따시키는 심리 역시 나약함입니다.

어떤 경우든 왕따시키는 사람들이 왕따당하는 사람보다 심리적 취약성을 더 많이 가지고 있습니다. 자신보다 앞서 나가는 사람을 배척하는 심리는 시기심이며, 자기보다 뒤처지는 사람을 소외시키는 심리는 투사입니다. 자신의 내면에 있는 못난 요소들(공포나 파괴성)을 못나 보이는 사람에게 뒤집어씌우는 행위입니다.

왕따시키는 사람들의 심리를 이해하고 나면 그들의 행위에 대해 관대한 마음을 가질 수 있고, 그들이 조성하는 소외감 때문에 고통받는 일도 없을 것입니다. 그들이 무리 지어 서로 칭찬해 주고 자족하며 답보 상태에 빠져 있을 때 왕따 님은 묵묵히 맡은 일을 하면서 꾸준히 경쟁력을 키워 나가시면 됩니다. 생의 성취는 궁극적으로 무리를 짓는 능력이 아니라 본인의 역량에 달려 있으니까요.

프로이트 시대 정신분석학이 원본능의 충동들, 즉 성적 욕망과 공격성에 초점을 맞추어 인간을 설명했다면, 현대 정신분석학자들은 '관계를 맺고자 하는 욕망'을 더 중시합니다. 그리하여 현대 정신분석학계에서는 폭넓게 '대상관계 이론'이 제시되고 또 연구되고 있습니다. 누구에게도 인간관계는 쉽지 않습니다. 그것이 곧 우리의 정체성이나 정신적 성장과 궤도를 함께하기 때문일 것입니다. 그처럼 까다로운 인간관계에 몇 가지 패턴이 있다는 사실을 생각해 본 일이 있습니다. 그것에 대해 나름대로 이름을 붙여 보기도 했습니다. 원형 보존의 법칙, 초석 불변의 법칙, 부정성 우선의 법칙, 상대성의 법칙, 제로섬 법칙 등 다섯 가지가 그것입니다.

원형 보존의 법칙은 우리가 오래도록 유년기의 생존법을 그대로 사용한다는 의미와도 같습니다. 투사적 동일시라는 심리 현상도 여기에 속합니다. 스스로 그런 사실을 알아차리고 개선하려 노력하지 않는 한 우리는 관성처럼 그 좁은 유년의 세계에 갇히고 맙니다.

초석 불변의 법칙은 신경증끼리의 만남을 개선하기가 쉽지 않다는 의미입니다. 우리는 대체로 처음에 맺는 관계의 방식을 그 관계가 끝날 때까지 유지합니다. 그리하여 가학/피학, 거짓말/의처(부)증, 과도한 의존/과도한 책임 등의 패턴에 묶이게 됩니다. 두 사람 중 한쪽에서 문제를 인식하고 개선하려 노력하면 관계는 발전되는 게 아니라 파괴되기 십상입니다.

부정성 우선의 법칙은 우리의 방어 의식과 관련된 행동 패턴입니다. 우리는 사람을 만날 때 즉각, 우선적으로 상대의 나쁜 점을 보는 습관이 있습니다. 상대의 나쁜 점을 알아야 자신을 방어할 수 있기 때문일 것입니다. 첫 만남에서 신뢰할 수 없는 사람이라고 낙인을 찍으면 그 인상을 바꾸는 데 40시간 동안의 지속적인 접촉이 필요하다고 합니다.

상대성의 법칙은 전이와 역전이의 감정과 관련됩니다. 우리는 보고, 듣고, 느끼는 기능을 갖춘 예민하고 섬세한 생명체입니다. 그 생명체는 받아들인 자극에 따라 반응합니다. 정서적인 상호작용은 마치 공기처럼 눈에 보이지는 않지만 분명히 존재하는 기운입니다. 사람들은 우리가 자신에 대해 느끼고 생각하는 대로 우리를 대합니다. 또한 우리가 그들을 대접하는 태도 그대로 우리를 대접합니다.

제로섬 법칙은 긴 안목으로 생을 바라보는 방식입니다. 우리는 살면서 다양한 사람들과 좋거나 나쁜, 여러 가지 경험을 주고받습니다. 그러나 나중에 생각해 보면 생에는 좋은 사람도, 나쁜 사람도 없다는 것을 알게 됩니다. 나쁜 사람은 당시 우리가 어리석거나 자기 파괴적인 성향을 갖고 있었기 때문에 그런 이를 불러들였을 뿐입니다. 그와의 경험을 통해 궁극적으로 자신을 알아보고 스스로를 개선하도록 노력하는 계기를 만들어 준 고마운 사람일 수도 있습니다. 좋은 사람은 어쩌면 우리에게 아첨하면서 우리를 치명적 나르시시즘에 머무르게 했을지도 모릅니다. 심지어 그들은 좋은 사람이라는 자신의 이미지를 유지하기 위해 우리를 이용했을 수도 있습니다. 궁극적으로 모든 인간관계는 '플러스 마이너스 제로'입니다. 관계뿐 아니라 모든 경험에, 세상만사에, 아니 생애 전체를 통틀어 제로섬 법칙은 적용됩니다. '공수래공수거(空手來空手去)'와 같은 뜻이지요.

왕따 님, 이와 같은 인간관계 패턴을 토대로 자신의 관계 맺는 법을 검토해 보시기 바랍니다. 그런 다음 한 가지 더 짐검하실 일이 있습니다. 내면에 존재하는 이분법적 세계관에 대해서입니다. "이 애와 어울리지 않으면 저 애와는 잘 어울릴 수 있는 것이 인생"이라고 말씀하셨는데, 바로 그런 생각이 이분법적 세계관입니다. 세상이 내 편과 네 편, 흑과 백, 선과 악으로 명백하게 나뉜다고 믿는 방식은 유아적 단계의 세계 인식입니다. 자신의 내면에서도 좋은 특성과 나쁜 특성을 갈라놓고, 좋은 특성만 자신의 것으로 인정하고 나쁜 특성은 타인에게 떠넘기게 됩니다. 그들만이 무리 지어 편을 가르며, 그들만이 시기와 질투를 한다고 생각하는 마음이 바로 거기에서 비롯되는 것입니다.

내면에 이분법적 세계관을 가지고 있으면 세상이 전부 그런 관점에서 보입니다. 남들의 평범한 행동도 이편/저편을 가르는 행위처럼 보이고, 내 옆에 서 있지 않은 사람을 적대적으로 대하게 되고, 나와 의견이 다른 사람에 대해 비판적이 되기 쉽습니다. 설 곳이 점점 좁아지는 것도 당연합니다. 세상은 내 편과 네 편으로 나뉘는 곳이 아니라, 사람 수만큼 다양한 '입장'이 존재하는 곳입니다. 그런 입장들의 차이를 새로운 인식 영역으로 받아들여 보시기 바랍니다.

또 한 가지, 왕따 님은 세상을 살아가는 데 명백하게 '승-패'의 시나리오만 가지고 계신 건 아닌지 자문해 보시기 바랍니다. 내가 이기기 위해서는 남을 패퇴시켜야 하고, 내가 앞서 나가기 위해서는 남이 못해야 한다고 생각하는 것이 승-패의 시나리오입니다. 앞 장에서 말씀드린 패-승의 관계와 반대되는 관계 맺기의 방식입니다. 승-패의 시나리오를 바탕으로 살아가면 모든 사람을 잠정적인 적으로 간주하게 됩니다. 타인의 성공에 대해 기뻐할 수 없고, 타인에게 호의나 친절을 베풀지 못하며, 심지어 남의 실수나 실패에 대해 은밀히 기뻐하게 됩니다. 그렇게 되면 인간관계에서도, 조직 생활에서도 설 자리가 점점 좁아집니다.

'승-패'의 시나리오를 벗고 '승-승'의 시나리오를 다시 짜 보세요. 인간이 본질적으로 자신의 욕망만을 추구하는 이기적인 존재이긴 하지만, 그래도 우리는 사회 속에서 서로 도우며 살아갑니다. 특히 직장은 공동의 목표를 위해 서로 다른 개인들이 힘을 합치는 공간입니다. 개인의 욕망과 집단의 목표, 나의 이익과 타인의 이익이 상충할 때 갈등을 해결하는 키워드는 공동의 선입니다.

타인의 성취에 대해 기뻐해 줄 수 있어야 나의 성공도 축하받을 수 있고, 타인의 재능과 역량을 인정할 수 있어야 그들로부터 배울 수 있습니다. 주변의 모든 사람이 우리의 스승이고 자산입니다. 우리 또한 타인에게 그런 존재가 될 수 있어야 합니다. 따로 문제를 풀면 아이큐가 110쯤 나오는 사람들이, 둘이서 머리를 맞대고 풀면 아이큐 170이 나온다는 실험 결과가 있다고 합니다. '차이가 곧 가치'입니다.

왕따 님, 타인과 이웃에게 유익한 것, 그것이 궁극적으로 자신에게 유익한 행위입니다. "가장 사회적 부가가치가 높은 투자는 이타적인 행위다."라는 말이 있습니다. 우리가 이웃에게 선을 베풀고 기부금을 내면서 살아가는 이유가 거기에 있습니다. 우리가 타인에게 베푼 선은 소중한 자산, 커다란 충족감이 되어 우리 자신에게 돌아옵니다.

아무리 많은 물질을 소유해도, 아무리 높은 지위에 올라도, 아무리 친구가 많아도 생이 허망하고 외롭다고 느껴질 때, 그것은 우선 정체성의 문제일 수 있습니다. 정체성과 관련해서 생을 인식하는 큰 틀의 문제입니다. 그런 때가 오면 이타적인 삶에 대해 생각해 보시기 바랍니다. 개인적 욕망 성취만이 아닌, 사회적으로 유익하고, 실리보다는 조금 더 높은 가치를 위해 살아가는 삶이 필요하다는 사실을 꼭 기억하시기 바랍니다.

왕따 님, 말씀하신 대로 직장 생활은 곧 자기 수양하는 일이 맞습니다. 수양이라기보다는 '성장'이라는 표현이 더 적합할 것입니다. 직장 생활뿐 아니라 우리의 삶 전체가 서로 다른 욕구들이 충돌하는 현장, 서로 다른 이익들이 대립하는 마당입니다. 그 과정에서 빚어지는 갈등과 대립을 지속적으로 해결해 나가는 과정이 곧 삶입니다.

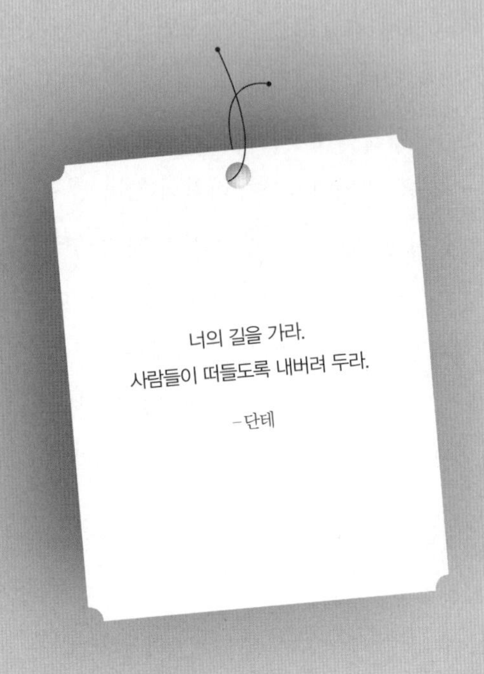

이분법의 오류를 감수하고 말씀드리자면 세상에는 두 부류의 사람이 있습니다.

남의 말을 하는 사람/그 화제에 오르는 사람,

욕하는 사람/욕먹는 사람, 살리에르 같은 사람/모차르트 같은 사람.

어느 경우든 전자보다는 후자가 더 편안하고

자기 충족적인 삶을 영위하는 것을 목격합니다.

중년의 문턱에서 생의 목표를 수정합니다

삶의 목표와 활기를 잃은 것 같습니다

사십 대 후반의 직장인입니다. 이 나이쯤 되면 마음이 편안해지고 정서적으로도 안정될 줄 알았는데 요즘 제 마음을 들여다보면 전혀 그렇지 않아 당황스럽습니다. 결혼 후 간간이 외도를 했습니다. 아내에게는 미안했지만 마음은 늘 허허벌판에 바람을 맞으며 서 있는 것 같았습니다. 맞벌이와 육아로 바쁜 아내는 제 마음을 헤아릴 줄 몰랐고, 그런 아내의 무관심을 저는 외도를 합리화하는 이유로 삼았던 것 같습니다. 그런데 최근에 제 마음이 10년 전과 똑같다는 걸 알아차렸습니다. 이제는 사람을 만나도, 만나지 않아도 허전하기만 합

니다. 그동안 생을 허비해 온 건 아닌지 두렵습니다. –코뿔소

삼십 대 중반까지 열심히 일해서 작은 회사를 일으켜 세웠습니다. 회사 경영이 안정적인 단계에 접어든 후 뒤늦게 좋은 사람을 만나 결혼도 했습니다. 저는 여성입니다. 남편은 관대하고 자주적인 사람으로 제게 힘과 위안이 되어 줍니다. 저는 인생에서 원하던 것을 모두 이뤘다는 느낌, 생에 감사하는 마음을 가졌습니다. 그렇게 약 1년이 지난 지금, 이상하게도 저의 내면에서 예전과 같은 열정을 찾을 수 없습니다. 어떤 일에도 신명이 나지 않고, 새로운 것에 대한 호기심도, 성취를 향한 열망도 느껴지지 않습니다. 내면이 텅 비어 낮은 곳에 가라앉아 있는 느낌이랄까요. 이 상태가 조금 더 지속된다면 결혼을 후회하고, 남편을 탓하면서 무력감에 빠질까 봐 걱정스럽습니다. –책상다리

자기만의 서사를 쓰고, 천복을 기억합니다

독수리의 수명은 보통 70~80년이라고 합니다. 그중 40년쯤 되는 시기에 독수리는 높은 산에 올라 스스로 바위에 부딪쳐서 부리와 발톱을 부숴 버리고, 완전히 새로운 몸으로 다시 태어납니다. 그런 다음 다시 40년을 삽니다. 우리의 생도 독수리처럼 전반부와 후반부, 두 파트로 나뉩니다. 전반부는 청소

년기와 청년기까지를, 후반부는 중년기와 노년기를 일컫습니다. 중년기로 접어들면 청년기와는 심리적으로 확연하게 다른 느낌을 갖게 되고, 바로 그 시기에 독수리의 환골탈태와 같은 정신적 경험을 맞게 됩니다.

생애 주기를 연구하는 이들은 중년기를 삼십 대 중반부터 육십 대 초반까지 폭넓게 잡고 있습니다. 실제로 사람들이 정체성의 혼돈과, 생의 목표를 잃은 듯한 무력감으로 고통을 받기 시작하는 시기는 삼십 대 중반부터입니다. 전문가들은 그 시기를 '중년의 위기'라 부르며 청년기와는 다른 정서적 태도, 삶의 기능을 확보해야 하는 전환점으로 봅니다. 중년의 위기를 어떻게 넘기느냐에 따라 그 다음 생이 축소될 수도 있고, 확장될 수도 있기 때문입니다. 코뿔소 님과 책상다리 님도 이와 같은 '중년의 위기'에 처해 있는 것으로 보입니다.

우리는 중년기가 되면 몇 가지 심리적 문제들로부터 자유로워져야 합니다. 우선 생이 온전히 자신의 책임임을 받아들여야 하며, 더 이상 부모를 이상화하거나 평가절하하지 않고 있는 그대로 볼 수 있어야 합니다. 더 나아가 부모가 우리 생에 꼭 필요했던, 다른 누구로도 대체될 수 없는 존재였음을 인정해야 합니다. 또한 자신의 역량과 창조성의 한계를 인정하고 과도한 욕망이나 시기심으로부터 자유로워져야 합니다. 자신의 파괴적 충동이나 공격성에 대해 인식하고 잘 처리하며, 외부의 공격에 대해서도 합리적으로 맞설 수 있어야 합니다.

중년기가 되면 사춘기 자녀와의 갈등이 두드러집니다. 그 갈등은 제대로 처리하지 못한 채 내면에 깃들어 있던 오이디푸스 콤플렉스가 재활성화되는 것입니다. 그런 사실을 알아차리고 다시 한 번 그 단계를 넘어서면서 묵은 갈등들을 청산해야 합니다. 중년의 어느 날, 우리는 또한 부모의 죽음을 맞습니다. 부모의 죽음을 성숙하게 애도하는 과정을 거치면 더욱 사려 깊고 중후한 중년이 되어 갑니다. 이 책을 통해 지금까지 검토해 온 모든 심리적 문제들이 중년의 위기를 겪는 과정에서 최종적으로 해결해야 하는 과제인 것입니다.

인간을 성적 욕망과 공격성을 타고나는 존재로 보는 프로이트 학파 정신분석학은 이 단계까지의 심리를 잘 설명해 줍니다. 반면에 중년 이후의 삶을 이해하는 데는 융 학파의 정신분석학이 더 적합합니다. 융 심리학은 우리의 정신에 인류와 문명의 원형적 밑그림과 닿을 수 있는 집단 무의식이 있다고 설명하며, 그곳에 닿기 위해 노력해야 한다고 제안합니다. 개인적 욕동을 벗어난, 더 큰 틀의 삶을 이해할 수 있어야만 중년 이후의 삶을 풍요롭게 이끌어갈 수 있기 때문입니다. 그래서 융 학파 심리학은 중년의 심리학이라고 불리기도 합니다.

현대 사회로 접어들면서 우리는 예전의 공동체를 잃었습니다. 공동체가 제공해 주던 안전한 환경, 생의 기능, 삶의 비전을 잃고 저마다 일거리를 따라 이주하는 도시의 유목민이 되었습니다. 우리는 스스로를 미아처럼 느끼며 분열, 불안, 우울 등의 정서에 취약합니다. 일상의 무의미함, 세계의 폭력성, 거기서 파생되는 자기 파괴적 감정에 시달리면서 친밀한 관계나 자유로부터 도망칩니다. 환경에 의해 파괴된 정서를 회복하고, 중년 이후의 삶을 안정적으로 이끌어가기 위해서도 우리는 새로운 삶의 패러다임을 형성해야 합니다.

중년 이후의 삶을 이끌어 가기 위해 필요한 첫 번째 덕목은 '자기 정체성을 재정립하는 일' 입니다. 자기 정체성은 청소년기에 처음 형성됩니다. 그 시기에 외부의 이성에 대해 사랑과 욕망을 느끼기 시작하면서 자신이 누구인지, 생에서 무엇을 꿈꾸는지, 어떤 사람이 될 것인지에 대한 개념을 형성합니다. 청소년기와 청년기 동안은 그때 만든 밑그림에 따라 살아갑니다. 그러나 중년기에 이르면 더 이상 그 그림을 생에 적용할 수 없습니다. 우리 삶의 외양과 책임이 달라지고, 우리가 사는 세상도 변화했기 때문입니다.

자기 정체성을 새롭게 정립하기 위해 영국의 사회학자 앤서니 기든스는 '자기만의 서사 쓰기'를 권합니다. 공동체가 제시해 주지 못하는 삶의 틀을 저마다의 내면에서 발견하고, 그 틀에 맞는 자기만의 사랑의 서사, 삶의 서사를 써 나가야 한다고 합니다. 그 과정에서 새로운 자기 개념과 생의 비전이 형성되고, 이상을 간직한 채 현실 원칙을 수용하는 자기 정체성이 재정립됩니다. 미국 사회에서 자서전이나 평전 문학이 유난히 풍성하게 출간되는 이유가 거기에 있는 게 아닐까 싶습니다. "내 이야기를 책으로 쓰면 열 권은 나올 거다."라고 말씀하시는 어르신들 역시 막연히 정체성의 재정립을 원하고 계셨던 듯합니다.

21세기의 비범한 사상가 슬라보예 지젝은 할리우드의 공상과학 영화 속 복제 인간들이 아주 작은 기억을 매개로 해서 자신의 이야기를 찾아 나간다는 사실에 주목합니다. 복제 인간조차 자기 정체성을 확립하는 일이 그토록 중요하며, 그러기 위해 자기 서사를 완성하는 데 온 힘을 쏟는다는 것입니다. 융 학파 정신분석학자인 로이 셰이퍼는 정체성 회복을 위해서 개인적 서사뿐 아니라 '모든 이야기의 회복'을 중시합니다. 이야기야말로 생의 비밀, 에너지와 창조성이 들어 있는 집단 무의식에 닿는 길이라고 합니다.

중년 이후의 삶을 준비하는 두 번째 과제는 '삶의 목표를 수정하는 일'입니다. 생애 초기에 우리가 설정한 삶의 목표는 그 시기의 결핍감이 반영된 것들입니다. 그동안 삶을 추진시킨 에너지 역시 성적 욕망과 공격적 추동에서 나왔습니다. 그것은 사랑받기 위해, 결핍을 메우기 위해, 질투하고 시기하는 힘에 의해 추진되는 에너지였습니다.

코뿔소 님도, 책상다리 님도 내면에 결핍된 요소들을 충족시키기 위해 거듭 사람을 만나거나 회사를 키워 왔습니다. 그리고 이제 주요한 욕망들이 웬만큼 충족되었거나(책상다리 님), 혹은 본질적으로 충족될 수 없는 욕망의 영역이 있다는 사실을 직접 체득하고 계십니다(코뿔소 님). 문제는 그 욕망들이 무의식에 속해 있기 때문에 아무리 충족시켜도 여전히 결핍감이 남아 있거나, 결코 충족될 수 없는 것이라는 사실을 자각하는 단계에서 좌절감을 맛본다는 점입니다.

이제는 새롭게 형성된 정체성에 맞춰 삶의 목표를 수정해야 합니다. 하던 일을 바꾸라는 게 아닙니다. 그 일을 계속해서 더욱 전문성을 쌓으면서, 내면의 목표를 수정하는 것입니다. 예전에는 사업을 해서 멋진 사옥을 짓는 게 목표였다면, 이제는 그 사업을 통해 어떻게 사회적인 책임을 완수할 것인가를 생각합니다. 소명을 완수하고, 자신을 성장시키고, 진정한 자기실현을 이루는 삶에 대해 기억해야 합니다.

중년 이후의 삶에 대비하는 세 번째 과제는 '천복을 기억하는 일'입니다. 우리는 근대 이후 이성, 논리, 과학, 기술, 물질만능주의를 표방하면서 감성, 직관, 신, 신비주의, 그리고 자연을 잃었습니다. 그것은 신화와 이야기를 잃었다는 뜻이며, 삶의 가장 밑바탕의 토대, 버팀목이 되는 정신적 지주, 그것을 보며 길을 찾던 별을 잃었다는 의미와도 같습니다. 우리는 속도와 문명에 이끌려 가며 '진정한 삶'으로부터 유리되어 있다고 느낍니다. 생은 어딘가 다른 곳에 존재한다고 여기면서 항상적인 상실감에 시달립니다.

바로 그것, 잃어버린 진정한 삶을 되찾는 방법은 천복을 기억하는 것입니다. 천복이란 우리가 억압하고 외면해 온 감성, 직관, 자연, 신비주의의 영역에 속하는 덕목입니다. 우리가 이번 생에서 타고나는 소명, 그것을 완수할 역량과 자질, 운명에 내재된 비밀, 생에서 진정으로 원하는 것 등의 의미가 포괄된 단어입니다. 융 학파 정신분석학의 세례를 받은 신화학자 조셉 캠벨이 제시한 개념인데, 번역 과정에서 이윤기 선생께서 '천복'이라는 멋진 단어를 골라냈습니다.

조셉 캠벨은 우리 생의 본래적 소명이나 가치에 닿으려면 "너의 천복을 따르라(Follow your bliss)."고 제안합니다. 우리가 생애 초기부터 교육이라는 이름 아래 억압하고, 이성과 합리에 따라 재단하고, 사회화 · 문명화 속에서 방치해 둔 정신의 원시적 힘의 영역을 되살리라는 의미입니다. 자신의 천복을 기억하고, 삶의 억압해 둔 반쪽을 되살리는 일이 진정한 자신의 삶에 닿는 일, 진정한 자기를 실현하는 일입니다.

융 학파 정신분석학자 매튜 폭스는 억압해 둔 생의 반쪽을 되살리는 방법으로 "신비주의를 회복해야 한다."고 주장합니다. 그는 신비주의를 회복하기 위해 꿈, 환상, 이야기, 신화로의 회귀를 제안합니다. 그의 주장은 "너의 광기로 하여금 항상 이성을 감시하게 하라."는 라캉의 말과도 일맥상통하는 면이 있습니다.

중년 이후의 삶에서 기억해야 하는 네 번째 덕목은 '공동체에 회향하기'입니다. 영웅 신화의 주인공들처럼 스님들도, 정신분석학자들도 그들의 삶에서 터득한 것을 공동체 구성원들에게 돌려주는 과정을 거친다고 책의 서두에 말씀드렸습니다. 우리 모두의 삶에도 '회향'의 과정이 필요합니다. 우리가 천복을 타고나는 이유는 그것이 궁극적으로 공동체에 유익하게 사용되도록 하기 위해서일 것입니다. 세계는 서로 다른 소명과 역량을 가진 사람들이 어우러져 이끌어 가는 거대한 유기체이기 때문입니다.

회향하기야말로 우리 삶의 진정한 목표에 닿는 일이 아닐까 싶습니다. 우리는 각자의 영역에서 열심히 노력해서 성취한 다음, 결국은 그것을 세상에 되돌려 주기 위해 태어났는지도 모릅니다. 그것이 사랑이든, 지혜든, 물질이든 간에 말입니다. 그런 의미에서 재산의 사회 환원이나 장기 기증 서약은 숭고해 보입니다.

중년 이후의 삶에서 염두에 두어야 할 마지막 항목은 '죽음을 기억하기'입니다. 오래전 절집 요사채에 머무르던 때, 옆방의 연로하신 비구니 스님은 아침마다 방문을 나서면서 늘 혼잣말처럼 중얼거리셨습니다. "가는 날까지 이렇게 살다가 자는 듯이 죽었으면……." 이십 대였던 그 시절에는 저 문장의 진정한 의미에 닿지 못했던 것 같습니다. 이제는 저 말에 담긴 희구가 얼마나 깊고 간절한 소망인지 어렴풋이 이해할 것 같습니다.

우리는 죽음을 '돌아간다'고 표현합니다. 세상에 태어날 때 우리는 어딘가로부터 왔으며, 죽음을 통해 다시 그곳으로 간다는 의미일 것입니다. 우리가 돌아갈 그곳에 대해 기독교에서는 하나님의 나라라고 하고, 불교에서는 서방정토나 언어도단(言語道斷)의 자리라고 하고, 도교에서는 지자불언(知者不言)의 무엇이라고 표현합니다. 피안이라고도 하고, 일념 미생전의 소식이라고도 하는 어떤 곳이 이 세상 너머, 우리의 인식 너머에 있다고 합니다.

죽음이 완전한 소멸이 아니라 어딘가로 돌아가는 일이라는 것을 인식하면 자연스럽게 불멸의 개념을 떠올리게 됩니다. 불멸은 유전자를 후대에 남겨서 영원히 산다는 생물학적인 의미보다는,

우리 영혼이 어딘가에서 왔다가 다시 돌아간다는 의미에 더 가까울지도 모르겠습니다. 그런 까닭에 우리는 사는 동안 죽음을 기억해야 하며, 잘 죽는 법을 배워야 합니다. 유서 쓰기, 장례식장에서 듣고 싶은 추도사 써 보기, 자녀들과 이웃에게 어떤 사람으로 기억되고 싶은지 생각해 보기 등이 잘 죽기 위해 권유되는 몇 가지 실천법입니다.

죽음을 기억하고 있으면 삶을 가볍고 단출하게 영위하게 됩니다. 죽음을 기억하면 타인에게 몹쓸 짓을 하거나, 사소한 일에 목숨을 걸지 않습니다. 죽음을 기억하고 있으면 소명을 완수하고 회향하는 삶에 대해 생각하게 됩니다. 한 가지 분명한 사실은 중년기에 접어든 우리 모두 수십 년 이내에 죽는다는 것입니다.

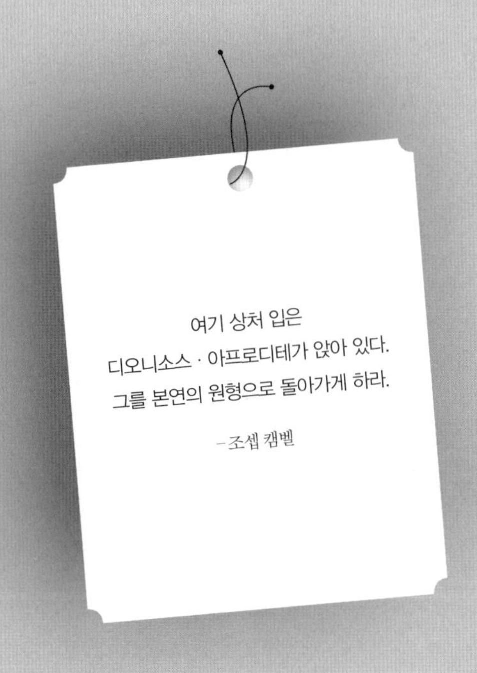

우리의 내면에는 천복을 지닌 원형으로서의 존재가 깃들어 있습니다.
그 존재는 교양, 윤리, 사회화, 문명화 등의 장치에 의해 무수히 상처를 입었습니다.
그를 본래의 모습으로 회복시킬 때 내면의 진정한 자기,
폭발하는 에너지, 무한한 평온과 만날 수 있다고 합니다.

천 개의 공감

초판 1쇄 발행 | 2012년 4월 15일
초판 31쇄 발행 | 2021년 10월 27일

지은이 | 김형경
펴낸이 | 김정숙
펴낸곳 | 사람풍경

등록 | 2011년 9월 20일 제 300-2011-167호
주소 | 110-719, 서울특별시 종로구 내수동 74번지 광화문시대 920호
전화 | 02)739-7739 영업부 02)739-5739 편집부 02)739-4739
팩스 | 02)739-6739
이메일 | sarampungkyung@daum.net

978-89-967732-3-8 04800
978-89-967732-2-1 04800 (세트)

*잘못된 책은 구입하신 서점에서 교환해 드립니다.